中国历代通俗演义

全国百佳图书出版单位

月明风清

蔡东藩◎著

五代史②

ZHONGGUO LIDAI TONGSU YANYI

时代出版传媒股份有限公司
安徽人民出版社

图书在版编目(CIP)数据

月明风清·五代史②/蔡东藩著.
—合肥:安徽人民出版社,2010.3
(中国历代通俗演义)

ISBN 978-7-212-03771-0

Ⅰ.月…　Ⅱ.蔡…　Ⅲ.章回小说—中国—现代　Ⅳ.I246.4

中国版本图书馆 CIP 数据核字(2010)第 042645 号

中国历代通俗演义·五代史②

月　明　风　清

蔡东藩　著

出 版 人:胡正义
责任编辑:黄　刚　王　琦

出版发行:时代出版传媒股份有限公司 http://www.press-mart.com
安徽人民出版社 http://www.ahpeople.com
合肥市政务文化新区圣泉路 1118 号出版传媒广场八楼
邮编:230071
营销部电话:0551-3533258　0551-3533292(传真)
印　　制:合肥杏花印务股份有限公司
(如发现印装质量问题,影响阅读,请与印刷厂商联系调换)

开本:710×1010　1/16　　印张:11.25　　字数:180 千
版次:2010 年 4 月第 1 版　2010 年 4 月第 1 次印刷

标准书号:ISBN 978-7-212-03771-0　　定价:25.00 元(典藏版)

自　序

读史至五季之世，辄为之太息曰："甚矣哉中国之乱，未有逾于五季者也！"天地闭，贤人隐，王者不作而乱贼盈天下，其狡且黠者，挟诈力以欺凌人世，一或得志，即肆意妄行，君不君，臣不臣，父不父，子不子，铤而直险，虽夷虏犹尊亲也；急则生变，虽骨肉犹仇也。元首如弈棋，国家若传舍，生民膏血涂草野，骸骼暴原隰，而私斗尚无已时，天欤人欤？何世变之亟，一至于此？盖尝屈指数之，五代共五十有三年，汴、洛之间，君十三，易姓者八。而南北东西之割据一隅，与五代相错者，前后凡十国，而梁、唐时之岐燕，尚不与焉。辽以外裔踞朔方，猾诸夏，史家以其异族也而夷之。辽固一夷也，而如五代之无礼义，无廉耻，亦何在非夷？甚且恐不夷若也。宋薛居正撰《五代史》百五十卷，事实备矣，而书法未彰。欧阳永叔删芜存简，得七十四卷，援笔则笔，削则削之义，逐加断制，体例精严。既足声奸臣逆子之罪，复足树人心世道之防，后人或病其太略，谓不知薛史之渊博，误矣！他若王溥之《五代会要》，陶岳之《五代史补》，尹洙之《五代春秋》，袁枢之《五代纪事本末》，以及路振之《九国志》，刘恕之《十国纪年》，吴任臣之《十国春秋》等书，大都以裒辑遗闻为宗旨，而月旦之评，卒让欧阳。孔圣作《春秋》而乱贼惧，欧阳公其庶几近之乎？鄙人前编唐、宋《通俗演义》，已付手民印行，而五代史则踵唐之后，开宋之先，亦不得不更为演述，以餍阅者。叙事则搜证各籍，持义则特仿庐陵，不敢拟古，亦不敢违古，将以借粗之芜词，显文忠之遗旨，世有大雅，当勿笑我为效颦也。抑鄙人更有进者，五代之祸烈矣，而推厥祸胎，实始于唐季之藩镇。病根不除，愈沿愈剧，因有此五代史之结果。今则跑五季已阅千年，而军阀乘权，争端迭起，纵横捭阖，各戴一尊，几使全国人民，涂肝醢脑于武夫之碗下，抑何与五季相似欤？况乎纲常凌替，道德沦亡，内治不修，外侮益甚，是又与五季之世有同慨焉者。殷鉴不远，覆辙具存。告往而果能知来，则泯泯棼棼之中国，其或可转祸为福，不致如五季五十余年之扰乱也欤？书既竣，爰慨然而为之序。中华民国十有二年夏正暮春之月，古越蔡东帆自识于临江书舍。

目　录

五代

第 一 回

讨叛镇行宫遣将 纳叔母嗣主乱伦

却说晋成德节度使安重荣，出自行伍，恃勇轻暴，尝语部下道："现今时代，讲什么君臣，但教兵强马壮，便好做天子了。"府署立有幡竿，高数十尺，尝挟弓矢自诩道："我射中竿上龙首，必得天命。"说着，即将一箭射去，正中龙首。投弓大笑，侈然自负。嗣是召集亡命，采买战马，意欲独霸一方，每有奏请，辄多逾制，朝廷稍稍批驳，他便反唇相讥。镇帅多跋扈不臣，都是当日的主子教导出来。

晋主惩前毖后，尝有戒心，义武军节度使皇甫遇，与重荣为儿女亲家，晋主恐他就近联络，特徙遇为昭义军节度使，并命刘知远为北京留守，隐防重荣。重荣不愿事晋，尤不屑事辽，每见辽使，必箕踞嫚骂，有时且将辽使杀毙境上，辽主尝贻书诮让，晋主只好卑辞谢罪，重荣越加气愤。适遇辽使拽剌一作伊呼。过境，便派兵捕归，再遣轻骑出掠幽州人民，置诸博野。又上表晋廷，略言吐谷浑、突厥、契苾、沙陀等，各率部众归附，党项等亦纳辽牒，愿备十万众击辽。朔州节度副使赵崇，已逐去辽节度使刘山，求归中国，此外旧臣沦没虏廷，亦皆延颈企踵，专待王师，天道人心，不便违拒，兴华扫虏，正在此时。陛下臣事北虏，甘心为子，竭中国脂膏，供外夷欲壑，薄海臣民，无不惭愤。何勿勃然变计，誓师北讨，上洗国耻，下慰人望，臣愿为陛下前驱云云。晋主览奏，却也有些心动，屡召群臣会议。北京留守刘知远，尚未出发，劝晋主毋信重荣，桑维翰正调镇泰宁军，闻知消息，亦即密疏谏阻，略云：

> 窃谓善兵者待机乃发，不善战者彼已不量。陛下得免晋阳之难，而有天下，皆契丹之功，不可负也。今安重荣恃勇轻敌，吐谷浑假手报仇，皆非国家之利，不可听也。臣观契丹数年以来，士马精强，吞噬四邻，战必胜，攻必取。割中国之土地，收中国之器械，其君智勇过人，其臣上下辑睦，牛马蕃息，国无天灾，此未可与为敌也。且中国初定，士气雕沮，以当契丹乘胜之威，其势相去甚远。若和亲既绝，则当发兵守塞。兵少

不足以待寇，兵多则馈运无以继之。我出则彼归，我归则彼至。臣恐禁卫之士，疲于奔命，镇定之地，无复遗民。今天下粗安，疮痍未复，府库虚竭，兵民疲敝，静而守之，犹惧不济，其可妄动乎？契丹与国家恩义非轻，信誓甚著，彼无间隙而自启衅端，就使克之，后患愈重。万一不克，大事去矣！议者以为岁输缯帛，谓之耗蠹，有所卑逊，谓之屈辱。殊不知兵连而不休，祸结而不解，财力将匮，耗蠹孰甚焉！用兵则武吏功臣，过求姑息，边藩远郡，得以骄矜，屈辱孰甚焉！臣愿陛下训农习战，养兵息民，俟国无内忧，民有余力，然后观衅而动，则动必有成矣。近闻邺都留守，尚未赴镇，军府乏人。以邺都之富强，为国家之藩屏，臣窃思慢藏诲盗之言，勇夫重闭之戒。乞陛下略加巡幸，以杜奸谋，是所至盼。冒昧上言，伏乞裁夺。

晋主看到此疏，方欣然道："朕今日心绪未宁，烦懑不决，得桑卿奏，似醉初醒了。"遂促刘知远速赴邺都，并兼河东节度使，且诏谕安重荣道：

尔身为大臣，家有老母，忿不思难，弃君与亲。吾因契丹得天下，尔因吾至富贵，吾不敢忘德，尔乃忘之，何耶？今吾以天下臣之，尔欲以一镇抗之，不亦难乎！宜审思之，毋取后悔！

重荣得诏，反加骄慢，指挥使贾章，一再劝谏，反诬以他罪，推出斩首。章家中只遗一女，年仅垂髫，因此得释。女慨然道："我家三十口，俱罹兵燹，独我与父尚存。今父无罪见杀，我何忍独生！愿随父俱死。"重荣也将女处斩。镇州人民，称为烈女，已料重荣不能善终。不没烈女。饶阳令刘岩，献五色水鸟，重荣妄指为凤，畜诸水潭。又使人制大铁鞭，置诸牙门，谓铁鞭有神，指人辄死，自号铁鞭郎君，每出必令军士抬鞭，作为前导。镇州城门，有抱关铁像，状似胡人，像头无故自落。重荣小字铁胡，虽知引为忌讳，但反意总未肯消融。取死之兆。

山南东道节度使安从进，与重荣同姓，恃江为险，隐蓄异谋，重荣遂阴相结托，互为表里。晋主既虑重荣，复防从进，乃遣人语从进道："青州节度使王建立来朝，愿归乡里，朕已允准。特虚青州待卿，卿若乐行，朕即降敕。"要徙就徙，必先使人探问，主权已旁落了。从进答道："移青州至汉江南，臣即赴任。"晋主闻他出言不逊，颇有怒意，但恐两难并发，权且含容。从进子弘超，为宫苑副使，留居京师，从进请遣子归省，晋主也依言遣归。弘超既至襄州，从进遂决计造反。

天福六年冬季，晋主忆桑维翰言，北巡邺都。学士和凝已升任同平章事，独入朝面请道："陛下北行，从进必反，理应预先布置。"晋主道："朕已留郑王重贵，居守大梁，卿意还有何说？"凝又奏道："兵法有言，先人乃能夺人。陛下此行，京中事恐难兼顾，愿留空名宣敕三十通，密付留守郑王，一旦闻变，便可书诸将名，遣往讨逆了。”晋主称善，依议而行，遂留重贵居守，自向邺都进发。及驾入邺都，留守刘知远，已遣亲将郭威，招诱吐谷浑酋长白承福，徙入内地，翦去安重荣羽翼，专待晋主命令，听候发兵。晋主因重荣虽有反意，尚无反迹，但遣杜重威为天平节度使，马全节为安国节度使，密令调军储械，控制重荣。

重荣致书从进，教他即日起事，趁着大梁空虚，掩击过去。从进遂举兵造反，进攻邓州。郑王重贵闻报，立派西京留守高行周，为南面行营都部署，前同州节度使宋彦筠为副，宣徽南院使张从恩为监军，就从空敕填名，颁发出去，令讨从进。邓州节度使安审晖，方闭城拒守，飞促高行周赴援。行周亟命武德使焦继勋，先锋都指挥使郭金海，右厢都监陈思让等，带着精兵万人，往援邓州。从进得侦卒探报，谓邓州援师将至，不禁惊诧道：“晋主未归，何人调兵派将，来得这般迅速呢？”乃退至唐州，驻扎花山，列营待战。陈思让跃马前来，挺枪突入，焦、郭二将，挥兵后应，一哄儿冲入从进阵内。从进不防他这般勇猛，吓得步步倒退。主将一动，士卒自乱，被思让等一阵扫击，万余人统行溃散。襄州指挥使安弘义，马蹶被擒，从进单骑走脱，连山南东道的印信，都致失去。如此不耐战，也想造反，真是自不量力。既返襄州，慌忙集众守御。高行周、宋彦筠、张从恩等，陆续至襄州，四面围住。从进很是危急，重荣尚未闻知，竟集境内饥民数万，南向邺都，声言将入朝行在。晋主知他诈谋，即命杜重威、马全节进讨，添派前贝州节度使王周，为马步都虞侯。重威率师西趋，至宗城西南，正与重荣相值。重荣列阵自固，由重威一再挑战，均被强弩射退。重威颇有惧色，便欲退兵。指挥使王重胤道：“兵家有进无退，镇州精兵，尽在中军，请公分锐卒为二队，击他左右两翼。重胤等愿直冲中坚，彼势难兼顾，必败无疑。”重威依议，分军并进，重胤身先士卒，闯入中坚，镇军少却。重威、全节，见前军已经得势，也麾众齐进，杀死镇军无数。镇州将赵彦之，卷旗倒戈，奔降晋军。晋军见他铠甲鞍辔，俱用银饰，不由的起了贪心。也无暇问及来由，即把他乱刀分尸，掷首与敌，所有铠甲鞍辔等当即分散。此等军士，实不中用，奈安重荣更属不济，所以败死。重荣见全军失利，已是惊心，更闻彦之降晋被杀，益觉战栗不安。遂退匿辎重中，飞奔而去。部下二万余人马，一半被杀，一半逃散。是年冬季大冷，逃兵饥寒交迫，至无孑遗，重荣仅率十余骑，奔还镇州。驱州民守城。用牛马皮为甲，闹得全城不宁。重威兵至城下，镇州牙将自西郭水碾门，引官军入城，杀守陴民二万人，城中大乱。重荣入守牙城，又被晋军攻破，没处奔逃，束手就戮，枭首送邺。晋主御楼受馘，命漆重荣首级，赍献辽主，改镇州成德军为恒州顺国军，即用杜重威为顺国节度使，令镇恒州。

先是辽主耶律德光，闻重荣擅执辽使，即遣人驰责晋廷。晋主恐他犯塞，亟遣邢州即安国军。节度使杨彦珣为使，至辽谢罪。辽主盛怒相见，彦珣却从容说道："譬如家出逆子，父母不能制伏，奈何？"辽主怒乃稍解，但尚拘留彦珣，不肯放归。至重荣已反，始信罪在重荣，与晋无涉，乃释彦珣归晋。既而重荣首级，已至西楼，晋廷以为可告无罪，哪知辽使复来诘责，问晋何故招纳吐谷浑？晋主以吐谷浑酋长，阴附重荣，不得已徙入内地。偏辽使索自承福头颅，致晋主无从应命，为此忧郁盈胸，渐渐的生起重病来了。谁叫你向虏称臣，事虏为父？

是时已是天福七年，高行周攻克襄州，安从进自焚死，执住从进子弘超，及将佐四十三人，送往大梁。晋主尚在邺都，病已不起，但闻捷报，不能还京受俘，徒落得唏嘘叹息，一命呜呼。统计在位七年，寿五十一岁，后来庙号高祖，安葬显陵。

晋主生有七子，四子被杀，散见上文，二子早殁，只剩幼子重睿，尚在冲龄。晋主卧疾，宰相冯道入见，由晋主呼出重睿，向道下拜，且令内侍抱置道怀，意欲托孤寄命，使道辅之幼主。及晋主病终，道与侍卫马步都虞侯景延广商议，延广谓国家多难，应立长君。道本是个模棱人物，依了延广，竟与议定拥立重贵，飞使奉迎。

重贵已晋封齐王，接得来使，星夜赴邺，哭临保昌殿，就在柩前即位，大赦天下。内外文武官吏，晋爵有差。会襄州行营都部署高行周，都监张从恩等，自大梁献俘至邺。由嗣主重贵，御乾明门受俘，命将安弘超等四十余人，斩首市曹。随即就崇德殿宴集将校，行饮至受赏礼，命高行周为宋州节度使，加检校太尉。改调宋州节度使安彦威为西京留守，兼河南尹，张从恩为东京留守，兼开封尹，加检校太尉。降襄州为防御使，升邓州为威胜军，即授宋彦筠为邓州节度使，此外立功将校，并皆进阶。加景延广同平章事，兼侍卫马步军都指挥使。延广恃定策功，乘势擅权，禁人不得偶语，官吏相率侧目。从前高祖弥留，曾有遗言，命刘知远辅政。延广密劝重贵，抹煞遗旨，加知远检校太师，调任河东节度使，知远由是怏怏，失望而去。暗应下文。

冯道、景延广等，拟向辽告哀，草表时互有争议，延广谓称孙已足，不必称臣？既已称孙，何妨称臣。道不置一词。长乐老惯作此态。学士李崧，新任为左仆射，独从旁力诤道："屈身事辽，无非为社稷计，今日若不称臣，他日战衅一开，贻忧宵旰，恐已无及了！"延广犹辩驳不休。重贵正倚重延广，便依他计议，缮表告哀。晋使至辽，辽主览表大怒，遣使至邺，问何故称孙不称臣？且责重贵不先禀命，遽即帝位，亦属非是。景延广怒目道："先帝为北朝所立，所以奉表称臣。今上乃中国所立，不过为先帝盟约，卑躬称孙，这已是格外逊顺，有什么称臣的道理！况国不可一日无君，若先帝晏驾，必须禀命北朝，然后立主，恐国中已启乱端，试问北朝能负此责任么？”强词非不足夺理，奈将士乏材何？辽使倔强不服，怀忿北归，详报辽主。辽主已怒上加怒，再经政事令兼卢龙节度使赵延寿，从旁挑拨，好似火上添油。那时辽主德光，自然愤不能平，便欲兴兵问罪。入捣中原了。后来战祸，实始于此。

晋主重贵，毫不在意，反日去勾搭一位嫠居娇娘，竟得称心如意，一淘儿行起乐来。看官道嫠妇为谁？原来是重贵叔母冯氏。冯氏为邺都副留守冯濛女，很有美色，晋高祖素与濛善，遂替季弟重胤，娶濛女为妇，得封吴国夫人。不幸红颜薄命，竟失所夫，冯氏寂居寡欢，免不得双眉锁恨，两泪倾珠。重贵早已生心，只因叔侄相关，尊卑须辨，更兼晋高祖素严阃范，不敢胡行，蓝桥无路，徒唤奈何！及为汴京留守，正值元配魏国夫人张氏，得病身亡，他便想勾引这位冯叔母，要她来做继室。转思高祖出幸，总有归期，倘被闻知，必遭谴责。况且高祖膝下，单剩一个幼子重睿，自己虽是高祖侄儿，受宠不殊皇子，他日皇位继承，十成中可希望七八成，若使乱伦得罪，岂非这个现成帝座，恰为了一时淫乐，把他抛弃吗？于是捺下情肠，专心筹画军中事，得平定安从进，成了大功。

到了赴邺嗣位，大权在手，正好为所欲为，求偿宿愿。可巧这位冯叔母，也与高祖后李氏，重贵母安氏等，同来奔丧，彼此在梓宫前，素服举哀。由重贵瞧将过去，但见冯氏缟衣素袂，越觉苗条。青溜溜的一簇乌云，碧澄澄的一双凤目，红隐隐的一张桃靥，娇怯怯的一搦柳肢，真是无形不俏，无态不妍，再加那一腔娇喉，啼哭起来，仿佛莺歌百啭，饶有余音。此时的重贵呆立一旁，几不知如何才好。那冯氏却已偷眼觑着，把水汪汪的眼波，与重贵打个照面，更把那重贵的神魂，摄了过去。及举哀已毕，重贵方按定了神，即命左右导入行宫，拣了一所幽雅房间，使冯氏居住。

到了晚间，重贵先至李后、安妃处，请过了安，顺便路行至冯氏房间。冯氏起身相迎，重贵便说道：“我的婶娘，可辛苦了么？我特来问安！”冯氏道：“不敢不敢！陛下既承大统，妾正当拜贺，哪里当得起问安二字！”开口已心许了。说至此，即向重贵裣衽，重贵忙欲搀扶，冯氏偏停住不拜，却故意说道：“妾弄错了！朝贺应在正殿哩。”重贵笑道：“正是，此处只可行家人礼，且坐下叙谈。”冯氏乃与重贵对坐。重贵令侍女回避，便对冯氏道：“我特来与婶娘密商，我已正位，万事俱备，可惜没有皇后！”冯氏答道：“元妃虽薨，难道没有嫔御？”重贵道：“后房虽多，都不配为后，奈何？”冯氏嫣然道：“陛下身为天子，要如何才貌佳人，尽可采选，中原甚大，宁无一人中意么？”重贵道：“意中却有一人，但不知她乐允否？”冯氏道：“天威咫尺，怎敢不依！”满口应承。重贵欣然起立，凑近冯氏身旁，附耳说出一语，乃是看中了婶娘。冯氏又惊又喜，偏低声答道：“这却使不得，妾是残花败柳，怎堪过侍陛下！”重贵道：“我的娘！你已说过依我，今日是就要依我了。”说着，即用双手去搂冯氏。冯氏假意推开，起身趋入卧房，欲将寝门掩住。重贵抢步赶入，关住了门，凭着一副膂力，轻轻将冯氏举起，掖入罗帏。冯氏半推半就，遂与重贵成了好事。这一夜的海誓山盟，笔难尽述。

好容易欢恋数宵，大众俱已闻知。重贵竟不避嫌疑，意欲册冯氏为后。先尊高祖后李氏为皇太后，生母安氏为皇太妃，然后备着六宫仗卫，太常鼓吹，与冯氏同至西御庄，就高祖像前，行庙见礼。宰臣冯道以下，统皆入贺。重贵怡然道：“奉皇太后命，卿等不必庆贺！”道等乃退。重贵挈冯氏回宫，张乐设饮，金樽檀板，展开西子之颦，绿酒红灯，煊出南威之色。重贵固乐不可支，冯氏亦喜出望外。待至酒酣兴至，醉态横生，那冯氏凭着一身艳妆，起座歌舞，曼声度曲，宛转动人，彩袖生姿，蹁跹入画。重贵越瞧越爱，越爱越怜，蓦然间忆及梓宫，竟移酒过奠，且拜祷道：“皇太后有命，先帝不预大庆！”真是昏语。一语说出，左右都以为奇闻，忍不住掩口葫芦。重贵亦自觉说错，也不禁大笑绝倒，且顾语左右道：“我今日又做新女婿了！”冯氏闻言，嗤然一笑，左右不暇避忌，索性一笑哄堂。重贵趁势揽冯氏手，竟入寝宫，再演龙凤配去了。小子有诗咏道：

叔母何堪作继妻，雄狐牝雉大痴迷！
北延暴恶移文日，曾否疚心悔噬脐？

转瞬间又阅一年，晋主重贵，已将高祖安葬，奉了太后、太妃，及宠后冯氏，一同还都。欲知后事，请看下回。

安从进与安重荣，材具平庸，且无功绩之足言，徒以攀龙附凤，得为镇帅，富贵已达极点，而犹不知足，敢生异志者，无非欲为石敬瑭第二，妄冀非分之尊荣耳。迨晋军分道出兵，而二悍即归殄灭，不度稳，不量力，害必至此，何足怪乎！重贵以兄子继统，甫经莅事，即听景延广言，开罪契丹。外衅已开，自速其祸，而又纳叔母冯氏，渎伦伤化，败德乱常，名为人主，而行同禽兽，亦安能不危且亡也！若冯氏以叔母之尊，甘与犹子为偶，淫妇无耻，殊不足责，厥后与重贵同毙沙漠，正天道恶淫之报。此淫之所以为万恶首也！

第　二　回

悍弟杀兄僭承汉祚　逆臣弑主大乱闽都

知说晋主重贵，由邺都启行还汴，暂不改元，仍称天福八年。自幸内外无事，但与冯皇后日夕纵乐，消遣光阴。冯氏得专内宠，所有宫内女官，得邀冯氏欢心，无不封为郡夫人。又用男子李彦弼为皇后都押衙，正是特开创例，破格用人。重贵已为色所迷，也不管甚么男女嫌疑，但教后意所欲，统皆从命。独不怕为元绪公么？后兄冯玉，本不知书，因是椒房懿戚，擢知制诰，拜中书舍人。同僚殷鹏，颇有才思，一切制诰，常替玉捉刀，玉得敷衍过去。寻且升为端明殿学士，又未几升任枢密使，真个是皇亲国戚，与众不同。可惜是块碱砆。

小子因专叙晋事，把别国别镇的状况，未免失记。此处乘晋室少暇，不得不将别国情形，略行叙述。南汉主刘龑，自遣何词入唐后，已知唐不足惧，并因击败楚军，越加强横。事见第二十回。龑生十九子，俱封为王。长子耀枢，次子龟图，已皆早世。三子弘度，受封秦王。四子弘熙，受封晋王，两人素性骄恣。惟五子弘昌封越王，颇能孝谨，具有智识。龑欲使为储贰，惟越次册立，心殊未安，因此磋跎过去。且自龑僭位后，岭南无恙，全国太平，他却安安稳稳过了二十多年。年龄虽越五十，尚属体强力壮，没甚病痛。总道是寿命延长，不妨将立储问题，宽延时日。哪知六气偶侵，二竖为祟。当后晋天福七年，即南汉大有十五年，竟染了一场重症，医药罔效。当下召入左仆射王翻，密与语道："弘度、弘熙，寿算虽长，但终不能任大事，弘昌类我，我早欲立为太子，苦不能决，我子孙不肖，恐将来骨肉纷争，好似鼠入牛角，越斗越小呢。"说至此，泣下唏嘘。翻劝慰道："陛下既属意越王，须赶紧筹备，臣意拟将秦、晋二王，调守他州，方可无虞。"龑点首称是，乃拟徙弘度守邕州，弘熙守容州。

计议已定，适崇文使萧益入问起居，龑又述明己意。益力谏道："废长立少，必启争端，此事还求三思！"龑被他一说，又害得没有主意，蹉跎了好几日，竟尔毙命。弘度依次当立，遂即南汉皇帝位，更名为玢，改大有十五年为光天元年。命弟晋王弘熙辅政，尊龚为天皇大帝，庙号高祖。龚僭位二十六年，享年五十四岁，生平最喜杀人，创设汤镬、铁床等具，有灌鼻、割舌、肢解、刳剔、炮炙、烹蒸诸刑，或就水中捕集毒蛇，即将罪人投入，俾蛇吮噬，号为水狱。每决罪囚，必亲往监视，往往垂涎呀呷，不觉朵颐。想是豺狼转生。又性好奢侈，尽聚南海珍宝，作为玉堂璇宫。晚年更筑起一座南薰殿，柱皆镂金饰玉，础石间暗置香炉，朝夕燃香，有气无形，真个是穷奢极丽，不惜工资。

到了弘度即位，比乃父更觉骄奢，更添一种好色的奇癖，专喜观男女裸逐，混作一淘，外面作乐，里面饮酒，镇日间嬉戏淫媟，不亲政事。或夜间穿着墨缞，与娼女微行，出入民家，毫无顾忌，左右稍稍谏阻，立被杀死。惟越王弘昌及内常侍吴怀恩，屡次进谏，虽然言不见从，还算是顾全脸面，不加杀戮。

晋王弘熙，日进声伎，诱他荒淫。昏迷了好几月，度过残冬，已是光天二年。弘熙阴图篡位，知乃兄素好手搏，特嘱指挥使陈道庠，引力士刘思潮、潭令禋、林少强、林少良、何昌廷等五人，聚习晋府，习角抵戏。技艺有成，献入汉宫。弘度大悦，亲加验视，果然拳法精通，不同凡汉，遂留五人为侍卫，有暇辄命他角逐，评量优劣，核定赏罚。未几已届暮春，召集请王至长春宫，宴饮为欢。侑乐以外，即令五力士演角抵戏，且饮且观。五力士抖擞精神，卖弄拳技，引得弘度心花大开，尽管把黄汤灌将下去，顿时酩酊大醉，不省人事。弘熙发出暗号，那陈道庠即指示刘思潮等，掖着弘度，就势用力，竟将弘度于骨拉断，但听得一声狂叫，遽尔暴亡。可怜这位少年昏君，只活得二十四岁，就被害死。速死为幸。

后来谥为殇帝。所有宫内侍从，都杀得一个不留，诸王乘势逸出，不敢入视。待至翌晨，始由越王弘昌，带着诸弟，哭临寝殿。因即迎弘熙嗣位，易名为晟，改光天二年为应乾元年。命弟弘昌为太尉，兼诸道兵马都元帅，少弟循王弘杲为副，并预政事。陈道庠及刘思潮等，皆赏赉有差。南汉吏民，虽不敢公然讨逆，但宫中篡弑情形，已是无人不晓，免不得街谈巷议，传作新闻。循王弘杲，请斩刘思潮等以谢中外。不能仗义讨逆，徒欲归咎从犯，安得不自取死亡！看官试想，这弑君杀兄的刘弘熙，岂肯把佐命功臣，付诸典刑么？思潮等闻弘杲言，反诬称弘杲谋反，弘熙遂嘱思潮暗伺行踪。会弘杲宴客，思潮即纠集谭令禋等，带同卫兵，持械突入。弘杲不及趋避，立被刺死。弘熙闻报，很是欣慰，且大出金帛，厚赏思潮、令禋等人。一面严刑峻法，威吓臣下，并且猜忌骨肉，比前益甚。南汉高祖十九子，除长次二子早死外，三子五子被害，第九子万王弘操，先在交州阵亡，此时尚剩十四子。弘熙欲将十三人尽行加害，陆续设法，杀一个，少一个，结果是同归于尽，这便是南汉主龚好杀的惨报呢。大声疾呼。

小子因隔年太远，不应并叙下去，只好将汉事暂搁，另述唐事。唐主徐知诰，已复姓李氏，改名为昪。见二十九回。自命为江南强国，与晋廷不相聘问，独向辽通使，彼此互有往来。每当辽使至唐，辄给厚贿。及送至淮北，已入晋境，暗使人刺杀辽使，竟欲嫁祸晋廷，令他南北失和，自己可收渔人厚利。晋天福五年，晋安远节度使李金全，为亲吏胡汉筠所怂恿，擅杀朝使贸仁沼，为晋所讨，不得已奉表降唐。唐主昪遣鄂州屯营使李承裕、段处恭等，率兵三千，往迎金全。金全驰诣唐军，承裕遂入据安州。晋廷别简节度使马全节，兴师规复，与李承裕交战安州城南，承裕败走。晋副使安审晖，领兵追击，复破唐兵，斩段处恭，擒李承裕，自唐监军杜光邺以下，尽被捕获。全节杀死承裕及俘卒千五百人，械送光邺等归大梁。

时晋主石敬瑭尚存，闻光邺等被械入都，不禁叹息道："此曹何罪！"遂各赐马匹及器服，令还江南。唐主昪严拒不纳，送还淮北，且遗晋主书，内有边校贪功，乘便据垒，军法朝章，彼此不可四语。晋主仍遣令南归，偏唐主昪派了战船，力拒光邺，光邺只好仍入大梁。晋主授光邺官，编光邺部兵为显义都，命旧将刘康统领，追赠贾仁沼官阶，算是了案。李金全到了金陵，唐主昪待他甚薄，只命为宣威统军，金全已不能归晋，没奈何觍颜受命。此段文字，补前文所未详。嗣是昪无心窥晋，惟知保守吴疆。

既而吴越大火，焚去宫室府库，所储财帛兵甲，俱付一炬。吴越王钱元瓘，骇极成狂，竟至病殁。将吏奉元瓘子弘佐为嗣，弘佐年仅十三，主少国疑，更因火灾以后，元气萧条。吴越事就便带过。南唐大臣，多劝昪进击吴越，昪摇首道："奈何利人灾殃！"这是李昪仁心，不得谓其迂腐。遂遣使厚赍金粟，吊灾唁丧，此后通好不绝。昪客冯延己好大言，尝私讥昪道："田舍翁怎能成大事？"昪虽有所闻，也并不加罪。但保境安民，韬甲敛戈，吴人赖以休息。

好容易做了七年的江南皇帝，年已五十六岁，未免精力衰颓。方士史守冲，献入丹方，照方合药，服将下去，起初似觉一振，后来渐致躁急。近臣谓不宜再服，昪却不从。忽然间背中奇痛，突发一疽，他尚不令人知，密召医官诊治，每晨仍强起视朝。无如疽患愈剧，医治无功，乃召长子齐王璟入侍，未几已近弥留，执璟手与语道："德昌宫积储兵器金帛，约七百余万，汝守成业，应善交邻国，保全社稷。我试服金石，欲求延年，不意反自速死，汝宜视此为戒！"说至此，牵璟手入口，啮指出血，才行放下，涕泣嘱咐道："他日北方当有事，勿忘我言！"为后文伏笔。

璟唯唯听命。是夕昪殂，璟秘不发丧，先下制命齐王监国，大赦中外。越数日不闻异议，方宣遗诏，即皇帝位，改元保大。太常卿韩熙载上书，谓越年改元，乃是古制，事不师古，勿可以训。璟优旨褒答，但制书已行，不便收回，就将错便错的混了过去。

璟初名景通，有四弟景迁、景遂、景达、景逖。景迁早卒，由璟追封为楚王。景遂由寿王进封燕王，景达由宣城王进封鄂王，景逖为昪妃种氏所出。昪既受禅，方得此子，颇加宠爱。种氏以乐妓得幸，至此亦加封郡夫人。蛾眉擅宠，便思夺嫡，尝乘间进言，谓景逖才过诸兄。昪不禁发怒，责她刁狡，竟出种氏为尼，且不加景逖封爵。及昪殁璟继，种氏恐璟报怨，且泣且语道："人彘骨醉，将复见今日了！"以小人心，度君子腹。幸璟笃爱同胞，晋封景逖为保宁王，并许种氏入宫就养。璟母宋氏，尊为皇太后，种氏亦受册为皇太妃。议定父昪庙号，称为烈祖。

寻改封景遂为齐王，兼诸道兵马元帅，鄂王景达为副。璟与诸弟立盟柩前，誓兄弟世世继立，景遂等一再谦让，璟终不许。给事中萧俨疏谏，亦不见报，但封长子弘冀为南昌王，兼江都尹。虔州妖贼张遇贤作乱，派将荡平。中书令太保宋齐邱，自恃勋旧，树党擅权，由璟徙宋为镇海军节度使。宋齐邱暗生忿怼，自请归老九华，一表即允，赐号九华先生，封青阳公。齐邱去后，引用冯延己、常梦锡为翰林学士，冯延鲁为中书舍人，陈觉为枢密使，魏岑、查文徽为副使。这六人中除梦锡外，半系齐邱旧党，且专喜倾轧，贻误国家，吴人目为五鬼。梦锡屡言五人不宜重用，璟皆不纳。

既而璟欲传位景遂，令他裁决庶政。冯延己、陈觉等，乘机设法，令中外不得擅奏。大臣非经召对，不得进见。给事中萧俨，复上疏极谏，俱留中不发。连宋齐邱在外闻知，亦上表谏阻。侍卫都虞侯贾崇，排闼入诤道："臣事先帝三十年，看他延纳忠言，孜孜不倦，尚虑下情不能上达，陛下新即位，所恃何人，遽与群臣谢绝。臣年已衰老，死期将至，恐从此不能再见天颜了！"言毕，泣下呜咽。璟亦不觉动容，引坐赐食，乃将前令撤销。表扬谏臣。

忽由闽将朱文进，弑主称王，遣使入告，唐主璟斥他不道，拘住来使，拟发兵声讨。群臣谓闽乱首祸，为王延政，应先讨伪殷，方足代除乱本。延政不过叛兄，未尝弑主，唐臣所言不免偏见。因将闽使遣归，特派查文徽为江西安抚使，令觇建州虚实，再行进兵。看官道闽中大乱，从何而起？小子在前文三十回中，已叙闽主曦酗乱情形，早见他不能久享。唐主璟即位，曾贻闽主曦及殷主延政书，责他兄弟寻戈，有乖友爱。曦复书辩驳，引周公诛管蔡，及唐太宗杀建成、元吉事，作为比附，自护所短。延政且驳斥唐主篡吴，负杨氏恩。唐主怒起，便与两国绝好，尤恨延政无礼，意图报怨。释闽攻殷，伏机于此。可巧闽拱宸都指挥使朱文进，突然发难，更弑闽主，激成祸乱。于是全闽大扰，利归南唐。

先是文进与连重遇，分统两都，重遇弑昶立曦，入任阁门使，控鹤都归魏从朗统带，从朗亦朱、连党羽，统军未久，为曦所杀。文进、重遇，未免兔死狐悲，阴生疑贰。曦又召二人侍宴，酒兴方酣，遽吟唐白居易诗云："惟有人心相对间，咫尺之情不能料！"二人知曦示讽，忙起座下拜道："臣子服事君父，怎敢再生他志？"曦微笑无言，二人佯为流涕，亦不闻慰答。宴毕趋出，文进顾语重遇道："主上忌我已深，毋遭毒手！"重遇应诺。

会曦后李氏，妒害尚妃，具见三十回。密欲图曦，改立子亚澄为闽主，遂使人告文进、重遇道："主上将加害二公，如何是好？"夫主不可信，别人可信么？二人闻言益惧，即密谋行弑。适后父李真有疾，曦至真第问安，文进、重遇，暗嘱拱宸马步使钱达，掖曦上马，乘便拉死。

侍从奔散，文进、重遇，拥兵至朝堂，率百官会议。当由文进宣言道："太祖皇帝，光启闽国，已数十年。今子孙淫虐，荒坠厥绪，天厌王氏，应该择贤嗣立，如有异议，罪在不赦！"大众统是怕死，没一人敢发一言。重遇即接口道："功高望重，无过朱公，今日应当推立了！"大众又噤不发声。文进并不推让，居然升殿，被服衮冕，南面坐着。重遇率百官北面朝贺，再拜称臣，草草成礼。即由文进下令，悉收王氏宗族。自太祖子延熹以下；少长共五十余人，一体骈戮。就是曦后李氏，曦子亚澄，也同时被杀。李真闻变惊死，余官得过且过，乐得偷生。惟谏议大夫郑元弼，抗辞不屈，拟奔建州，为文进所害。元弼虽死犹荣，不若曦后、曦子之死有余辜。文进自称威武军留后，权知闽国事。葬闽主曦，号为景宗。用重遇总掌六军，兼礼部尚书判三司事，进枢密使鲍思润同平章事，令羽林统军使黄绍颇，为泉州刺史，左军使程文纬为漳州刺史，汀州刺史许文稹，举郡降文进，文进许为原官。部署少定，因派人四出报告，且向晋奉表称藩。晋授文进为威武节度使，知闽国事。独殷主延政，倡议讨逆，先遣统军使吴成义，率兵击闽，与战不利。再遣部将陈敬佺，领兵三千，屯尤溪及古田，卢进率兵二千屯长溪，作为援应。

泉州指挥使留从效，语同僚王忠顺、董思安、张汉思道："朱文进屠灭王氏，遣腹心分据诸州，我辈世受王氏恩，乃交臂事贼，一旦富沙王攻克福州，我辈且死有余愧了！"王、董等也以为然，从效即召部下壮士，夜饮家中，酒酣与语道："富沙王已平福州，密旨令我等讨黄绍颇，我观诸君状貌，皆非贫贱士，何不乘此讨贼？能从我言，富贵可图，否则祸且立至了！"众壮士不以为诈，踊跃效命，各出持白梃，逾垣入刺史署，擒住绍颇，剁作两段。从效入取州印，赴延政族子王继勋宅中，请主军府，自称平贼统军使，函绍颇首，遣兵马使陈洪进赍诣建州。延政立授继勋为泉州刺史，从效、洪进为都指挥使。漳州将陈谟，闻风起应，亦杀刺史程文纬，请王继成权知州事。继成也是延政族子，与继勋同居疏远，所以文进篡位，王氏

五代

亲族多死，惟二人幸全。汀州刺史许文稹，又见风使帆，奉表降殷。

朱文进闻三州生变，慌得手足无措，忙悬重赏募兵，得二万人，令部下林守谅、李廷谔为将，往攻泉州，钲鼓声达百里。殷主延政，也遣大将军杜进，率兵二万救泉州。留从效得了援师，开城出战，与杜进夹攻闽军。闽军兵皆乌合，似鸟兽散，林守谅战死，李廷谔被擒。捷报飞达建州，延政因促吴成义，率战舰千艘，速攻福州。朱文进求救吴越，遣子弟为质，吴越尚未出师，殷军已集城下。那时唐主璟已从查文徽请，遣都虞侯边镐攻殷。吴成义吓迫闽人，反诈称唐军援己，闽人大恐。朱文进无法可施，因遣同平章事李光准诣建州，赍献国宝。

光准方行，部吏已有贰心。南廊承旨林仁翰，密语徒众道："我辈世事王氏，今受制贼臣，倘富沙王到来，有何面目相见呢？"众应声道："愿听公令！"仁翰便令众被甲，径趋连重遇第，重遇严兵自卫，由仁翰执槊直前，刺杀重遇，斩首示众道："富沙王将至，恐汝等要族灭了！现我已杀死重遇，去一逆党，汝等何不亟取文进，赎罪图功？"大众听到此言，一齐摩拳擦掌，闯入阙廷，饶你文进威焰熏天，至此变成一个独夫，立被乱军拖出，乱刀齐下，粉骨碎身！恶人终有恶报，世人何苦作恶！

当下大开城门，迎吴成义入城。成义验过二人首级，传送建州，并由闽臣附表，请殷主延政归闽。延政因唐兵方至，未暇徙都，但命从子继昌，出镇福州，改号福州为南都，且复国号为闽。发南都侍卫及左右两军甲士万五千人，同至建州，抵御唐兵。小子有诗叹道：

外侮都从内讧招，一波才了一波摇；
闽江波浪喧豗甚，春色原来已早凋。

欲知闽唐争战情形，且容下回续叙。

五季之世，虽为天地闭塞之时，然亦未尝无公理。南汉主刘龑，暴虐不仁，以杀人为快事，竟得安享国家，至二十有六年之久，且生子至十有九人，几疑天心助暴，公理尽亡。且弘熙杀兄屠弟，淫刑以逞，弘度荒耽酒色，死不足惜，诸弟无辜，亦遭毒手，冥漠岂真无凭，意者其假手弘熙，俾龑子之无噍类，以偿其杀人之罪恶乎！即如闽乱情形，成自篡弑，子可弑父，弟何不可叛兄！臣何不可戕君！朱文进、连重遇两逆，连毙二主，自以为凶横无敌，而卒归诛夷，报施不爽，公理固自在也。被唐主昪虽得国不正，而休兵息民，终为彼善于此。嗣主璟笃爱同胞，迎养庶母，孝友可风，大节已著，即无失政，而卒免篡弑之祸。阅者于夹缝中求之，可知公理昭昭，著书人固已道破也。

第三回

得主援高行周脱围 迫父降杨光远伏法

却说唐闽交争的时候，正晋辽失好的期间。晋主重贵，自信任一个景延广，向辽称孙不称臣，辽主已有怒意，见三十一回。会辽回图使乔荣，来晋互市，置邸大梁。回图使系辽官名，执掌通商事宜。荣本河阳牙将，从赵延寿降辽，辽主因他熟悉华情，令充此使。偏景延广喜事生风，说荣为虎作伥，力劝晋主捕荣，拘系狱中。晋主不管好歹，惟言是从。延广既将荣下狱，复把荣邸存货，尽行夺取，再命将境内所有辽商，一律捕诛，没货充公。仿佛强盗行径。晋廷大臣，恐激怒北廷，乃上言辽有大功，不应遽负。晋主重贵，难违众议，因释荣出狱，厚礼遣归。

荣过辞延广，延广张目道："归语尔主，勿再信赵延寿等诳言，轻侮中国，须知中国士马，今方盛强，翁若来战，孙有十万横磨剑，尽足相待，他日为孙所败，贻笑天下，悔无及了！"大言不惭者，其鉴之。荣正虑亡失货财，不便归报，既闻延广大言，遂乘机对答道："公语颇多，未免遗忘，敢请记诸纸墨，俾便览忆！"延广即令属吏照词笔录，付与乔荣。荣欢然别去，归至西楼，即将书纸呈上。辽主耶律德光，不瞧犹可，瞧着此纸，勃然大怒，立命将在辽诸晋使，絷住幽州，一面集兵五万，指日南侵。

是时晋连遭水旱，复遇飞蝗，国中大饥。晋廷方遣使六十余人，分行诸道，搜括民谷。一闻辽将入寇，稍有知识的官吏，自然加忧。桑维翰已入为侍中，力请卑辞谢辽，免起兵戈。独景延广以为无恐，再四阻挠。那晋主重贵，始终倚任延广，还道平辽妙策，言听计从。朝臣领袖，除延广外，要算维翰，维翰言不见用，还有何人再来多嘴。河东节度使刘知远，料定延广鲁莽，必致巨寇，只因不便力争，但募兵戍边，奏置兴捷武节等十余军，为固圉计。为后文代晋张本。

平卢节度使杨光远，已蓄异谋。见三十回。从前高祖尝借给良马三百匹，景延广又特传诏命，发使索还。光远不得已取缴，密语亲吏道："这明明是疑我呢！"遂发使至单州，召子承祚使归。承祚本为单州刺史，闻召后，即托词母病，夜奔青州。晋廷遣飞龙使何超权知单州事，且颁赐光远金帛，及玉带御马，隐示羁縻。这却不必。光远视恩若仇，竟密遣心腹至辽，报称晋主负德背盟，境内大饥，公私困敝，乘此进攻，一举可灭等语。辽主已跃跃欲动，再加赵延寿从旁怂恿，便语延寿道："我已召集山后及卢龙兵五万人，令汝为将。汝此去经略中原，如果得手，当立汝为帝！"

延寿闻命，喜欢的了不得，忙伏地叩谢。谢毕起身，即统兵起程。到了幽州，适留守赵思温子延照，自祁州奔至父所。见三十回。当由延寿命为先锋，驱军南下，直逼贝州。

晋主重贵方因即位逾年，御殿受贺，庆赏上元，忽接到贝州警报，说是危急异常。重贵召群臣计议，群臣多说道："贝州系水陆要冲，关系甚大，但前此已拨给刍粟，厚为防备，大约可支持十年，为什么一旦遇寇，便这般紧急哩！"重贵道："想是知州吴峦，虚张敌焰，待朕慢慢儿的遣将援他便了！"救兵如救火，奈何迟缓！

过了数日，又有警信到来，乃是贝州失守，吴峦死节。于是晋廷君臣，才觉着忙。看官阅过前文，应知吴峦在云州时，守城半年，尚不为动，此次何故速败，与城俱亡？原来贝州升为永清军，曾由节度使王周管辖。见三十回。王周调任，改用王令温。令温因军校邵珂，凶悖不法，将他斥革。珂阴怀怨望，潜结辽军。会令温入朝执政，保举吴峦，权知州事。峦才到任，辽兵大至，城中将卒，与峦素不相习，怎能驱使得人？峦尚推诚抚士，誓众守城，将士颇为感奋，愿效死力。那居心叵测的邵珂，也居然在吴峦前，自告奋勇，情愿独当一面。峦不知有诈，优词奖勉，令他率兵守南门，自统将吏守东门。赵延寿麾众猛扑，经峦登陴督守，所有辽人攻具，多被峦用火扑毁，残缺不全。极写吴峦。既而辽主耶律德光，亲率大军至贝州城下，再行进攻，峦毫不胆怯，一面向晋廷乞援，一面督将吏死守。不意邵珂竟打开南门，迎纳辽兵。辽兵一拥而入，全城大乱。峦懊悔不及，尚率将吏巷战，待至支持不住，自赴井中，投水殉难。贝州遂陷，被杀至万人。

晋廷闻报，乃命归德节度使高行周为北面行营都部署，河阳节度使符彦卿为马军左厢排阵使，右神武统军皇甫遇为马军右厢排阵使，陕府节度使王周为步军左厢排阵使，左羽林将军潘环，为步军右厢排阵使，率兵三万，往御辽兵。晋主重贵，更下诏亲征，择日启銮。可巧成德节度使杜威，即杜重威，因避晋主名讳，去一重字。遣幕僚曹光裔至青州，为杨光远陈说祸福。光远即令光裔入奏，诡言存心不二，臣子承祚私归，实由省视母病，既蒙恩宥，全族荷恩，怎敢再作他想，重贵信以为真，仍命光裔复往慰谕。其实光远何尝变计，不过为缓兵起见，权作哀词。重贵以为东顾无忧，可以安心北征，命前邠州节度使李周为东京留守，自率禁军启行。

授景延广为御营使，一切方略号令，悉归延广主裁。

途次连接各道警报，河东奏称辽兵入雁门关，恒、邢、沧三州，亦俱报寇入境内，滑州又飞奏辽主至黎阳。重贵乃命河东节度使刘知远为幽州道行营招讨使，成德节度使杜威为副。再派右武卫上将军张彦泽等，赴黎阳御辽。因恐辽兵势盛，未可轻敌，更派译官孟守忠，致书辽主，乞修旧好。辽主复书道："事势已成，不可复改了！"

重贵未免心焦，硬着头皮，行至澶州。探报谓辽主屯元城，赵延寿屯南乐，又觉得与敌相近，益加愁烦。镇日里军书旁午，应接不遑。太原刘知远，奏破辽伟王于秀容，斩首三千级，余众遁去。一喜。知郓州颜衎，遣观察判官窦仪驰报，说是博州刺吏周儒举城降辽，又与杨光远通使往来，引辽兵自马家口渡河，左武卫将军察行遇战败，竟为所擒。一忧。

重贵忧喜交并，只好请出这位全权大使景延广，与议军情。窦仪语延广道："虏若渡河，与光远合，河南两面受敌，势且难保了！"延广也以为然，乃派侍卫马军都指挥使李守贞，及神武统军皇甫遇，陈州防御使梁汉璋，怀州刺史薛怀让，统兵万人，沿河进御。蓦接高行周、符彦卿等急报，谓军至戚城，被辽兵围住，请即发兵相援。延广本已下令，饬诸将分地拒守，毋得相救，此次来使请师，稍与军令有违，不如观望数天，再作计较。以人命为儿戏，安能不亡国败家！

嗣是戚城军报，日紧一日，始入白重贵。重贵大惊道："这是正军，怎得不救！"延广道："各军已皆派往别处，现在只有陛下亲军，难道也派往不成！"重贵愤然道："朕自统军赴援，有何不可！"改怯为勇，想是被延广激起。遂召集卫军，整辔前行。

将至戚城附近，遥闻鼓角喧天，料知两军开战，当下麾军急进，仅越里许，已达战场。遥见敌骑甚众，纵横漫野，一少年骁将，白袍白马，翼住行营都部署高行周，冲突出围，敌骑四面追来，被少将张弓迭射，左射左倒，右射右倒，敌皆披靡。重贵乘势杀上，高行周见御驾亲授，也翻身再战，救出左厢排阵使符彦卿，及先锋指挥使石公霸，杀毙辽兵甚多。辽兵遁去。

重贵登戚城古台，慰劳三将，三将齐声道："臣等早已告急，待援不至，幸蒙陛下亲临，始得重生。"重贵不禁失声道："这皆为景延广所误！延广迟报数日，所以朕来得太迟了。"三人凄然道："延广与臣等何仇，不肯遣兵救急？"说至此，相对泣下。经重贵好言抚慰，始各收泪。重贵问少将为谁？行周道："是臣儿怀德。"点出高怀德，语加郑重。重贵立即召见，赐给弓马，怀德拜谢，重贵仍还次澶州。

这边方奏凯班师，那边亦捷书驰至，李守贞等至马家口，正值辽兵筑垒，步兵为役，骑兵为卫，当由守贞等冲杀过去，骑兵退走。晋军乘胜攻垒，应手即下，辽兵大溃，乘马渡河，溺死数千人，战殁亦数千人，还有驻扎河西的辽兵，见河东失败，也痛哭退还，辽人始不敢东侵了。守贞生擒敌将七十八人，及部众五百人，解送澶州，一并伏法。又有夏州节度使李彝殷，奏称合蕃汉兵四万，从麟州渡河，攻入辽境，牵制敌势，有诏授彝殷为西南面招讨使。寻闻杨光远欲西会辽兵，即命前保义节度使石赟，分兵屯戍郓州，防御光远。且命刘知远带领部众，自土门出恒州，会同杜威各军，掩击辽兵。知远不肯受命，但移屯乐平，逗留不进。

辽主耶律德光，闻各路失利，已萌退志，又未甘遽退，特想出一计，伪弃元城，声言北归，暗在古顿、邱城旁，埋伏精骑，等候晋军。邺都留守张从恩，屡奏称虏已遁去，晋军意欲追击，为霖雨所阻，方才停止。辽兵埋伏经旬，并不见晋军追来，反弄得人马饥疲。辽主因计不得逞，啼嘘不已。赵延寿进策道："晋军畏我势盛，必不敢前，不如进薄澶州，四面合攻，得据住浮梁，便可长驱中原了！"辽主依议，即于三月朔日，自督兵十余万，进攻澶州。自城北列阵，横亘至东西两隅，端的是金戈挥日，铁骑成云。高行周等自戚城进援，前锋与辽兵对仗，自午至晡，不分胜负。辽主自领精骑，前来接应，晋主重贵，亦出阵待着。辽主望见晋军颇盛，顾语左右道："杨光远谓晋遇饥荒，兵多馁死，为何尚这般强盛呢？"遂分精骑为两队，左右夹击晋军，晋军屹立不动。等到辽兵趋近，却发出一声梆响，接连是万弩齐发，飞矢蔽空，辽兵前队，多半中箭，当然退却。又攻晋军东偏，两下里苦战至暮，互有杀伤。辽主知不能胜，引兵自去。至三十里外下营。

既而北去，有帐中小校窃马来奔，报称辽主已收兵北归，景延广疑他有诈，闭营高坐，不敢追蹑。那辽主却分军为二，一出沧德，一出深冀，安然归去。所过焚掠一空，留赵延寿为贝州留后，别将麻答陷德州，把刺史尹居璠拘去。嗣由缘河巡检梁进，募集乡社民兵，乘敌出境，复将德州取还。

晋主重贵，因辽兵已退，留高行周、王周镇守澶州，自率亲军归大梁。侍中桑维翰，劾奏景延广不救戚城，专权自恣，乃出延广为西京留守。延广郁郁无聊，唯日夕纵酒，藉以自娱。旋因朝使出括民财，河南府出缗钱二十万，延广擅增至三十七万，意欲把十七万缗，中饱私囊。判官卢亿进言道："公位兼将相，富贵已极。今国家不幸，府库空虚，不得已取诸百姓，公奈何额外求利，徒为子孙增累呢！"延广也不觉怀惭，方才罢议。尚有人心。

各道横敛民财，锁械刀杖，备极苛酷，百姓求生不得，求死不能。再加朝旨驱民为兵，号武定军，得七万余人，每七户迫出兵械，供给一卒，可怜百姓无从呼吁，统害得卖妻鬻子，荡产破家。那晋主重贵，尚下诏改元开运，连日庆贺，朝欢暮乐，晓得什么民间痛苦，草野流离。坐是速亡。

邺都留守张从恩，上言赵延寿虽据贝州，部众统久客思归，正好伺隙进击。奉诏授为贝州行营都部署，督将士规复贝州。当下麾兵往攻。及抵贝州城下，赵延寿已弃城遁去。城中烟焰迷濛，余火未熄。从恩入城扑救，盘查府库，已无一钱，民居亦被劫无遗，徒剩得一座空城了。

未几滑州河决，水溢汴、曹、单、濮、郓五州，朝命发数道丁夫，堵塞决口，好容易才得堵住。晋主重贵，欲刻碑记事，中书舍人杨昭进谏，疏中有“刻石纪功，不若降哀痛之诏，染翰颂美，不若颁罪己之文”，四语最为恳切。重贵方将原议搁起。

嗣有人谓宰相冯道，依违两可，无补时艰，特出道为匡国军节度使，进任桑维翰为中书令，兼枢密使。维翰再秉国政，尽心措置，纪纲少振，颇有转机。且授刘知远为北面行营都统，晋封北平王，杜威为招讨使，督率十三节度，控御朔方。维翰在内指挥，自行营都统以下，无敢违命，时人多服他胆略。惟权位既重，四方赂遗，竟集门庭，仅阅一岁，积资巨万。并且恩怨太明，睚眦必报，又生成一张大面，耳目口鼻，无不广大。僚属按班进见，仰视声威，无不失色，所以秉政岁余，渐有谤言。磨穿铁砚之桑维翰，亦未能免俗，可叹！

杨光远素为维翰所嫉，至是维翰必欲除去光远，遂专任侍卫马步都虞侯李守贞，率步骑二万，进讨青州。光远方自棣州败还，突闻守贞兵到，慌忙领兵守城，且遣使求救辽廷。守贞奋力督攻，四面兜围，困得水泄不通。光远日望辽兵来援，哪知辽兵只来得千余人，被齐州防御使薛可言，中途击退。城中援绝势孤，粮食渐尽，兵士多半饿死。光远料不能出，自登城上，遥向北方叩首道：“皇帝皇帝，误我光远了！”谁叫你叛国事虏？言已泣下，光远子承勋、承信、承祚等，劝光远出降，光远摇首道：“我在代北时，尝用纸钱驼马祭天，入池沉没，人皆说我当作天子，我且死守待援，勿轻言降晋哩！”承勋等怏怏退下，回忆谋叛首领，实出判官邱涛，及亲校杜延寿、杨瞻、白承祚数人，乃俟光远回府，竟号召徒众，杀死邱、杜、杨、白四人，函首出送晋营。一面纵火大噪，劫光远出居私第，然后开城迎纳官军，派即墨县令王德柔上表谢罪。

德柔赍表入都，晋主重贵览表，踌躇未决，召桑维翰入问道：“光远罪大宜诛，但伊子归命，可否为子免父？”维翰忙接口道：“岂有逆状滔天，尚可轻赦？望陛下速正明刑。”重贵始终怀疑，俟维翰退后，惟传命军前，饬李守贞便宜从事。守贞已入青州，接到廷寄，乃遣客省副使何延祚，率兵入光远私第，拉死光远，便算了案。上书报闻，诡言光远病死。晋主重贵，反起复杨承勋为汝州防御使。乃父叛君，诸子劫父，不忠不孝，同一负辜，可笑那重贵赏罚不明，纵容叛逆，徒养成一班无父无君的禽兽，哪里能保有国家呢！评论精严。

先是光远叛命，中外大震，有朝士扬言道："杨光远欲谋大事么？我实不信！光远素患秃疮，伊妻又尝跛足，天下岂有秃头天子，跛脚皇后么？"为这数语，转令人心渐靖，不到一年，光远果然伏诛了！

辽主耶律德光，闻光远被诛，青州归晋，又拟大举入寇。令赵延寿引兵先进，前锋直达邢州。成德节度使杜威，飞章告急。晋主复欲亲征，会遇疾不果，乃调张从恩为天平节度使，马全节为邺都留守，会同护国军节度使安审琦，武宁军节度使赵在礼，共御辽兵。在礼屯邺都，余军皆屯邢州，两下俱按兵不战。辽主德光，复率大兵踵至，建牙元氏县，声势甚盛。各军已有惧意，再经晋廷他慎重，越加惶恐。顿时未战先却，沿途抛弃甲仗，无复部伍。匆匆奔至相州，勉强过了残冬。

开运二年正月，朝旨命赵在礼退屯澶州，马全节还守邺都，另遣右神武统军张彦泽，出戍黎阳，西京留守景延广，出扼胡梁渡。辽兵大掠邢、洺、磁三州，进逼邺境。张从恩、马全节、安审琦三军，同时会集，列阵相州安阳水南，为截击计。神武统军皇甫遇，方加官检校太师，出任义成军节度使，也闻难前来，与濮州刺史慕容彦超，带着数千骑兵，作为游骑，先去侦探敌势。自旦至暮，未见回来，安阳诸将，免不得惊讶起来。正是：

军情艰险原难测，兵报稽迟促暗惊。

究竟皇甫遇驰往何处，容至下回表明。

石晋之向辽称臣，原一大谬。但铸错已成，势难骤改。重贵新立，皇纲未振，乃误信一景延广，向辽挑衅，辽主入寇无功，旋即引去。此岂重贵之果能却敌，实由天夺之鉴，促其速亡耳！景延广虽被劾外调，而进任者为一桑维翰，悉心秉政，颇有转机。然贿赂公行，恩怨必报，究非大臣风度。且幽涿十六州，沦没虏廷，创此议者为谁，而可谓无罪乎？杨光远引虏入侵，甘心叛主，实欲效石敬瑭故事，但秃疮天子，跛脚皇后，久为世笑，安能有成？惟重贵不能明正典刑，徒令李守贞之遣人拉死，反以病卒见告。叛命者可以免罪，则天下谁不思借蛮夷力，窃皇帝位乎？故辽兵再举，而虎伥甚多。石晋不亡于内乱，而亡于外寇，有以夫！

第　四　回

战阳城辽兵败溃　失建州闽主覆亡

却说义成节度使皇甫遇，与濮州刺史慕容彦超，往探敌踪，行至邺县漳水旁，正值辽兵数万，控骑前来。遇等且战且却，至榆林店，后面尘头大起，见辽兵无数驰至，遇语彦超道："我等寡不敌众，但越逃越死，不如列阵待援。"彦超亦以为然，乃布一方阵，露刃相向。辽兵四面冲突，由遇督军力战，自午至未，约百余合，杀伤甚众。遇坐马受伤，下骑步战。仆人顾知敏，让马与遇。遇一跃上马，再行冲锋，奋斗多时，才见辽兵少却。旁觅知敏，已经失去，料知为敌所擒，便呼彦超道："知敏义士，怎可轻弃！"彦超闻言，便怒马突入辽阵，遇亦随往，从枪林箭雨中，救出知敏，跃马而还。义勇可风。

时已薄暮，辽兵又调出生力军，前来围击，遇复语彦超道："我等万不可走，只得以死报国了！"乃闭营自固，以守为战。安阳诸将，怪遇等至暮未归，各生疑虑。安审琦道："皇甫太师，寂无声问，想必为敌所困。"言未已，有一骑士驰来，报称遇等被围，危急万状。审琦即引骑兵出行。张从恩问将何往？审琦慨然道："往救皇甫太师！"如闻其声。从恩道："传言未必可信，果有此事，虏骑必多，夜色昏皇，公往何益！"审琦朗声道："成败乃是天数，万一不济，亦当共受艰难，倘使虏不南来，坐失皇甫太师，我辈何颜还见天子！"审琦亦颇忠勇。说至此，已扬鞭驰去，逾水急进，辽兵见有援师，便即解围。遇与彦超，才得偕归相州。

张从恩道："辽主倾国南来，势其汹涌，我兵不多，城中粮又不支一旬，倘有奸人告我虚实，彼虏悉众来围，我等死无葬地了。不若引兵就黎阳仓，倚河为拒，尚保万全。"审琦等尚未从议，从恩麾军先走，各军不能坚持，相率南趋，扰乱失次，如邢州溃退时相同。从恩只留步卒五百名，守安阳桥，夜已四鼓。

知相州事符彦伦，闻各军退去，惊语将佐道："暮夜纷纭，人无固志，区区五百步卒，怎能守桥！快召他入城，登陴守御。"当下遣使石还守兵，甫经入城，天色已曙。遥望安阳水北，已是敌骑纵横。彦伦命将士乘城，扬旗鸣鼓，佯示军威。辽兵不知底细，总道是兵防严密，不敢径进。彦伦复出甲士五百，列阵城北，辽兵益惧，至午退归。

北面副招讨使马全节等，奏称虏众引还，宜乘势大举，出袭幽州。振武节度使折从远，又表称截击归寇，进攻胜朔。于是晋主重贵，复起雄心，召张从恩入都，权充东京留守，自率亲军往滑州。命安审琦屯邺都，再从滑州趋澶州，马全节部军，依次北上。刘知远在河东，得知消息，不禁叹息道："中原疲敝，自守尚恐不足，今乃横挑强胡，幸胜且有后患，况未必能胜呢！"你也未免观望。

辽主尚未知晋主亲出，但取道恒州，向北旋师。前驱用羸兵带着牛羊，趋过祁州城下，刺史沈斌，望见辽兵羸弱，以为可取，遂派兵出击。不意兵已出发，那后队的辽兵，突然掩至，竟将州兵隔断，趁势急攻。斌登城督守，赵延寿在城下指挥辽兵，仰首呼斌道："沈使君！你我本系故交，想区区孤城，如何得保！不如趋利避害，速即出降。"斌正色答道："公父子失计，陷没虏廷，忍心害理，敢率犬羊遗裔，来噬父母宗邦，试问公具有天良，奈何不自愧耻，尚有骄色。斌弓折矢尽，宁为国家死节，终不效公所为！"对牛弹琴。延寿恼羞成怒，扑攻益急，两下相持一昼夜，待至诘朝，城被攻破，斌即自杀。延寿掳掠一周，出城自归。

晋主再命杜威为北面行营都招讨使，领本道兵，会马全节等进军。杜威乃进兵定州，派供奉官萧处钧，收复祁州，权知州事。一面会同各军，进攻泰州，辽刺史晋廷谦开城出降。晋军乘胜攻满城，擒住辽将没刺，复移兵拔遂城。

辽主耶律德光，还至虎北口，迭接晋军进攻消息，又拥众南向，麾下约八万人。晋营哨卒，报知杜威，威不禁生畏，拔寨遽退，还保泰州。及辽军进逼，再退至阳城，那辽主不肯休息，鼓行而南，晋军退无可退，不得不上前厮杀。可巧遇着辽兵前锋，即兜头拦截，一阵痛击，杀败辽兵，逐北十余里，辽兵始逾白沟遁去。

越二日，晋军结队南行，才经十余里，忽遇辽兵掩住，四面环攻。晋军突围而出，至白团卫村，依险列阵，前后左右，排着鹿角，权作行寨。辽兵一齐奔集，攒聚如蚁，又把晋营围住，并用奇兵绕出营后断绝晋军粮道。是夜东北风大起，拔木扬沙，很是厉害。晋营中掘井取水，方见泉源，泥辄倒入，军士用帛绞泥，得水取饮，终究不能解渴，免不得人马俱疲。俟至黎明，风势愈剧，辽主德光，踞坐胡车，大声发令道："晋军止有此数，今日须一律擒住，然后南取大梁。"遂命铁鹞军辽人称精骑为铁鹞。同时下马，来踹晋营。拔去鹿角，用短兵杀入，后队更顺风扬火，声助兵威。

晋军至此，却也愤怒起来，齐声大呼道："都招讨使！何不下令速战！难道甘束手就死么？"杜威尚是迟疑，徐徐答道："俟风少缓，再定进止。"李守贞进言道：

"敌众我寡，现值风扬尘起，彼尚未辨我军多少，此风正是助我，若再不出军奋击，一俟风缓，吾属无噍类了！"说至此，便向众齐呼道："速出击贼。"又回头语威道："公善守御，守贞愿率中军决死了。"马军排阵使张彦泽欲退，副使药元福力阻道："军中饥渴已甚，一经退走，必且崩溃。敌谓我不能逆风出战，我何妨出彼所料，上前痛击，这正是兵法中诡道哩！"马步军都排阵使符彦卿，亦挺身出语道："与其束手就擒，宁可拼死报国！"遂与彦泽、元福，拔关出战。皇甫遇亦麾兵跃出，纵横驰骤，锐不可当，辽兵辟易，倒退至数百步。风势越吹越大，天愈昏暗，几乎不辨南北，彦卿与守贞相遇，并马与语道："还是拽队往来呢？还是再行前进，以胜为度呢？"守贞道："兵利速进，正宜长驱取胜，怎得回马自沮！"彦卿乃呼集诸军，拥着万余骑，横击辽兵，呐喊声震动天地。辽兵大败而走，势如崩山，晋军追逐至二十余里。

辽铁鹞军已经下马，仓猝不能复上，委弃马仗，满积沙场，及奔至阳城东南水上，始稍稍成列。杜威闻胜出追，行至阳城，遥见辽兵正在布阵，乃下令道："贼已破胆，不宜更令成列！"因遣轻骑驰击，也来驶顺风船么？辽兵皆逾水遁去。耶律德光乘车北走千余里，得一橐驼，改乘急走。诸将请诸杜威，谓急追勿失。杜威独扬言道："遇贼幸得不死，尚欲索取衣囊么？"总不肯改过本心。李守贞接入道："两日以来，人马渴甚，今得水畅饮，必患脚肿；不如全军南归为是。"乃退保定州，嗣复自定州引还，晋主也即还都。

杜威归镇，表请入朝，晋主不许。看官道他何意？原来杜威久镇恒州，自恃贵戚，贪纵无度，往往托词备边，敛取吏民钱帛，入充私囊。富室藏有珍货，及名姝骏马，必设法夺取，甚且诬以他罪，横加杀戮，没资充公。至虏骑入境，他却畏缩异常，任他纵掠，属城多成榛莽。自思境内残敝，又适当敌冲，不如入都觐主，面清改调。晋主重贵不许，他竟不受朝命，委镇入朝。

朝廷闻报，相率惊骇。桑维翰入奏道："威常凭恃勋亲，邀求姑息，及疆场多事，无守御意，擅离边镇，藐视帝命。正当乘他入朝，降旨黜逐，方免后患！"晋主重贵，默然不答，面上反露出二分愠意。维翰又道："陛下若顾全亲谊，不忍加罪，亦只宜授他近京小镇，勿复委镇雄藩。"重贵才出言道："威与朕至亲，必无异志，但长公主欲来相见，所以入朝，愿卿勿疑！"维翰快快趋出。嗣是不愿再言国事，托词足疾，上表乞休。晋主总算慰留。

未几杜威入都，果挈妻同至。妻系晋主女弟，已进封来国长公主，至是入宫私觌，替威面请，求改镇邺都。晋主重贵，立即应诺，命威为邺都留守，仍号邺都为天雄军，令兼充节度使。为了兄妹的私情，竟把宗社送掉了。调故留守马全节镇成德军。威欣然辞行，挈妻偕往。马全节调任未几，即报病殁，后任为定州节度使王周，用前易州刺史安审约充定州留后，这也无容絮述。

且说辽主连年入寇，中国原被他蹂躏，受害不堪，就是北廷人畜，亦多致亡死。述律太后语德光道："今欲令汉人为辽主，汝以为可行否?"德光答言不可。述律太后复道："汝不欲汉人主辽，奈何汝欲主汉?"德光答道："石氏负我太甚，情不可容!"述律太后道："汝今日虽得汉土，亦不能久居，万一蹉跌，后悔难追!"又顾语群下道："汉儿怎得一向眠，自古但闻汉和蕃，不闻蕃和汉，若汉儿果能回意，我亦何惜与和。"这消息传入大梁，桑维翰含忍不住，复功晋主向辽修和，稍纾国患。晋主重贵，乃使供奉官张晖，奉表称臣，往辽谢过。

辽主德光道："使景延广、桑维翰自来，再割镇、定两道与我，方可言和。"张晖不敢多辩，归白晋主。晋主谓辽无和意，不再遣使。且默忆辽兵两入，均得击退，自谓可无后虞，乐得安享太平，耽恋酒色。凡四方贡献珍奇，尽归内府，选嫔御，广宫室，多造器玩，崇饰后庭。在宫中筑织锦楼，用织工数百，制成地毯，期年甫成。又往往召入优伶，夤夜歌舞，赏赐无算。寻且因各道贡赋，统用银两，遂命将银易金，取藏内库，笑语侍臣道："金质轻价昂，最便携带。"后人即指为北迁预兆。骄侈如此，即无以金易银之举，宁能免虏！桑维翰复进谏道："强邻在迩，未可偷安！曩时陛下亲御胡寇，遇有战士重伤，且不过赏帛数端。今优人一谈一笑，偶尔称旨，辄赐束帛万缗，并给锦袍银带，彼战士宁无见闻！将谓陛下待遇优伶，远过战将，势必灰心懈体，尚谁肯奋身效力，为陛下保卫社稷呢?"重贵不从。

枢密使冯玉，专事逢迎，甚得主欢，兄妹本是同情。竟升任同平章事。玉尝有微疾，乞假在家，重贵语群臣道："自刺史以上，俟冯玉病愈视事，方可迁除。"嗣是内外官吏，多趋奉冯玉，门庭如市。还有宣徽南院使李彦韬，倾邪险巧，素为高祖幸臣，至此复与冯玉联络，得充侍卫马军都指挥使，晋官检校太保。两嬖专权，朝政益坏。

先是重贵有疾，桑维翰尝遣女仆入宫，朝见太后，且问皇弟重睿，曾否读书。语为重贵所闻，未免芥蒂。至冯玉擅权，偶与谈及，玉即谓维翰有意废立，益触动重贵疑心。李彦韬是冯家走狗，当然与玉相联，排斥维翰。还有天平节度使李守贞，亦与维翰有隙，内外构陷，立将维翰摔去，罢为开封尹，进前开封尹赵莹为中书令，左仆射李崧为枢密使，司空刘昫判三司。维翰政权被夺，遂屡称足疾，谢绝宾客，不常朝谒。或语冯玉道："桑公系是元老，就使撤除枢务，亦当委任重藩，奈何令为开封尹，徒治理琐务呢!"玉半晌才道："恐他造反啰!"或又道："彼乃儒生，怎能造反?"玉复道："自己不能造反，难道不能教人造反么?"朝臣以玉党同伐异，啧有烦言。玉内恃懿戚，外结藩臣，遂把那石氏一家，轻轻的送与他人了。

小子因开运二年的秋季，闽为唐灭，不得不按时叙入，只好把晋事暂停，另述闽事。应三十二回。闽主延政，与唐相拒，不分胜负。唐安抚使查文徽，屡请益兵，唐主璟更派都虞侯何敬洙为建州行营招讨使，将军祖全恩为应援使，姚凤为都监，率兵数千攻建州，由崇安进屯赤岭。闽主延政，遣仆射杨思恭，统军使陈望，率兵万人，前往抵御。望列栅水南，旬余不战，唐人也不敢进逼。偏思恭传延政命，促望出击。望答道："江淮兵精将悍，不可轻敌，我国安危，系此一举，须谋出万全，然后可动！"思恭变色道："唐兵深入，主上寝不交睫，委命将军。今唐军不过数千，将军拥众万余，不急督兵出击，徒然老师糜饷，试问将军如何对得住主上呢？"望不得已引军涉水，与唐交仗。

唐将祖全恩见闽兵到来，只用千人对仗，佯作亏输，诱望穷追。望猛力追去，蓦听得后队大噪，急忙回顾，已被唐兵截作数段，顿时脚忙手乱，不及施救。唐将姚凤搅入中坚，先将帅旗砍翻，祖全恩又自前杀入。两唐将交逼陈望，望心胆愈裂，偶然失防，身已中槊，一个倒栽葱，跌落马下，立刻送命。望能守，不能战，故致丧身。杨思恭并不援应，一闻陈望阵亡，即慌忙逃回。延政大惧，婴城自守，且向泉州调将董思安、王忠顺，使率本州兵五千，分防建州要害。王、董二人见三十二回。

偏建州未能免兵，福州又复生变。从前福州指挥使李仁达，叛曦奔建州，延政用以为将。及朱文进叛曦，仁达复奔还福州，为文进谋取建州。文进虑他多诈，黜居福清。尚有著作郎陈继珣，亦叛延政入福州。至延政子继昌，由延政派为福州镇守，仁达、继珣，恐难免罪，意欲先发制人。继昌暗弱嗜酒，不恤将士，部下多生怨谤，延政曾防到此着，遣指挥使黄仁讽，为镇遏使，率兵保护继昌。继昌瞧不起仁讽，仁讽亦不免介意。仁达、继珣，乘间进语仁讽道："今唐兵乘胜南下，建州孤危，富沙王不能保有建州，怎能顾及福州？昔王潮兄弟，皆光山布衣，取福建尚如反掌，况我等乘此机会，自图富贵，难道不及王潮兄弟么！"仁讽也不多说，但点首示表同情。仁达、继珣退出，即密召党羽，乘夜突入府舍，杀死王继昌。吴成义闻变来援，双手不敌四拳，也为所杀。

仁达初欲自立，恐众心未服，特迎雪峰寺僧卓岩明为主，托言此僧两目重瞳，手垂过膝，真天子相。党徒同声附和，遂将秃奴拥入，代解衲衣，被服衮冕，就在南面高坐起来。大约亦是盘坐。仁达率将吏北面拜舞，年号恰遵晋正朔，称为天福十年。遣使至大梁，上表称藩。闽主延政闻报，族灭黄仁讽家，更派统军使张汉真，带领水军五千，会漳泉兵往讨岩明。

到了福州东关，船甫下碇，那城内突出一将，领着数千弓弩手，飞射来船。汉真不及备御，所带战舰，均被射得帆折樯摧。当下麾船欲遁，不防江中驶出许多小舟，舟中载着水兵，七镗八叉，来捉汉真。汉真措手不迭，被他叉落水中，活擒而去。余众或逃或死，不在话下。该统将入城报功，即将汉真砍为两段。看官道该将为谁？原来就是黄仁讽。仁讽因家族夷灭，无愤可泄，所以勇往直前，擒戮来将，聊报仇恨。亦是错想。那半僧半帝的卓岩明，毫无他能。惟在殿上噀水散豆，喃喃诵咒，谓为镇压来兵，因得胜仗。赏劳已毕，派人至莆田迎入乃父，尊为太上皇。仁达自判六军诸卫事，使黄仁讽守西门，陈继珣守北门。

仁讽事后追思，忽觉怀惭，是良心发现处。从容语继珣道："人生世上，贵有忠信仁义，我尝服事富沙王，中道背叛，忠在哪里？富沙王以从子托我，我反帮同乱党，将他杀毙，信在哪里？近日与建州兵交战，所杀多乡曲故人，仁在哪里？抛撇妻子，令为鱼肉，受人屠戮，义在哪里？身负数恶，死有余愧了！"说着，泪如雨下。继珣劝慰道："大丈夫建功立名，顾不到甚么妻子，且置此事，勿自取祸！"两人密谈心曲，偏为外人所闻，往报仁达。仁达竟诬称两人谋反，猝遣兵役捕至，枭首示众。仁讽实是该死。

既而大集将士，请卓岩明亲临校阅。岩明昂然到来，甫经坐定，由仁达目视部众，众已会意，竟登阶刺杀岩明，仁达却佯作惊惶，仓皇欲走，当被大众拥住，迫居岩明坐位。仁达令杀伪太上皇，自称威武军留后，用南唐保大年号，向唐称臣，又遣人入贡晋廷。唐命仁达为威武节度使，赐名弘义，编入国籍。仁达又派使至吴越修好。

闽主延政，因国势日危，亦遣使至吴越乞援，愿为附庸。吴越尚未发兵，那唐军却锐意进攻，日夕不休。延政左右，密告福州援兵，有谋叛情状，乃收还甲仗，遣归福州。暗中却出兵埋伏，待至半途，突起围住，杀得一个不留，共得八千余尸骸，载归为脯，充作兵粮。看官试想，兔死尚且狐悲，这守兵也有天良，怎忍残食同类，因此人人痛怨，瓦解土崩。或劝董思安早择去就，思安慨然道："我世事王氏，见危即叛，天下尚有人容我么？"部众感泣，始无叛意。

唐先锋使王建封，攻城数日，侦得守兵已无固志，遂缘梯先登。唐兵随上，守卒尽遁。闽主延政，无可奈何，只好自缚请降。王忠顺战死，董思安整众奔泉州，汀州守将许文稹，泉州守将王继勋，漳州守将王继成，闻建州失守，相继降唐。闽自王审知僭据，至延政降唐，凡六主，共五十年。小子有诗叹道：

不经弑夺不危亡，祸乱都因政失常。

五十年来王氏祚，可怜一战入南唐！

延政被解至金陵，能否保全性命，待至下回再表。

兵贵鼓气，气盛则一往莫御，观此回白团卫村之战，知晋之所以能胜辽者，全在气盛而已。然杜威、张彦泽之临阵畏缩，偷生畏死，已见一斑。若非李守贞、药元福、符彦卿、皇甫遇诸人，踊跃直前，彼早觍颜降虏矣。晋主重贵，任用非人，反以威为懿亲，有功王室，违命不诛，拒谏不从，能保狼子之不反噬乎！若闽主延政，势成弩末，既无保邦却敌之材，复有好猜嗜杀之失，倒行逆施，不亡何待！彼雪峰寺僧卓岩明，是何侥幸，一跃称帝！但有非分之福，必有无妄之灾。僭位未几，父子骈戮，求再披缁而不可得，富贵岂可幸致耶！览此书，可作当头棒喝。

第 五 回

拒唐师李达守危城 中辽计杜威设孤寨

却说王延政被虏至金陵，入见唐主。唐主降敕赦罪，授为羽林大将军，所有建州诸臣，一概赦免。惟仆射杨思恭，暴敛横征，剥民肥己，建州人号为杨剥皮，唐主特数罪处斩，以谢建人。另简王崇文为永安节度使，令镇建州。崇文治尚宽简，建人遂安。

越年三月，唐泉州刺史王继勋，贻书福州，意在修好。李弘义即李仁达。以泉州本隶威武军，素归节制，此时平行抗礼，与前不符，免不得暗生愤怒，拒书不受。嗣且遣弟弘通，率兵万人，往攻泉州。泉州指挥使留从效，语刺史王继勋道："李弘通兵势甚盛，本州将士，因使君赏罚不明，不愿出战，使君且避位自省罢！"继勋沉吟未决，当由从效指挥部众，把继勋掖出府门，逼居私第。自称代领军府事，部署行伍，出截弘通。战至数十回合，从效用旗一麾，部兵都冒死直上，弘通招架不住，回马返奔。主将一逃，全军大乱，走得快的还算幸免，稍迟一步，便即丧生。从效追至数十里外，方才凯旋，便遣人至金陵告捷。唐主璟授从效为泉州刺史，召继勋归金陵，徙漳州刺史王继成为和州刺史，汀州许文稹为蕲州刺史，惩前毖后，为休息计。

燕王景达，用属掾谢仲宣言，面白唐主，谓宋齐邱系国家勋旧，弃诸草莱，未惬众望。宋齐邱归老九华，见三十二回。唐主乃复召齐邱为太傅，但奉朝请，不令预政。偏齐邱未肯安闲，硬要来出风头。枢密使陈觉，向与齐邱交好，遂托齐邱上疏推荐，愿往召李弘义入朝。齐邱乐得吹嘘。未奉批答，觉又自上一书，谓孑身往说弘义，不怕弘义不来。唐主乃令觉为福州宣谕使，赍赐弘义金帛，并封弘义母妻为国夫人，四弟皆迁官。

觉到了福州，满望弘义出迎，就可仗他三寸舌，劝令入觐。不意弘义高坐府署，但遣属吏导觉入见，弘义惟稍稍欠身，面上含着一种杀气，凛凛可畏。两旁更站住刀斧手，仿佛与觉为仇，有请君入瓮的情状。吓得陈觉魂胆飞扬，但传唐主赐命，不敢说及入朝二字。弘义但拱手言谢，即使属吏送觉入馆，以寻常酒饭相待。觉很觉没趣，住了一昼夜，便即辞归。可谓扫脸。

行至剑州，越想越惭，越惭越愤，便矫诏使侍卫官顾忠，再至福州，召弘义入朝。自称权领福州军府事，且擅发汀、建、抚、信各州戍卒，命建州监军使冯延鲁为将，前往福州，促弘义入朝。延鲁先致弘义书，晓谕祸福。弘义毫不畏怯，竟复书请战，特遣楼船指挥使杨崇葆，率舟师抵拒延鲁。觉恐延鲁独力难支，续派剑州刺史陈诲，为沿江战棹指挥使，援应延鲁。一面拜表金陵，但说福州孤危，旦夕可克。

唐主璟并未接洽，接阅表文，才知觉矫制调兵，专擅的了不得，禁不住怒气勃发。学士冯延己已进任首相，与朝上一班大臣，多是陈觉党羽，慌忙上前劝解，统说是兵逼福州，不宜中止，且俟战胜后再作区处。唐主乃权时忍耐。未几接得军报，延鲁已得胜仗，击败杨崇葆。又未几复接军报，延鲁进攻福州西关，被弘义一鼓击退，士卒多死。连左神威指挥使杨匡邺，都为所擒。那时唐主不能罢手，只好将错便错的做了下去。当下命永安节度使王崇文，为东南面都招讨使，漳泉安抚使魏岑，为东面监军使，延鲁为南面监军使，会兵进攻福州。凭着人多势厚，陷入外郛。弘义收集残众，固守内城，改名弘达，奉表晋廷。晋授弘达为威武节度使，知闽国事，惟不过授他虚名，并没有什么帮助。唐兵在福州外城，攻扑以外，一再招诱。福州排阵使马捷，愿为内应，遽引唐军至善化门桥。弘达不防内变，几乎手足失措，还亏都指挥使丁彦贞，率敢死士百人，用着短兵，闯入唐兵阵内，再荡再决，才将唐兵击却，不令入门。但孤城总危急得很，弘达寝卧不安，复改名为达，遣使至吴越乞援，奉表称臣。再次改名，有何益处？适唐漳州将林赞尧作乱，杀死监军使周承义。剑州刺史陈诲，忙会同泉州刺史留从效，往平漳乱，逐去赞尧。即用故闽将董思安权知漳州事，且联名保荐思安，唐主因授思安为漳州刺史。思安以父名章，上书辞职。这也未免迂拘。唐主特改称漳州为南州，且令他与从效合兵，助攻福州。

福州已如累卵，怎禁得住唐兵合攻，只好再三派使，至吴越催促援军。吴越王弘佐，召诸将商议进止，诸将统言道路险远，不便往援，惟内都监使邱昭券，主张出师。弘佐道："唇亡齿寒，古有明戒，我世受中原命令，位居天下兵马元帅，难道邻国有难，可坐视不救么？诸君只乐饱食安坐，奈何为国！"说着，便命统军使张筠、赵承泰，调兵二万，水陆南下，往援福州。李达闻援兵到来，急开水城门迎接。吴越军自罾浦夜进，得入城中。偏唐军闻风急攻，进东武门。李达偕吴越军拼命出拒，鏖斗多时，不能得胜，只勉强保守危城。

唐主更遣信州刺史王建封，再往福州，满拟添兵益将，指日成功。偏建封素性倔强，不肯服从王崇文。陈觉、冯延鲁、魏岑、留从效等，又彼此争功，彼进此退，彼退此进，好似满盘散沙，不相团结，因此将士灰心，各无斗志。唐主召江州观察使杜昌业为吏部尚书，昌业查阅簿籍，慨然叹道："连年用兵，国帑将罄，如何能持久呢？"为下文伏笔。

且说晋主重贵，本欲发兵援闽，因北寇方深，无暇南顾，只好虚词笼络，得过且过。定州西北有狼山，士人入山筑堡，意在避寇。堡中有佛舍，由女尼孙深意住持，深意妖言惑众，远近奉若神明。中山人孙方简，及弟行友，与深意联宗。自居侄辈，敬事深意。深意病死，方简诡称深意坐化，用漆髹尸，置诸神龛中，服饰如生，香花供奉。徒党辗转依附，多至数百人。时晋、辽绝好，北方赋役繁重，寇盗充斥。方简兄弟，自言有天神相助，可庇人民。百姓奔趋如鹜，求他保护，他连选择壮丁，勒成部伍，舍寺作寨，号为一方保障。初意却是可取。

辽兵入寇，即督众邀击，夺得甲兵牛马军资，分给徒众，众皆欢跃。乡民闻风往依，携老幼，络绎不绝，历久得千余家，自恐为吏所讨，归款晋廷。晋廷亦藉他御寇，令署东北招收指挥使，方简遂屡入辽境抄掠，辄有杀获，渐渐的骄恣起来，尝向晋廷多方要求。晋廷怎能事事依他，他不得如愿，即叛晋降辽，愿为向导，引辽入寇。匪人之不可恃也如此！会河北大饥，饿莩载道，兖、郓、沧、贝一带，盗贼蜂起，吏不能禁。天雄军节度使杜威，遣部将刘延翰，出塞市马，竟为方简所掳，押献辽廷。途次被延翰脱逃，还奔大梁。报称方简为辽作伥，亟宜预防。晋主乃命天平节度使李守贞，为北面行营都部署，义成节度使皇甫遇为副，彰德节度使张彦泽充马军都指挥使，义武节度使李殷，充步军都指挥使，并遣指挥使王彦超、白延遇等，率步兵十营戍邢州。守贞虽为统帅，但与内廷都指挥使李彦韬未协。彦韬方党附冯玉，掌握军权，应前回。往往牵制守贞。守贞佯为敬奉，暗中实怒恨不平。看官！你想内外不和，形同水火，国事尚堪再问么！呼应语不可少。

晋主恐吐谷浑等，再为辽诱，屡召白承福入朝，宴赐甚厚，白承福降晋见三十一回。令戍滑州。承福令部众仍往太原，择地畜牧，藩众不知法律，尝犯河东禁令。节度使刘知远，依法惩办，不肯少贷。番目白可久，渐生怨望，率所部先亡归辽。

知远得报，密与亲将郭威计议道“今天下多事，藩部出没太原，实是腹心大病，况白可久已先叛去，能保不辗转相诱么！”威答道：“顷闻可久奔辽，辽授他云州观察使，倘被承福闻知，必望风欣羡，阴生异图。俗语说得好：“擒贼先擒王”，承福一除，部落自衰。且承福拥资甚厚，饲马尝用银槽，我若得资饷军，雄踞河东，就使中原生变，也可独霸一方。天下事安危难测，愿公早为决计！”威亦乱世枭雄。知远称善，因密表吐谷浑反复无常，请迁居内地。晋主遂派使押还藩众，分置诸州。

知远料承福势孤，即遣郭威召诱承福，俟承福入太原城，用兵围住，诬他谋叛，把承福亲族四百余口，杀得精光。所有承福遗资，一并籍没，事后奏达晋廷，仍然将谋叛二字，作为话柄。晋主哪里知晓，颁敕褒赏，吐谷浑从此衰微，河东却从此雄厚了。为刘氏代晋张本。

既而辽兵三万寇河东。想由白可久导入！刘知远命郭威出拒阳武谷，击破辽兵，斩首七千级，露布告捷。张彦泽亦报称泰、定二州，连败辽人，俘馘二千名。晋廷君臣，得意洋洋，还道是北虏寖衰，容易翦灭。

适幽州来了一个弁目，谓赵延寿有意归国。枢密使李崧、冯玉信为真情，遽使杜威致书延寿，具述朝旨，啖他厚利。嗣得延寿复书，略言久处异域，思归故国，乞发大兵接应，即当自拔来归。冯玉等更怀痴望，且派使往幽州，与延寿约定师期。延寿假意承认，暗地里报知辽主。辽主将计就计，且嘱瀛州刺史刘延祚，遗乐寿监军王峦书，佯言愿举城内附。并云城中辽兵不满千人，朝廷若发兵往袭，自为内应，城可立下。今秋又值多雨，瓦桥以北，积水漫天，辽主已归牙帐，虽闻关南有变，道远水阻，如何能来？请朝廷乘势速行等语。王峦得书，飞使表闻。

冯玉、李崧，喜欢的了不得，拟先发大军，往迎延寿与延祚。杜威亦上言瀛、莫可取状。深州刺史慕容迁，且献入瀛、莫地图。玉与崧遂奏白晋主，请用杜威为都招讨使，李守贞为副。中书令赵莹，私语冯、李二人道：“杜为国戚，身兼将相，尚所欲无餍，心常慊慊，此岂还可复假兵权！必欲有事朔方，不如专任守贞，尚无他虑呢！”亦非知本之言。冯、李亦不以为然，遂授杜威行营都招讨使，李守贞为兵马都监，安审琦为左右厢都指挥使，符彦卿为马军左厢都指挥使，皇甫遇为马军右厢都指挥使，他如梁汉璋、宋彦筠、王饶、薛怀让诸将，统随往北征。且下敕榜道，专发大军，往平黠虏，先收瀛、莫，安定关南，次复幽、燕，荡平塞北。能说不能行奈何？结末一行，是有能擒获虏主者，除上镇节度使，赏钱万缗、绢万匹、银万两。是敕一下，各军陆续出发。偏偏天不助美，自六月积雨，至十月末止，军行粮输，免不得拖泥带水，各生怨言。

杜威到了广晋，与李守贞会师，北向进行，且恐兵马不足，再令妻宋国公主入都，乞请添兵。晋主将禁军多半拨往，顾不得宿卫空虚，但望他克期奏捷。威带领全军，直往瀛州，遥见城门大开，寂若无人，不由的暗暗惊疑，彷徨却顾。当下驻营城外，分遣侦骑四往探听。俟得侦报，谓辽将高谟翰，已引兵潜出，刺史刘延祚不知去向，威乃令马军排阵使梁汉璋，引二千骑往追辽兵。此时应知中计，何不速退？还要令梁汉璋往追，想是汉璋该死此地了。汉璋奉令前进，行至南阳务，陷入伏中，辽兵四面齐起，把汉璋困住垓心。汉璋左冲右突，竟不能脱，徒落得全军覆没，暴骨沙场。

败报递入威营，威慌忙引还。那时辽主耶律德光，闻知晋军已退，遂大举南来，追蹑晋军。杜威素来胆小，星夜南奔，张彦泽时在恒州，引兵往会，主张拒敌。威乃与同趋恒州，使彦泽为先锋。进至中渡桥，桥据滹沱河中流，辽兵已上桥扼守，由彦泽麾众与争，三却三进，辽兵焚桥退去，与晋军夹河列营。

辽主德光，见晋军大至，争桥失利，恐晋军急渡滹沱，势不可当，正拟引众北归。嗣闻晋军沿河筑砦，为持久计，乃逗留不去。杜威筑垒自固，闭门高坐，偏裨皆节度使，无一奋进，但日相承迎，置酒作乐，罕谈军事。磁州刺史李谷献策道："今大军与恒州相距，不过咫尺，烟火相望。若多用三股木置水中，就木上积薪布土，桥可立成，更密约城中举火相应，夜募壮士，斫入虏营，表里合势，虏自惊溃了！"确是退敌之策。诸将皆以为然，独杜威不从。惟遣谷南至怀孟，督运军粮。

辽主德光，见杜威久不出兵，料知恇怯无能，遂用大兵潜压晋营，暗遣部将萧翰，与通事刘重进，领骑兵百人，及步卒数百，潜渡滹沱河上游，绕出晋军后面，断晋粮道。途中遇着晋军樵采，便即掠去。有几个脚生得长的，逃回营中，张皇虏势，说有无数辽兵，截我归路。营中得此消息，当然恟惧。辽将萧翰等驰至栾城，如入无人之境，城中戍兵千余人，猝不及防，竟被翰等闯入，没奈何狼狈乞降。翰俘得晋民，黥面为文，有奉敕不杀四字，各纵使南走。运粮诸役夫，从道旁遇着，总道是虏兵深入，不如赶紧逃生，遂把粮车弃去，四处奔溃。一时风声鹤唳，传遍中原。中国专思骗人，偏被外人骗去。李谷在怀孟闻警，忙自缮奏疏，密陈大军危急，请车驾速幸澶州，并召高行周、符彦卿扈从，急发兵守澶州、河阳，防备敌冲。这疏由军将关勋飞马走报，晋廷接到谷疏，相率惊惶。那杜威又奏请益兵，都城卫士，已遣发军前，只剩得宫禁守兵数百名，又一齐调赴，并命发河北及滑、孟、泽、潞刍粮五十万，往诣军前，追呼严急，所在鼎沸。已而杜威复遣使张祚告急，晋廷无从派兵，但遣祚归报行营，令他严守。祚还至途中，竟被辽兵掳去。嗣是内外隔绝，两不相通。

开封尹桑维翰目击危状，求见晋主，拟进陈守御计画。晋主正在苑中调鹰，只图快乐，不欲维翰入见，当遣内侍拒绝。维翰不得已入枢密院，与冯玉、李崧，谈及国事。话不投机半句多，任你桑维翰韬略弘深，议论确当，那冯、李两公，只是摇首闭目，不答一词。维翰怅然趋出，还语所亲道："晋氏将不血食了！"

过了两三天，军报益急，晋主因欲亲自出征，都指挥使李彦韬入阻道："陛下亲征，孰守宗社？臣闻千金之子，坐不垂堂；况陛下尊为天子，难道可屡冒矢石么？"晋主乃命高行周为北面都部署，副以符彦卿，共戍澶州，遣西京留守景延广，出屯河阳。

杜威在中渡桥，与辽兵相持多日，不展一筹，恼了指挥使王清，入帐见威道："我军暴露河滨，无城为障，营孤食尽，势且自溃。清愿率步兵二千为先锋，夺桥开道，公率诸军继进，得入恒州，守御有资，始可无恐了！"威踌躇半晌，方才许诺。派宋彦筠领兵千人，与清俱往。清挺身直前，逾河进战，约数十回合，杀毙辽兵百余人，虏势少却。宋彦筠胆小如鼷，一遇辽兵接仗，不到半刻，便即退缩，辽兵从后追杀，彦筠凫水逃回。独清尚带着孤军，猛力奋斗，互有杀伤。一再遣使至大营，促威进兵，威安坐营幄，竟不使一人一骑，往救王清。清力战至暮，顾语部众道："上将握兵，坐视我等围困，不肯来援，想必另有异谋。我等食君禄，当尽力君事，迟早总是一死，不如以死报国罢！"部众都为感动，死战不退。既而天色渐昏，辽主腾出新军，来围王清。可怜王清势孤力竭，与众尽死。临死时尚格毙辽兵数名。小子有诗叹道：

沙场战死显忠名，壮士原来不惜生；
只恨贼臣甘误国，前驱殉节尚无成。

王清既死，诸军夺气，辽兵乘胜逾河，环逼晋营。究竟杜威如何抵敌，容至下回再详。

倾南唐之全力，尚不能拔一孤城，可见师克在和，不和必败。彼李仁达四处乞援，仅得一吴越偏师，拒战失利，假令南唐各将，齐心协力，取孤城如反手，亦何至旷日无功耶？若杜威虽中辽计，坐失一梁汉璋，然尚无损大局。苟联合张彦泽等，逾滹沱河以杀敌，则一举可逐辽兵，抑或从王清言，并力俱进，亦得入据恒州，固守却敌。失此不行，徒至良将丧躯，强虏四逼，天下未有将帅不和，而能出师告捷者也。南唐尚不足责，如杜威者，其石氏之贼臣乎！

第 六 回

张彦泽倒戈入汴 石重贵举国降辽

却说辽兵环逼晋营，气焰甚盛，晋营中势孤援绝，粮食且尽。杜威计无所施，惟有降辽一策，或尚得保全性命。当与李守贞、宋彦筠等商议，众皆无言。独皇甫遇进言道："朝廷以公为贵戚，委付重任，今兵未战败，遽欲靦颜降虏，敢问公如何得对朝廷！"遇后来为晋殉难，故特别提出。威答道："时势如此，不能不委曲求全！"遇愤慨而出。威密遣心腹将士，驰往辽营请降，且求重赏。辽主德光道："赵延寿威望素浅，未足为中原主子；汝果降我，当令汝为帝。"仍是骗局。这语由将士还报，威大喜过望，即令书记官草好降表。越宿召集诸将，出表相示，令他依次署名。诸将虽然骇愕，但多半贪生怕死，依令画诺，惟皇甫遇未曾与列。威再遣阁门使高勋，赍奉降表，呈入辽营。辽主优诏慰纳，遣勋报威，即日受降。

威便令军士出营列阵，军士踊跃趋出，摩拳擦掌，等待厮杀。俄见威出帐宣谕道："现已食尽途穷，当与汝等共求生计，看来只有降敌了。"说着，遂命军士释甲投戈，军士惊出意外，禁不住号哭起来，霎时间声震原野。威与守贞同时扬言道："主上失德，信用奸邪，猜忌我军，我等进退无路，不如投顺北朝，别求富贵。"杜威原是丧心，不意守贞亦复如此。

语未毕，已有一辽将带着辽骑，整辔前来，身上穿着赭袍，很是鲜明。看官道是何人？原来就是赵延寿。延寿到了军前，抚慰士卒，杜威以下，相率迎谒。延寿命随行辽兵，递上赭袍，交与杜威。威欣然披服，向北下拜，及起身向众，居然趾高气扬，隐隐以中国皇帝自命。廉耻扫地。延寿即引威等往谒辽主。辽主语威道："汝果立功中国，我当不负前言！"威率众将舞蹈谢恩。辽主面授威为太傅，李守贞为司徒。

威愿为前驱，引辽主至恒州城下，招谕守将王周，劝他出降。周即开城迎入，辽主率大军入城，派兵往袭代州，刺史王晖，亦举城迎降。辽主复遣通事耿崇美，招降易州。易州刺史郭璘，素具忠忱，每当辽兵过境，必登陴拒守，无懈可击。辽主德光，尝恐他邀截归路，屡有戒心，每过城下，必指城叹息道："我欲吞并中原，恨为此人所扼，迟早总要除他哩。"至是命崇美往抚易州，易州兵吏，闻风生畏，争先出降。璘不能禁阻。但痛詈崇美。崇美怒起，拔剑杀璘，应手而倒。不略忠臣。

易州归辽，义武军节度使李殷，安国军留后方泰，相继降辽。辽主命孙方简为义武节度使，麻答为安国节度使，另派客省副使马崇祚权知恒州事。遂引兵自邢相南行，杜威率降众随从。皇甫遇不欲降辽，偏辽主召他入帐，令先驱入大梁。遇固辞而出，泣谓左右曰："我位为将相，败不能死，尚忍倒戈图主么！"是夜引从骑数人，行至平棘，顾语从骑道："我已数日不食了，尚何面目南行！"遂扼吭而死。节尚可取。

辽主改命张彦泽先进，用通事傅住儿一译作富珠哩。为都监，偕彦泽前取大梁。彦泽引兵二千骑，倍道疾驰，星夜渡白马津，直抵滑州。晋主重贵，始闻杜威败降，接连收到辽主檄文，乃是由彦泽传驿递来，内有纳叔母于中宫，乱人伦之大典等语。想是晋臣所为。慌得重贵面色如土，急召冯玉、李崧、李彦韬三人，入内计事。三人面面相觑，最后是李崧开口道："禁军统已外出，急切无兵可调，看来只有飞诏河东，令刘知远发兵入卫呢！"重贵闻言，忙命李崧草诏，遣使西往。

五代

过了一宵，天色微明，宫廷内外，竞起喧声。重贵惊醒起床，出问左右，才知张彦泽领着番骑，已通城下。嗣又有内侍入报道："封邱门失守，张彦泽斩关直入，已抵明德门了！"重贵越加慌忙，急令李彦韬搜集禁兵，往阻彦泽。不意彦韬已去，宫中益乱，有两三处纵起火来。重贵自知难免，携剑巡宫，驱后妃以下十余人，将同赴火，亲军将薛超，从后赶上，抱住重贵，乞请缓图。俄递入辽主与晋太后书，语颇和平，重贵乃令亲卒扑灭烟火，自出上苑中，召入翰林学士范质，含泪与语道："杜郎背我降辽，太觉相负，从前先帝起太原时，欲择一子为留守，商诸辽主，辽主曾谓我可当此任，卿今替我草一降表，具述前事，我母子或尚可生活了。"

质依言起草，援笔写就，但见表中列着：

孙男臣重贵言：顷者唐运告终，中原失驭，数穷否极，天缺地倾。先人有田一成，有众一旅，兵连祸结，力屈势孤。翁皇帝救患摧刚，兴利除害，躬擐甲胄，深入寇场，犯露蒙霜，度雁门之险，驰风击电，行中冀之诛，黄钺一麾，天下大定，势凌宇宙，义感神明；功成不居，遂兴晋祚，则翁皇帝有大造于石氏也。旋属天降鞠凶，先君即世。臣遵承遗旨，纂绍前基。谅暗之初，荒迷失次，凡有军国重事，皆委将相大臣。至于嬗继宗祧，既非禀命，轻发文字，辄敢抗尊，自启衅端，果贻赫怒。祸至神惑，运尽天亡，十万师徒，望风束手，亿兆黎庶，延颈归心。臣负义包羞，贪生忍耻，自贻颠覆，上累祖宗，偷度朝昏，苟存视息。翁皇帝若惠顾畴昔，稍霁雷霆，未赐灵诛，不绝先祀，则百口荷更生之德，一门衔罔报之恩，虽所愿焉，非敢望也。臣与太后暨妻冯氏，及举家戚属，见于郊野，面缚待罪，所有国宝一面，金印三面，今遣长子陕府节度使延煦，次子曹州节度使延宝，管押进纳，并奉表请罪，陈谢以闻。

表文草就，呈示重贵。重贵正在瞧着，突有一老妇踉跄进来，带哭带语道："我曾屡说冯氏兄妹，是靠不住的。汝宠信冯氏，听他妄行，目今闹到这个地步，如何保全宗社！如何对得住先人！"重贵转眼旁顾，进来的不是别人，正是皇太后李氏。当下心烦意乱，也无心行礼，只呆呆的站立一旁，李太后尚欲发言，外面又有人趋入道："辽兵已入宽仁门，专待太后及皇帝回话！"太后乃顾问重贵道："汝究竟怎么样办？"重贵答不出一句话儿，只好将降表奉阅，太后约略一瞧，又恸哭起来。

范质在旁劝慰道："臣闻辽主来书，无甚恶意，或因奉表请罪，仍旧还我宗社，亦未可知。"痴呆子语。太后也想不出别法，徐徐答道："祸及燃眉，也顾不得许多了。他既致书与我，我也只好复答一表，卿且为我缮草罢。"质乃再草一表。其文云：

晋室皇太后新妇李氏妾言：张彦泽、傅住儿至，伏蒙阿翁皇帝降书安抚。妾伏念先皇帝顷在并汾，适逢屯难，危同累卵，急若倒悬，智勇俱穷，朝夕不保。皇帝阿翁，发自冀北，亲抵河东，跋履山川，逾越险阻，立平臣孽，遂定中原。救石氏之覆亡，立晋朝之社稷。不幸先皇帝厌代，嗣子承祧，不能继好息民，反且辜恩亏义。兵戈屡动，驷马难追，戚实自贻，咎将谁执！今穹是震怒，中外携离，上将牵羊，六师解甲，妾举宗负衅，视景偷生。惶惑之中，抚问斯至，明宣恩旨，曲示含容，慰谕丁宁，神爽飞越，岂谓已垂之命，忽蒙更生之恩！省罪责躬，九死未报。今遣孙男延煦、延宝，奉表请罪，陈谢以闻！

太后与重贵，把表文略瞧一周，便召入延煦、延宝，令他赍着表文，往谒辽营。相传延煦、延宝，系是重贵从子，重贵养为己儿，或说由重贵亲生，未知孰是。两人素居内廷，所兼节度使职衔，乃是遥领，并未莅任。此次入奉主命，只好赍表前去。那辽通事傅住儿，已入朝来宣辽主敕命，重贵无法拒绝，勉强出见。傅住儿令重贵脱去黄袍，改服素衣，下阶再拜，听读辽敕。重贵顾命要紧，不得已惟言是从，左右皆掩面而泣。满朝皆妇人，如何守国！

待傅住儿读毕出朝，重贵垂泪入内，特遣内侍往召张彦泽，欲与商量后事。

彦泽不肯应召，但使内侍复报道："臣无面目见陛下！"重贵还道他怀羞怕责，因此不来，再遣使慰召，彦泽微笑不应，自至侍卫司中，捏称晋主命令，召开封尹桑维翰入见。维翰应命前来，行至天街，适与李崧相遇，立马与谈。才说了一二语，有军吏行近维翰马前，长揖与语道："请相公赴侍卫司。"维翰料为彦泽所欺，势难免祸，乃语李崧道："侍中当国，今日国亡，反令维翰死事，究为何因？"崧怀惭自去。

维翰既入侍卫司，望见彦泽堂皇高坐，面色骄倨，不禁愤恨交并，指斥彦泽道："去年脱公罪戾，使领大镇，继授兵权，主上待公不薄，公奈何负恩至此！"彦泽无词可答，但令置诸别室，派兵看守。

一面索捕仇人，稍有嫌隙，无不处死。复纵兵大掠，掳得珍宝，多取为己有。贫民亦乘势闯入富家，杀人越货，抢劫至两昼夜，都城一空。彦泽所居，宝货山积，自谓有功北朝，日益骄横，出入骑从，常数百人，前面导着大旗，上书赤心为主四字。道旁士民，免不得笑骂揶揄。随军闻声拿捕，有几个晦气的，被他拿至彦泽面前，彦泽不问所犯，但瞋目竖起三指，便将犯人枭首。宣徽使孟承诲，匿避私第，也被彦泽捕至，结果性命。阁门使高勋，外出未归。彦泽乘醉入高勋家，勋有叔母及弟，出来酬应，片语未合，俱被杀死，陈尸门前。都下咸有戒心，差不多似豺虎入境，寝食不安。

先是彦泽尝为彰义军节度使，擅杀掌书记张式，甚至决口剖心，截断四肢。又捕住亡将杨洪，先截手足，然后处斩。河阳节度使王周，曾奏劾彦泽不法二十六条，刑部郎中李涛等，亦交章请诛，彦泽坐贬为龙武将军。后来御辽有功，因复擢用。上文所载桑维翰语，就指此事。补叙明白。

李涛时为中书舍人，私语所亲道："我若逃匿沟渎，仍不得免，何如亲自往见，听他处置！"遂大胆前往，至彦泽处投刺直入，朗声呼道："上疏请杀太尉人李涛，谨来请死！"彦泽欣然接见。且笑语道："舍人今日，可知惧否？"涛答道："涛今日惧足下，仿佛足下前日惧涛，向使朝廷早用涛言，何致有今日事！"彦泽益发狂笑，命从吏酌酒与饮。涛取饮立尽，从容自去，旁若无人。彦泽倒也无可如何。

未几令部兵入宫，胁迁重贵家属至开封府，宫中无不痛哭。重贵与太后李氏，皇后冯氏，得乘肩舆，宫人宦官十余名，随后步行。彦泽见重贵等携有金珠，又使人前语道："北朝皇帝，就要来京，库物却不应取藏哩。"重贵没法，悉数缴出。彦泽择取奇玩，余仍还封库中，留待辽主。及重贵等已入开封府署，更派控鹤指挥使李筠率兵监守，内外不通。汉奸比外夷更凶，彦泽可见一斑。重贵姑母乌氏公主，以金帛赂守卒，始得入见重贵及太后，相持一恸，诀别而归，夜自经死。倒还是个烈妇。重贵使取内库帛数匹，库吏不肯照给，且厉声道："这岂尚是晋主所有么？"重贵又向李崧求酒，崧语使人道："非敢爱酒，恐陛下饮酒后，更致忧躁，别生不测，所以不敢奉进。"宗社已失，还要酒帛何用，这是重贵自取其辱。重贵因所求不得，再欲召见李彦韬。待久不至，正在潸然泪下，忽由彦泽差来悍使，硬索楚国夫人丁氏。丁氏系延煦母，年逾三十，华色不衰，为彦泽所垂涎。重贵禀白太后，不欲使往，太后当然迟疑。怎奈彦泽一再强迫，连太后亦不能阻难，丁氏更身不由主，被他载去。冶容诲淫，想总不能保全名节了！不索冯皇后，还保存重贵体面。是夕彦泽竟杀死桑维翰，用带加颈，遣报辽主，诡云维翰自缢身亡。辽主怅然道："我并不欲杀维翰，奈何自尽！"遂传命厚恤家属。晋将高行周、符彦卿，都诣辽营请降。辽主传入，两人拜谒帐前，但听辽主宣言道："符彦卿！你可记得阳城战事否？"见三十四回。彦卿答道："臣当日出战，但知为晋主效力，不暇他想，今日特来请罪，死生惟命！"你既知有晋主，到此何故变节！辽主解颐笑道："也好算一个强项士，我赦你前罪罢了！"彦卿拜谢，与高行周一同退出。

适延煦、延宝，奉表入帐，并呈上传国宝等，辽主览过表文，不多言，惟接受传国宝时，却反复摩挲，最后问延煦道："这印可真吗？"延煦答言是真，辽主沉吟道："恐怕未必！"遂从案上取过片纸，草草写了数行，递给延煦道："你去交与重贵便了。"二人趋出，即返报重贵。重贵见辽主手书，乃是模模糊糊的汉文。略云：

> 大辽皇帝付与孙石重贵知悉，孙勿忧恐，必使汝有啖饭处。惟所献传国宝，未必是真，汝既诚心归降，速将真印送来！

重贵看了前数语，心下略略放宽。及瞧到后数语，又不免焦急起来，便自言自语道："我家只有此宝，奈何说是假的！"忽又猛然省悟道："不错！不错！"旁顾左右，只有愁容惨淡的妃嫔几个，没人可代为书状。乃援笔自书道：

> 先帝入洛京时，为伪主从珂自焚，传国旧宝，不知所在，想必与之俱烬。先帝受命，旋制此宝，臣僚备知此事。臣至今日，何敢藏宝勿献！谨此状闻。

这奏状着人递去，才免辽主诘责。嗣闻辽主渡河来京，意欲与太后前往奉迎，先告知张彦泽。彦泽不欲令见辽主，特遣人奏白辽主道："天无二日，宁有两天子相见路旁？"辽主依议，不许重贵郊迎，赵延寿等语辽主道："晋主既已乞降，当使衔璧牵羊，大臣舆榇，恭迎郊外。"辽主摇首道："我遣骑兵直取大梁，并非前往受降，何必用这般古礼！惟景延广前言不逊，很是可恨，应即速捕来！"遂派兵往捕延广，自引亲军渡河南行。途次传令晋臣，一切如故，朝廷制度，仍用汉仪。晋臣请备齐法驾，迎接辽主。辽主又复报道："我方擐甲督兵，太常仪卫，尚未暇用，尽可不必施行！"

及行至封邱，景延广自来谒见。辽主怒责道："两国失欢，皆汝一人所致，汝尚敢来见我么？十万横磨剑，今日何在！"妙甚，趣甚！延广极口抵赖。辽主召乔荣入证，那延广尚不肯承认，经乔荣取出一纸，就是当日笔录，字迹分明。见三十三回。此时证据显然，百喙难辩。荣复证成延广罪案十条，每服一事，即授一筹。筹至八数，辽主忿然道："罪不胜诛，说他做甚！"延广浑身发抖，伏地请死。由辽主喝令锁着，押往北廷，延广夜宿陈桥，俟守兵少懈，扼吭而死。得免刀头痛苦，还是幸事。

时已岁暮，到了除夕这一日，晋廷文武百官，闻辽主翌日到京，夤夜出宿封禅寺。越日为正月元旦，百官在寺内排班，遥辞晋主，改服素衣纱帽，出迎辽主。但见辽兵整队前来，前步后骑，统是雄赳赳的健儿，声蹀蹀的壮马。当中拥着一位辽皇帝，貂帽貂裘，裹着铁甲，高坐逍遥马上，英气逼人。惹得晋臣眼花缭乱，慌忙匍伏道旁，叩头请罪。辽主见路左有一高阜，纵辔上登，笑盈盈的俯视晋臣，徐令亲军传谕，叫晋臣一律起身，仍易常服。晋臣三呼万岁，响彻云霄。越写越丑。

晋左卫上将军安叔千，起身出班，趋至高阜前，再行跪下，口作胡语。辽主哂道："汝就是安没字么？汝从前镇守邢州，已累表通诚，我尝记着，至今未忘。"叔千听着，好似小儿得饼，非常喜欢，便磕了几个响头，呼跃而退。毫无羞耻。他本喜习夷言，罕识汉文，时人呼为安没字，所以辽主亦如此相呼。

晋臣已皆起立，引导辽主入封邱门。才到门前，晋主重贵，偕太后等一齐出城，来迎辽主。辽主拒不令见，但使往寓封禅寺中，自率大军径入。城内百姓，惊呼骇走。辽主上登城楼，遣通事宣谕道："我亦犹人，汝等百姓，无庸惊慌，此后当使法等苏息！我本无意南来，汉人引我至此哩！"百姓闻谕，稍稍安静。辽主再下楼入明德门，门内就是宫禁，他却下马拜揖，然后入宫。令枢密副使刘敏权知开封尹事。到了日暮，辽主仍出屯赤冈。不欲污乱宫闱，夷狄尚知礼义。

晋阁门使高勋，上诉辽主，谓张彦泽妄杀家人；百姓亦争投牒疏，详列彦泽罪状。辽主命将彦泽系至，宣示百官，问彦泽应否处死？百官统言应斩。辽主道："彦泽应加死刑，傅住儿亦不谓无罪，索性叫他同死罢。"遂令并捕傅住儿，与彦泽绑至北市，派高勋监刑。号炮一响，双首齐落。彦泽前时所杀士大夫的子孙，俱绖杖来观，且哭且詈。高勋命将彦泽尸骸，断腕剖心，祭奠枉死诸人。百姓且破脑取髓，脔肉分食，顷刻即尽。未知延煦母丁氏意中如何？

辽主又命将晋主宫眷，尽徙入封禅寺，派兵把守。会连日雨雪，外无供亿，重贵等冻馁不堪。李太后使人语寺僧道："我尝饭僧至数万金，今日独不相念么？"可为施僧者鉴。僧徒谓虏意难测，不敢进食，太后哭泣不止。重贵复密求守兵，丐得粗粝烂饭，勉强充饥。过了数日，辽主颁下诏敕，废重贵为负义侯。晋自石敬瑭

僭位,只得一传,共计二主,凑成十一年而亡。小子有诗叹道:

大敌当前敢倒戈,皇纲不正叛臣多;
追原祸始非无自,成也萧何败也何!

重贵被废后,还要迁他到黄龙府。欲知底细,请看官续阅下回。

观本回杜威、张彦泽事,令人发指,但亦由石氏自取其咎耳。石敬瑭为明宗婿而灭唐,杜威为石氏婿而灭晋,报应显然,何足深怪!张彦泽反颜事仇,为虏效力,屠掠京邑,劫辱帝妃,罪较杜威为尤甚;然当日杀人负罪,廷臣交章请诛,石氏何为姑息养奸,略从贬抑,便即迁擢,仍使之典握兵权,倒戈反噬耶!况石重贵奸淫叔母,宠信佞臣,太后屡诫不知悛,谋臣献议不知纳,国危身辱,仓皇出降,不亦宜乎!故有石敬瑭之为父,必有石重贵之为子,其父暴兴,其子暴亡,因果诚不爽哉!

第 七 回

迁漠北出帝泣穷途　镇河东藩王登大位

却说辽主废去晋主重贵,且令徙往黄龙府。黄龙府本渤海扶余城,辽太祖东征渤海,还至城下,见有黄龙出现城上,因改号为黄龙府。重贵闻要徙至辽东,哪得不慌,哪得不悲!就是李太后以下诸宫眷,统是相向号泣,用泪洗面。有何益处?辽主却使人传语李太后道:"闻重贵不从母言,因致覆亡。汝可自便,不必与重贵偕行。"李太后泣答道:"重贵事妾甚谨,不过违背先君,失和上国,所以一举败灭。今幸蒙大恩,全生保家,母不随子,将安所归?"语亦太迂。

辽主乃仍自赤岗入宫,所有内外各门,统派辽兵守卫。每门磔犬洒血,并用竿悬挂羊皮,作为厌胜。当下面谕晋臣道:"从今以后,不修甲兵,不买战马,轻赋省役,好与天下共享太平了。"遂撤消东京名目,降开封府为汴州,府尹为防御使。辽主改服中国衣冠,百官起居,悉仍旧制。赵延寿荐引李崧,说他才可大用。还有辽学士张砺,从前也做过晋臣,与延寿同时降辽,亦谓崧可入相,辽主因授崧为太子太师,充枢密使。适威胜军节度使冯道,自邓州入朝,辽主亦素闻道名,即时召见。道拜谒如仪,辽主戏问道:"你是何等老子?"道答道:"无才无德,痴顽老子。"辽主不禁微笑，又问道："汝看天下百姓，如何救得？"道应声道："此时即一佛出世，亦恐救不得百姓；惟皇帝尚可救得呢。"无非面谀。辽主甚喜，仍令道守官太傅，充枢密顾问。随即遣使四出，颁诏各镇，诸藩争上表称臣。独彰义节度使史匡威，据住泾州，不受辽命。雄武节度使何重建，手刃辽使，举秦、成、阶三州降蜀。

杜威自降辽后，仍复名重威，率部众屯驻陈桥。辽主在河北时，恐他兵众生变，曾令缴出铠仗数百万，搬贮恒州，战马数万，驱归北庭。及辽主渡河入梁，意欲派遣胡骑，驱众入河，尽行处死。部将谓他处晋兵，闻风知惧，必皆拒命，不若权时安抚，缓图良策。辽主虽然罢议，心中总不能无疑，所以供给不时，累得陈桥戍卒，昼饿夜冻，怨骂重威。

重威不得已表达军情，辽主召赵延寿入议，仍欲尽诛晋兵。延寿道："皇帝亲冒矢石，取得晋国，是归诸已有呢？还是替他人代取呢？"辽主变色道："我倾国南征，五年不解甲，才得中原，难道甘心让人么？"延寿又道："晋国南有唐，西有蜀，皇帝可曾闻知否？"辽主道："如何不闻！"延寿复道："晋国东自沂密，西及秦凤，延袤数千里，接连吴蜀，晋尝用兵防守，连年不懈。臣想南方暑湿，非北人所能久居，他日车驾北归，无兵守边，吴蜀必乘虚入寇，恐中原仍非皇帝所有，岂不是历年辛苦，终归他人么！"辽主愕然道："我未曾料到此着，据汝所说，今将奈何？"延寿道："最好将陈桥降卒，分守南边，吴蜀便不能为患了。"辽主道："我前在潞州，一时失策，尽把唐兵授晋，晋得此兵，反与我为仇，转战数年，才得告捷。今幸入我手，若非悉数歼除，后患仍不浅哩！"延寿道："从前留住晋兵，不质妻孥，故有此患，今若将戍卒家属，徙置恒、定、云、朔间，每岁分番，使戍南边，料他必顾念妻子，不敢生变。这却是目前上策哩！"辽主方才称善，即命陈桥降卒，分遣还营。

看官！你道延寿此言，是为辽呢？是为晋呢？还是为降卒呢？小子不必评断，但看上文辽主与延寿言，许他为中国皇帝，他喜出望外，便可知他的心术，话中有话了。含蓄得妙。

且说晋主重贵，得辽主敕命，迁往黄龙府，重贵不敢不行，又不欲遽行，延挨了好几日。那辽主已派骑士三百名，迫令北迁，没奈何挈眷起行。除重贵外，如皇太后李氏，皇太妃安氏，皇后冯氏，皇弟重睿，皇子延煦、延宝，相偕随往。还有宫嫔五十人，内官三十人，东西班五十人，医官一人，控鹤官四人，御厨七人，茶酒三人，仪銮司三人，亲军二十人，一同从行。辽主又派晋相赵莹，枢密使冯玉，都指挥使李彦韬，伴送重贵。沿途所经，州郡长吏，不敢迎奉。就使有人供馈，也被辽骑攫去。可怜重贵以下诸人，得了早餐，没有晚餐，得了晚餐，又没有早餐，更且山川艰险，风雨凄清，触目皆愁，噬脐何及！回忆在大内时，与冯后等调情作乐，谑浪笑傲，恍同隔世。富贵原是幻梦。

及入磁州境内，刺史李谷，迎谒路隅，相对泣下。谷且泣且语道："臣实无状，负陛下恩！"重贵流涕不止，仿佛似有物堵喉，一语都说不出来。谷倾囊献上，由重贵接受后，方说了"与卿长别"四字！辽兵不肯容情，催谷速去，谷乃拜别重贵，自返磁州。重贵行至中渡桥，见杜重威寨址，慨然愤叹道："我家何负杜贼，乃竟被他破坏！天乎天乎！"说至此，不禁大恸。谁叫你信任此贼！左右勉强劝慰，方越河北趋。

到了幽州，阖城士庶，统来迎观。父老或牵羊持酒，愿为献纳，都为卫兵叱去，不令与重贵相见。重贵当然悲惨，州民亦无不唏嘘。至重贵入城，驻留旬余，州将承辽主命，犒赏酒肉。赵延寿母，亦具食馔来献，重贵及从行诸人，才算得了一饱。

既而自幽州启行，过蓟州、平州，东向榆关，榛莽塞路，尘沙蔽天，途中毫无供给，大众统饿得饥肠辘辘，困顿异常。夜间住宿，也没有一定馆驿，往往在山麓林间，瞌睡了事。幸喜木实野蔬，到处皆有，宫女从官，自往采食，尚得疗饥。重贵亦藉此分甘，苟延残命。

又行七八日至锦州，州署中悬有辽太祖阿保机画像，辽兵迫令重贵等下拜。重贵不胜屈辱，拜后泣呼道："薛超误我！不使我死。"求死甚易，恐仍口是心非。再走了五六日，过海北州。境内有东丹王墓，特遣延煦瞻拜。嗣是渡辽水，抵渤海国铁州，迤逦至黄龙府，大约又阅十余天，说不尽的苦楚，话不完的劳乏。李太后、安太妃两人，年龄已高，委顿的了不得。安太妃本有目疾，至是连日流泪，竟至失明。就是冯皇后以下诸妃嫔，均累得花容憔悴，玉骨销磨。这真所谓物极必反，数极必倾，前半生享尽荣华，免不得有此结果呢！当头棒喝。

辽主德光，已将重贵北迁，据有中原。遂号令四方，征求贡献。镇日里纵酒作乐，不顾兵民。赵延寿请给辽兵饷糈，德光笑道："我国向无此例，如各兵乏食，令他打草谷罢了。"看官道打草谷三字，作何解释？原来就是劫夺的别名，自辽主有此宣言，胡骑遂四出剽掠，凡东西两京畿，及郑、滑、曹、濮数百里间，财畜俱尽，村落一空。

辽主又尝语判三司刘昫道："辽兵应有犒赏，速宜筹办！"刘句道："府库空虚，无从颁给，看来只有括借富民了！"辽主允诺。遂先向都城士民，括借钱帛，继复遣使数十人，分诣各州，到处括借。民不应命，即加苛罚。百姓痛苦异常，不得已倾产输纳。哪知辽主并未取作犒赏，一古脑儿贮入内库，于是内外怨愤，连辽兵亦都解体了。

杨光远子承勋，由汝州防御使，调任郑州。见三十三回。辽主因他劫父致死，召令入都，承勋不敢不至。及进谒辽主，被辽主当面呵斥，且置诸极刑，令部兵脔割分食。别用承勋弟承信为平卢节度使，使承杨氏宗祀。匡国军节度使刘继勋，曾参与绝辽政策，至是入朝辽主，亦为辽主所责，命将他锁住，解送黄龙府。宋州节度使赵在礼，闻辽将述轧、拽刺等，入据洛阳，急自宋趋洛，进谒辽将。述轧、拽刺，踞坐堂上，绝不答礼，反勒令献出财帛。在礼很是愤闷，但托言入朝大梁，再行报命。侥幸脱身，转趋郑州，接得刘继勋被拘消息，自恐不免，便在马枥间缢死。死已晚矣。辽主闻在礼死耗，方将继勋释出，继勋已惊慌成疾，未几毕命。为此种种情事，遂致各镇担忧，别思拥戴一尊，驱逐胡兵。可巧河东节度使刘知远，乘势崛起，雄长西陲，于是中原帝统，迫归刘氏身上，又算做了一代的乱世君主。特笔提出，成一片段。

刘知远镇守河东，本来是蓄势待时，审机观变，所以晋主绝辽，他亦明知非策，始终未尝入谏。及辽主入汴，亟派兵分守四境，防备不虞，且恐辽兵强盛，一时不便反抗，特遣客将王峻，赍奉三表，驰往大梁。一是贺辽主入汴；二是说河东境内，夷夏杂居，随在须防，所以未便离镇入朝；三是因辽将刘九一，驻守南川，有碍贡道，请将刘军调开，俾便入贡。辽主德光，览毕表文，很是喜欢，便令左右拟诏褒奖。诏书草定，由辽主过目，特提起笔来，将刘知远三字上，加一儿字。又取出木拐一支，作为赐物，命王峻持诏及拐，还报知远。向例辽主赏赐大臣，以木拐为最贵，大约如汉朝旧制，颁赐几杖相似。辽臣中惟皇叔伟王，才得此物。王峻负拐西行，辽兵望见，相率避路，可见得这枝木拐，是非常郑重的意思。

及峻到河东，复报知远，呈上辽主诏书，及所赐木拐，知远略略一瞧，并没有甚么希罕，但问及大梁情形。峻答道："辽主贪残，上下离心，必不能久有中原，大王若举兵倡义，锐图兴复，海内定然响应，胡儿虽欲久居，也不可得了！"知远道："我递去三表，原是缓兵计策，并不是甘心臣虏。借知远口，说出赍表本意。但用兵当审察机宜，不可妄动，今辽兵新据京邑，未有他变，怎可轻与争锋？好在他专嗜财货，欲壑已盈，必将北去。况且冰雪已消、南方卑湿，虏骑断不便久留。我乘他北走，进取中原，方可保万全了。"计策固是，奈百姓何！于是按兵不发，专俟大梁动静，再定进止。

辽主未得知远谢表，疑有贰心，又派使催贡方物。知远乃遣副留守白文珂入献奇缯名马。辽主面语文珂道："汝主帅刘知远，既不事南朝，又不事北朝，究竟怀着甚么意思？"文珂权词解免。经辽主令他回报，即兼程西归，报明知远。孔目官郭威在侧，便即进言道："虏恨已深，不可不防！"知远道："且再探听虚实，起兵未迟。"

忽由大梁传到辽诏，上书大辽会同十年，大赦天下。知远大惊道："辽主颁行正朔，宣布赦文，难道真要做中国皇帝么？"行军司马张彦威入劝道："中原无主，惟大王威望日隆，理应乘此正位，号召四方，共逐胡虏。"知远笑道："这却未便。我究竟是个晋臣，怎可背主称尊！且主上北迁，我若可半道截回，迎入太原，再谋恢复，庶几名正言顺，容易成功了。"遂下令调兵，拟从丹陉口出发，往迎晋主。特派指挥使史弘肇。部署兵马，预戒行期。

看官！你道刘知远的举动。果是真心为晋么？他探听得大梁消息，多推尊辽主为中国皇帝，不禁心中一急，因急生智，独想出一个迎主的名目，试验军情。揭出肺肠。究竟大梁城内，是何实迹？小子不得不据实叙明。

辽主德光，入据大梁，已经匝月，乃召晋百官入议，开口问道："我看中国风俗，与我国不同，我不便在此久留，当另择一人为主，尔等意下如何？"语才说毕，即听得一片喧声，或是歌功，或是颂德，结末是说的中外人心，都愿推戴皇帝。大家都是摇尾狗。辽主狞笑道："尔等果是同情么？"语未已，又听了几十百个是字。辽主道："众情一致，足见天意，我便在下月朔日，升殿颁敕便了。"大众才退。

到了二月朔日，天色微明，晋百官已奔入正殿，排班候着。但见四面乐悬，依然重设，两旁仪卫，特别一新。大众已忘故主。只眼巴巴的望着辽主临朝。好容易待至辰牌，才闻钟声震响，杂乐随鸣，里面拥出一位华夷大皇帝，戴通天冠，着绛纱袍，手执大珪，昂然登座。晋百官慌忙拜谒，舞拜三呼。极写丑态。朝贺礼毕，辽主颁正朔，下赦诏，当即退朝。

晋百官陆续散归，都道是富贵犹存，毫无怅触。独有一个为虎作伥的赵延寿，回居私第，很是怏怏。他本由辽主面许，允立为帝，见三十三回。此时忽然变幻，无从称尊，一场大希望，化作水中泡，哪得不郁闷异常，左思右想，才得一策，越日即进谒辽主，乞为皇太子。亏他想出。辽主勃然道："你也太误了！天子儿方可做皇太子，别人怎得羼入！"延寿连磕数头，好似哑子吃黄连，说不出的苦衷。辽主徐说道："我封你为燕王，莫非你还不足么？我当格外迁擢便了。"延寿又不好多嘴，只得称谢而出。辽主乃召入学士张励，令为赵延寿迁官。时方号恒州为辽中京，张砺因奏拟延寿为中京留守，大丞相录尚书事都督中外诸军事，兼枢密使。辽主见了奏草，援笔涂去二语，单剩得中京留守兼枢密使八字，颁给延寿。延寿不敢有违，惟益怨辽主食言，越加愤愤。

谁知赵延寿未得称帝，刘知远恰自加帝号，居然与辽抗衡。河东指挥使史弘肇，奉知远命，召诸军至球场，当面传言，令他即日迎主。军士齐声道："天子已被掳去，何人作主？现在请我王先正位号，然后出师！"弘肇转白知远，知远道："虏势尚强，我军未振，宜乘此建功立业，再作计较。士卒无知，速应禁止乱言！"恐非由衷之论。遂命亲吏驰诣球场，传示禁令。军士方争呼万岁，俟闻禁令传下，方才少静，次第归营。

是夕即由行军司马张彦威等，上笺劝进，知远尚不肯允。翌日复迭上二笺，知远乃召郭威等入商。郭威尚未开言，旁有都押衙杨邠进言道："天与不取，反受其咎，王若再谦让不居，恐人心一移，反致生变了！"郭威亦接入道："杨押衙所言甚是，愿王勿疑！"知远道："我始终未忍忘晋，就使权宜正位，也不应骤改国号，另颁正朔。"郭威道："这也何妨！"知远乃诹吉称尊，择定二月辛未日，即皇帝位。

届期这一日，知远在晋阳宫内，被服衮冕，登殿受朝。将吏等联翩拜贺，三呼万岁。即由知远传制，仍称晋朝，惟略去开运年号，复称天福十二年。蹊跷得很。礼成还宫，又传谕诸道，凡为辽括借钱帛，一概加禁。且指日出迎故主，令军士部署整齐，护驾启行。已经称帝，还要迎甚么故主，这明是掩耳盗铃。小子记得唐朝袁天罡，与李淳风同作推背图，曾传下谶语道：

宗亲散尽尚生疑，岂识河东赤帝儿！
顽石一朝俱烂尽，后图惟有老榴皮。

自刘知远称帝后，人始能解此谶文，首句是隐斥石重贵，次句是借汉高祖的故事，比例知远，三句是本辽主石烂改盟语，见二十八回。见得辽主灭晋，石已烂尽，应该易姓，四句老榴皮，是榴刘同音，作为借映。此语未免牵强。照此看来，似乎万事都有定数呢。闲文少表，且请看官续阅下回，再叙刘知远出兵详情。

前半回叙及晋主北迁，写出无限痛苦，为后世乱政失国者，作一龟鉴。李太后以下，随往沙漠，历受艰辛，尚足令人叹息。若如冯氏之嫁侄失节，得为皇后，始若以为可幸，及北徙以后，奔波劳悴，求死不得，乃知有奇福者必有奇祸，守节者未必果死，失节者亦未必幸生也。后半回叙刘知远事，见得知远之处心积虑，无非私图。彼于《五代史》中，得国可谓较正，乃以堂堂正正之举，反作鬼鬼祟祟之为，忽臣晋，忽臣辽，忽欲自帝，心术不纯，终属可鄙，以视豁达豪爽之刘季，相去为何如耶？上下数千年，得汉高祖二人，名同迹异，优劣固自有别也。

第 八 回

闻乱惊心辽主遄返　乘丧夺位燕王受拘

却说刘知远已即位称帝，才亲督军士，出发寿阳，托词北趋，邀迎故主。是时石重贵等，早已过去，差不多要到黄龙府，哪里还能截回？知远乃分兵戍守，自率亲军还入晋阳。假惺惺何为？当下拟敛取民财，犒赏将士，将士巴不得有重赏，当然没有异言。独有一位新皇内助，闻知此事，便乘知远入宫时，直言进谏道："国家创业，虽由天意，但亦须与民同治。陛下即位，不闻惠民，先欲剥民，这岂是新天子救民的本意，妾请陛下毋取民财！"知远皱眉道："公帑不足，如何是好？"语未毕，又听得答语道："后宫颇有积蓄，何妨悉数取出，赏劳各军！就使不能厚赏，想各军亦当原谅，不生怨言。"知远不禁改容道："卿言足豁我心，敬当从命！"遂检出内库金帛，尽行颁赏，军士格外感激，愈加欢跃。看官道这位贤妇，系是何人？原来是刘夫人李氏。李氏本晋阳农女，颇有才色，知远为校卒时，牧马晋阳，偶然窥见李氏，便欲娶她为妻，先向李家求婚。偏李家不愿联姻，严词拒绝，惹得知远性起，邀同伙伴，夤夜闯入李家，把李氏劫取回来。实是强盗行为。李家素来微贱，无从申诉，只好由他劫去。李氏不得脱身，没奈何从了知远，成为夫妇，不意遇难成祥，转祸为福，知远迭升大官，进王爵，握兵权，李氏随夫贵显，亦得受封为魏国夫人。农家女得此厚福，可谓难得！此次知远为帝，事业匆匆，未及立后，李氏已乘隙进言，情愿将半生私积，一并充公。农家女有此大度，怪不得身受荣封，转眼间就为国母了。

这且慢表。且说辽主德光，闻知远称帝河东，勃然大怒，立夺知远官爵，派通事耿承美为昭义节度使，守住泽潞，高唐英为彰德节度使，守住相州，崔廷勋为河阳节度使，守住孟州。三面扼定，断绝河东来路，且好相机进攻。哪知各处人民，苦辽贪虐，又经游兵辗转招诱，相聚为盗，所在揭竿。

滏阳贼帅梁晖，集众千人，送款晋阳，愿效驱策，磁州刺史李谷，也遣人密报知远，令晖往袭相州。晖侦知相州空虚，高唐英尚未到来，急率壮士数百名，乘夜潜行，直抵相州城下。城上毫无守备，便悄悄的架起云梯，有好几十个矫捷健儿，陆续登城。城内尚未闻知，直至健儿下城启关，纳入众人，一哄儿杀将过去，守城将吏，才得惊醒。急切如何抵御，只得拼命闯出，夺路飞跑，一半送命，一半逃生。梁晖入据相州，自称留后，一面报捷晋阳。

还有陕府指挥使赵晖、侯章，及都头王晏等，杀死辽监军刘愿，悬首府门。众推赵晖为留后，侯章为副，奉表晋阳，输诚投效。

刘知远闻两处响应，即欲进取大梁。郭威道："晋代未平，不宜远出，且先攻取二州，然后规划大梁。"知远乃遣史弘肇率兵五千，往攻代州。

代州刺史王晖，背晋降辽，总道是高枕无忧，忽闻晋阳兵到，慌忙调兵守城。无如兵难猝集，敌已先登，霎时间满城皆敌，无处逃避，立被河东兵拘住，牵至史弘肇马前，一刀毕命。

代州既下，晋州亦相继归顺。原来知远登极，曾遣部吏张晏洪、辛处明等，招谕晋州。适晋州留后刘在明，往朝辽主，由副使骆从朗，权知州事，从朗拘住张、辛二使，置诸狱中。可巧辽吏赵熙，奉命驰至，括借民财。从朗格外巴结，相助为虐，民不聊生。大将药可俦，代抱不平，且闻河东势盛，有意归向，乃纠众攻杀从朗，并戮赵熙，就在狱中释出张、辛二使，推张为留后，辛为都监。张、辛便奏报晋阳，知远自然欣慰。

接连是潞州留后王守恩，亦上表输诚，又未几得澶州表章，乞请速援。澶州已为辽属，由辽将耶律郎五或作朗乌，亦作郎鄂。居守，郎五贪酷，为吏民所苦。水运什长王琼，连接盗首张乙，得千余人，袭据南城，围攻郎五。郎五一面拒守，一面求救。王琼亦恐辽兵来援，寡不敌众，忙令弟超奉表晋阳，求发援师。知远召超入见，赏赉甚厚，越日遣还，但言援兵即发。超驰回澶州，琼已败死。徒落得怅断鸰原，自寻生路罢了！连叙数事，为辽去汉兴之兆。

惟辽主迭闻变乱，未免心惊，乃遣天雄军节度使杜重威，泰宁军节度使安审琦，武宁军节度使符彦卿等，各归原镇，用汉官治汉人，冀免反抗，仍用亲吏监军。适赵延寿新赋悼亡，意欲续婚。他的妻室，即燕国公主，本是唐明宗女。尚有妹子永安公主，出居洛阳，延寿闻阿娜有姿，遂请诸辽主，愿以妹代姊。辽主当然允诺。即遣人至洛，迎永安公主入京。

这永安公主，是许王从益胞妹，素由王淑妃抚养。石敬瑭篡唐即位，曾迎王淑妃母子，留养宫中。且封从益为郇国公，继承唐祀。见二十九回。自重贵嗣立，动加猜忌，王淑妃自请出外，挈领从益兄妹，往居洛阳。此时接得辽敕，王淑妃是一女流，怎敢违慢，即与郇国公从益，送永安公主入京，亲主婚礼，顺便请谒辽主。

辽主德光，亦下座答礼，且语王淑妃道："明宗与我约为弟兄，尔是我嫂，怎好受拜！"胡人尚顾名分。淑妃令从益入谒，辽主亦欢颜相待，令母子俱居客馆。已而婚嫁礼毕，王淑妃母子，向辽主辞行。辽主面授从益为彰信军节度使。淑妃以从益年少，未达政事，替他代辞。辽主乃令随母还洛，仍封从益为许王。自己尚欲留主中原，命张砺、和凝同平章事，且亲临崇元殿，易服赭袍，令晋臣行入阁礼。唐朝故事，天子正殿叫做衙，便殿叫做阁。辽主饬行入阁礼，无非随时咨问，求治弭乱的意思。

不料礼仪甫定，那宋、亳、密各州，俱有警报，并称为盗所陷。辽主长叹道："中国人如此难制，正非我所意料！"嗣是惹动归思，即拟北返，天气渐暖，春光将老，辽主越不耐烦，便召晋臣入谕道："天时向暑，我难久留，意欲暂归北庭，省问太后。此处当留一亲将，令为节度使，料亦不至生变。"晋臣齐声道："皇帝怎可北去！如因省亲不便，何妨派使奉迎。"辽主道："太后族大，好似古柏蟠根，不便移动。我意已定，无容多议了！"晋臣不敢再言，纷纷退出。已而有诏颁下，复称汴梁为宣武军，令国舅萧翰为节度使，留守汴梁。翰系述律太后的兄子，有妹为辽主后，赐姓为萧，于是辽国后族，世称萧氏。

辽主欲令晋臣一并从行，嗣恐摇动人心，乃只命文武诸司，及诸军吏卒，随往北庭，统计已达数千人，又选宦官宫女数百名，饬令随侍，所有库中金帛，悉数捆载整装起行。萧翰送辽主出城，仍然还守。辽主向北进发，见沿途一带，村落皆空，却也不免唏嘘，立命有司发榜数百纸，揭示人民，招抚流亡。偏胡骑性喜剽掠，遇有人民聚处的地方，仍往劫夺，辽主也未尝禁止。夷夏大防，万不可溃，一溃防闲，必罹此祸。昼行夜宿，到了白马津，率众渡河，顾语宣徽使高勋道："我在北庭，每日射猎，很觉适意。自入中原后，局居宫廷，毫无乐趣，今得生还，虽死无遗恨了！"死在目前。

行抵相州，正值辽将高唐英围攻州城，与梁晖相持不下。辽主纵兵助攻，顿时陷入，梁晖巷战亡身。城中所有男人，悉被屠戮，婴儿赤子，由胡骑掷向空中，举刃相接，多半刳腹流肠，或竟坠落地上，跌作肉饼。妇女杀老留少，驱使北去，留高唐英守相州。唐英检阅城中遗民，只剩得七百人，髑髅约十数万具。看官试想，惨不惨呢！

辽主闻磁州刺史李谷，密通晋阳，派兵拘至，亲加质讯。谷诘问证据，反使辽主语塞，佯从车中引手，索取文书。经谷窥破诈谋，乐得再三穷诘，声色不挠。辽主竟被瞒过，乃命释归。算是大幸。

嗣因所过城邑，满目萧条，遂遍语蕃、汉群臣道："使中国如此受殃，统是燕王一人的罪过。”又顾相臣张砺道:“汝也算一个出力人员!”虎伥原是可恨,虎亦不谓无罪。砺俯首怀惭,无言可答,闷闷的随向北行,毋庸细述。

独宁国军都虞侯武行德,为辽主所遣,与辽吏督运兵仗,用舟装载,自汴入河,溯流北驶。行德麾下,有士卒千余人,驶至河阳,密语士卒道:“我等为虏所制,离乡远去,人生总有一死,难道统去做外国鬼么?今虏主已归,虏势渐衰,何不变计逐虏,据守河阳,待中原有主,然后臣服,岂不是一条好计呢!”士卒一体赞成,愿归驱使,行德遂举舟中甲仗,分给士卒,一声号令,全军俱起,把辽吏砍成肉泥,乘势袭击河阳城。辽节度使崔廷勋,方派兵助耿崇美,进攻潞州,城内无备,突被行德杀入,逐去廷勋,据住河阳,令弟行友持奉蜡书,从间道驰诣晋阳,表明诚意。

那时潞州留守王守恩,已向晋阳告急,刘知远命史弘肇为指挥使,率兵援潞。弘肇用部将马诲为先锋,星夜进兵,驰诣潞州城下,寂静无声,并不见有辽兵,马诲大起疑心。及王守恩出城相迎,两下晤谈,方知辽兵闻有援师,已经退去。马诲愤然道:“虏闻我军到来,便即退兵,这是古人所谓弩末呢。我当前往追杀,杀敌报功!”正说着,史弘肇继至,即由马诲请令,麾兵追虏。途中遇着辽兵,大呼直前,挟刃齐进,好似风扫落叶一般,不到一时,已枭得虏首千余级,余众遁去。

马诲方奏凯回军,辽将耿崇美退保怀州,崔廷勋亦狼狈奔至。就是洛阳辽将拽剌等,亦闻风胆落,趋至怀州,与崇美、廷勋等会晤,相对咨嗟,且会衔报闻辽主。

辽主得报,大为失意,继且自叹道:“我有三失,怪不得中国叛我呢!我今诸道括钱,是第一失;纵兵打草谷,是第二失;不早遣诸节度使还镇,是第三失。如今追悔无及了!”前责人,后责己,尚非愚愎者比。看官听着!辽主德光,也是一个好大喜功的雄主,此番大举入汴,到处顺手,已经如愿以偿,但他尚思久据中原,偏偏不能满意,连得许多警耗,由愤生悔,由悔生忧,竟至恹恹成疾。到了栾城,遍体苦热,用冰沃身,且沃且啖。及抵杀狐林,病势愈剧,即日毕命。

亲吏恐尸身腐臭,特剖腹贮盐,腹大能容,积盐数斗,乃载尸归国,晋人号为帝羓。辽太后述律氏,抚尸不哭,且作恨辞道:“汝违我命,谋夺中原,坐令内外不安,须俟诸部宁一,才好葬汝哩。”

原来辽主一死,形势立变,赵延寿恨主背约,首先发难。他本内任枢密,遥领中京,至是扈跸前驱,欲藉中京为根据地。便引兵先入恒州,且语左右道:“我不愿再入辽京了!”哪知人有千算,天教一算,似这卖国求荣,糜烂中原的赵延寿,怎能长享富贵,得使考终!借古讽世,是著书人本意。延寿入恒州时,即有一辽国亲王,蹑迹前来，亦带兵随入。延寿不敢拒绝，只好由他进城。这辽亲王为谁？乃是耶律德光的侄儿，东丹王突欲的长子。突欲奔唐，唐赐姓名为李赞华，留居京师。赞华为李从珂所杀，事见前文。独突欲子尚留北庭，未尝随父归唐。看官欲问他名字，乃是叫作兀欲。旧作乌裕，亦作鄂约。德光因他舍父事己，目为忠诚，特封为永康王。

兀欲随主入汴，复随主归国，尝见延寿怏怏，料他蓄怨，特暗地加防。此次追踪而至，明明是夺他根据。一入城门，即令门吏缴出管钥，进至府署，复令库吏缴出簿籍，全城要件，已归掌握。辽将又多半归附，愿奉他为嗣君。兀欲登鼓角楼，与诸将商定密谋，择日推戴。那赵延寿尚似在睡梦中，全然没有知晓，反自称受辽主遗诏，权知南朝军国事，且向兀欲要求管钥簿籍，兀欲当然不许。

有人通知延寿道："辽将与永康王聚谋，必有他变，请预备为要。今中国兵尚有万人，可藉以击虏，否则事必无成！"延寿迟疑未决，后来想得一法，拟于五月朔日，受文武官谒贺。晋臣李崧入语道："虏意不同，事情难测，愿公暂从缓议。"延寿乃止。

辽永康王兀欲，闻延寿将行谒贺礼，即与各辽将商定，届期掩击。嗣因延寿罢议，不得不另想别法。可巧兀欲妻自北庭驰至，探望兀欲，兀欲大喜道："妙计成了，不怕燕王不入彀中。"遂折柬往邀延寿，及张砺、和凝、冯道、李崧等，共至寓所饮酒。延寿如约到来，就是张砺以下，皆应召而至。兀欲欢颜迎入，请延寿入坐首席，大众依次列坐，兀欲下坐相陪。酒醴具陈，肴核维旅。彼此饮了好几觥，谈了许多客套话，兀欲方语延寿道："内子已至，燕王欲相见么？"延寿道："妹果来此，怎得不见！"即起身离座。与兀欲欣然入内，去了多时，未见出来，李崧颇为担忧。和凝、冯道私问张砺道："燕王有妹适永康王么？"张励摇首道："并非燕王亲妹，我与燕王在辽有年，始知永康王夫人，与燕王联为异姓兄妹，所以有此称呼。"借张砺口中说明，无非倒戟而出之笔法。道言未绝，兀欲已由内出外，独不见延寿偕出。李崧正要启问，兀欲笑语道："燕王谋反，我已将他锁住了！"这语说出，吓得数人面面相觑，不发一言。兀欲复道："先帝在汴时，遗我一筹，许我知南朝军国事，至归途猝崩，并无遗诏。燕王怎得擅自主张，捏称先帝遗命，惟罪止燕王一人，诸公勿虑。请再饮数觥！"和凝、冯道等唯唯听命，勉强饮毕，告谢而出。

越日由兀欲下令，宣布先帝遗制，略云："永康王为大圣皇帝嫡孙，人皇王长子，太后钟爱，群情允归，可就中京即皇帝位。"看官阅此，当知遗制为兀欲所捏造。但恐未知大圣皇帝及人皇王为何人？小子应该补叙明白。大圣皇帝，就是辽太祖阿保机的尊谥，人皇王就是突欲。阿保机在世时，自称天皇王，号长子突欲为人皇王，因此兀欲捏造遗制，特别声明。兀欲始举哀成服，传讣四方，并遣人报知述律太后。太后怒道："我儿平晋国，取中原，有大功业，伊子留侍我侧，应该嗣立。人皇王叛我归唐，兀欲为人皇王子，怎得僭立呢！"当下传谕兀欲，令取消成议。兀欲哪里肯从，竟在恒州即皇帝位，受蕃汉各官朝贺。寻即撤去丧服，鼓吹作乐，声彻内外。

忽闻述律太后，将发兵声讨，便恨恨道："我不逼人，人且逼我，这尚可坐视么？"遂命亲将麻答守恒州，并晋臣文武吏卒，一概留住，自率部兵北行。选得宫女、宦官、乐工数百人，随从马后。最后复有军士数十名，押着一乘囚车，内坐一个燕王赵延寿，揶揄极了。小子走笔至此，口占一诗，随笔录出，为赵延寿写照。诗云：

失身事虏已堪羞，况复甘心做寇仇！
自古贤奸终有报，好从马后看羁囚。

兀欲北去，刘知远南来。欲知南北各事，且看下回分解。

辽主之不能久据中原，或谓由天限华夷，迫令北返，事实不然。当时廉耻道丧，官吏以送旧迎新为得计。中原人民，手无尺寸柄，畴能反抗强虏？假令辽主入汴，但以噢咻小惠，笼络臣民，中国可坐而定也。误在贪酷残虐，激成众怨，遂至枭桀四起，与辽为难。辽主怅然北归，自陈三失，亶其然乎！赵延寿叛唐降辽，又引辽灭晋，嗣复欲背辽自主，居心叵测，不可复问。辽永康王兀欲，一举而拘絷之，诚为快事。且其称帝恒州，亦非全然无理，立嫡以长，古有明训，谁令辽太后溺爱少子，舍长立幼，违大经而生巨变，正辽太后之自取也！于兀欲乎何尤！

五代

第　九　回

故妃被逼与子同亡　御史敢言奉母出戍

却说赵延寿为兀欲所拘，带归辽京，消息传至河东，河东军将，以河中节度使赵匡赞，为延寿子，正好乘势招谕，劝他归降。刘知远依议办理，派使至河中宣抚。既而传说纷纷，言延寿已死，再由郭威献策，着人往河中吊祭。其实延寿还是活着，过了二年，始受尽折磨，瘐死狱中。只难为永安公主。

知远遂召集将佐，商议进取，诸将哗声道："欲取河南，应先定河北。为今日计，不若出师井陉，攻取镇、魏二州。镇州即恒州。二镇得下，河北已定，河南自拱手臣服了。"知远沉吟道："此议未免迂远，我意从潞州进行。"言至此，有一人抗声谏阻道："两议皆未可行。今虏主虽死，党众尚盛，各据坚城。我出河北，兵少路迂，旁无应援，倘群虏合势共击，截我前锋，断我后路，我不能进，又不能退，援绝粮尽，如何支持！这是万不可行的。若从潞州进兵，山路险窄，粟少兵残，未能供给大军，亦非良策。臣意谓应从陕、晋进发，陕、晋二镇，新近款附，引兵过境，必然欢迎，饷通路便，万无一失，不出两旬，洛、汴可俱定了。"三议相较，自以此议为善。知远点首道："卿言甚善，朕当照行。"

节度判官苏逢吉，已升任中书侍郎，独出班进言道："史弘肇屯兵潞州，群虏相继遁去，不如出师天井关，直达孟津，更为利便。"知远也以为然。嗣经司天监奏称太岁在午，不利南行，宜由晋、绛抵陕。知远乃决，准于天福十二年五月十二日，自太原启銮。告谕诸道，一面部署内政，厘定乃行。遂册魏国夫人李氏为皇后，皇弟刘崇为太原尹，从弟刘信为侍卫指挥使。皇子承训、承祐、承勋及皇侄承赟为将军，杨邠为枢密使，郭威为副使，王章为三司使，苏逢吉、苏禹珪同平章事。凡首先归附诸镇将，如赵晖、王守恩、武行德等，皆实授节度使。

转瞬间已是启銮期限，即命太原尹刘崇留守北都，赵州刺史李存瓌为副，幕僚李骧为少尹，牙将蔚进为马步指挥使，佐崇驻守。知远挈领全眷，及部下将士三万人，由太原出发。越阴地关，道出晋、绛，意欲召还史弘肇，一同扈驾。苏逢吉、杨邠谏阻道："今陕、晋、河阳，均已向化，虏将崔廷勋、耿崇美，亦将遁去，若召还弘肇，恐河南人心动摇，虏势复盛，转足为患了。"知远尚在踌躇，使人谕意弘肇，弘肇遣还使人，附呈奏议，与苏、杨相符。乃令弘肇屯潞，规取泽州。

泽州刺史翟令奇，坚壁拒守，弘肇已派兵往攻，经旬未下，部将李万超，愿往招降，得弘肇允许，骑至城下，仰呼令奇道："今虏兵北遁，天下无主，太原刘公，兴义师，定中土，所向风靡，后服者诛；君奈何不早自计！"令奇迟疑未答，万超又道："君为汉人，奈何为虏守节？况城池一破，玉石不分，君甘为虏死，难道百姓亦愿为虏死么？"令奇被他提醒，方答称愿降，开门迎纳官军。弘肇闻报，亦驰入泽州。安民已毕，留万超权知州事，自还潞州镇守。

会辽将崔廷勋、耿崇美等，又进逼河阳，节度使武行德，与战失利，飞向潞州求援。弘肇率众南下，甫入孟州境内，廷勋等已拥众北遁。经过卫州，大掠而去。行德出迎弘肇，两下联合，分略河南。弘肇为人，沉毅寡言，御众严整。将校有过，立杀无赦，兵士所至，秋毫无犯，因此士皆用命，民亦归心。刘知远从容南下，兵不血刃，都由弘肇先驱开路，抚定人民，所以有此容易哩。反射后文。

辽将萧翰，留守汴梁，闻知远拥兵南来，崔、耿诸将，统已遁还，自知大势已去，不如北归。筹画了好几日，又恐中原无主，必且大乱，归途亦不免受祸。乃从无策中想出一策，捏传辽主诏命，令许王李从益，知南朝军国事。当即派遣部将，驰抵洛阳，礼迎从益母子。王淑妃闻报大惊道："我儿年少，怎能当此大任！"说着，忙挈从益逃匿徽陵城中。徽陵即唐明宗陵，见前文。辽将蹑迹找寻，竟被觅着，强迫从益母子，出赴大梁。萧翰用兵拥护从益，即日御崇元殿。从益年才十七，胆气尚小，几乎吓下座来，勉强支撑，受蕃、汉诸臣谒贺。翰率部将拜谒殿上，令晋百官拜谒殿下，奉印纳册，由从益接受。方才毕礼，王淑妃明知不妙，自在殿后立着。至从益返入，心尚未定。偏晋臣联袂入谒，淑妃忙说道："休拜！休拜！"晋臣只管屈膝，黑压压的跪下一地。此时屈膝，比拜虏还算有光。淑妃又连语道："快……快请起来！"等到大众尽起，不禁泣下道："我家母子，孤弱得很，乃为诸公推戴，明明非福，眼见得是祸祟了！奈何奈何！"大众支吾一番，尽行告退。翰留部将刘祚带兵千人，卫护从益，自率蕃众北去。

王淑妃昼夜不安，屡派人侦探河东军，当下有人入报道："刘知远已入绛州，收降刺史李从朗，留偏将薛琼为防御使，自率大军东来了。"未几又有人走报，谓刘知远已抵陕州，又未几得知远檄文，是从洛阳传到，宣慰汴城官民。凡经辽主补署诸吏，概置勿问。晋臣接读来檄，又私自聚谋，欲迎新主，免不得伺隙窃出，趋洛投效，也想做个佐命功臣。丑极。

王淑妃焦急万分，与群臣会议数次，欲召宋州节度使高行周，河阳节度使武行德，共商拒守事宜。使命迭发，并不见到，淑妃乃召语群臣道："我母子为萧翰所逼，应该灭亡，诸公无罪，可早迎新主，自求多福，勿以我母子为念！"说至此，那两眶凤目中，已堕落无数珠泪。花见羞要变成花见怜了。大众也被感触，无不泣下。忽有一人启口道："河东兵远道来此，势必劳敝，今若调集诸营，与辽将并力拒守，以逸待劳，不致坐失，能有一月相持，北救必至，当可无虑。"淑妃道："我母子系亡国残余，怎敢与人争夺天下，若新主悯我苦衷，知我为辽所劫，或尚肯宥我余生。今别筹抵制，惹动敌怒，我母子死不足惜，恐全城且从此涂炭了！"是谓妇人之仁，但此外亦别无良策。大众闻言，尚交相聚论，主张坚守。三司使刘审交道。"城中公私俱尽，遗民无几，若更受围一月，必无噍类。愿诸公勿复坚持，一听太妃处分！"众始无言。淑妃再与群臣议定，遣使奉表洛阳，迎接刘知远。表文首署名衔，乃是臣梁王权知军国事李从益数字，从益出居私第，专候刘知远到来。

知远至洛阳后，两京文武百官，陆续迎谒。至从益表至，因命郑州防御使郭从义，领兵数千，先入大梁清宫。临行时密谕从义道："李从益母子，并非真心迎我，我闻他曾召高行周等，与我相争，行周等不肯应召，始穷蹙无法，遣使表迎。汝入大梁，可先除此二人，切切勿误！"郭从义奉命即行，到了大梁，便率兵围住从益私第，传知远命，迫令从益母子自杀。王淑妃临死大呼道："我家母子，究负何罪，何不留我儿在世，使每岁寒食节，持一盂麦饭，祭扫徽陵呢！"说毕，乃与从益伏剑自尽。

大梁城中，多为悲惋，惟从义遣人报命。刘知远独欢慰异常，未免太忍。乃启行入大梁，汴城百官，争往荥阳迎驾。辽将刘祚，无法归国，亦只好随同迎降。知远纵辔入城，御殿受贺，下诏大赦。凡辽主所除节度使，下至将吏，各安职任，不复变更。乃称汴梁为东京，国号大汉，惟尚用天福年号。顾语左右道："我实未忍忘晋呢！"还要骗人。嗣是封赏功臣，犒劳兵士，当然有一番忙碌。小子述不胜述，姑从阙如。

当时各道镇帅，先后纳款。就是吴越、湘南、南平三镇，亦遣人表贺。大汉皇帝刘知远，得晋版图，南面垂裳，又是一新朝气象了。可惜不长。南唐主李璟，当辽主入汴时，曾派使贺辽，且请诣长安修复诸陵，即唐高祖太宗诸陵。辽主不许。会晋密州刺史皇甫晖，棣州刺史王建，皆避辽奔唐，淮北贼帅，亦多向江南请命。唐史馆修撰韩熙载上疏道："陛下恢复祖业，正在今日。若虏主北归，中原有主，恐已落人后，必至规复无期。"唐主览书感叹，颇欲出师，怎奈福州军事，尚未成功，反且败报传来，丧师不少，自慨国威已挫，哪里还能规取中原。

福州李达，得吴越援军，与唐兵相持，小子前已叙过。见三十五回。两下里攻守逾年，未判成败。吴越复令水军统帅余安，领着战舰千艘，续援福州，行抵白虾浦，海岸泥淖，须先布竹箦，方可登岸。唐兵在城南瞧着，弯弓竞射，箦不得施。余安正没法摆布，静待多时，既而箭声已歇，便纵兵布箦，悉数登岸，进击唐兵。唐将冯延鲁，抵挡不住，弃师先走，冤冤枉枉的死了多人，并阵亡良将孟坚。原来唐兵停射，系是延鲁主见，延鲁欲纵敌登岸，尽加歼除，孟坚苦谏不从。至吴越兵登岸，大呼奋击，锐不可当。延鲁遁去，孟坚战死。唐将留从效、王建封等亦相继披靡，城中兵又出来夹攻，大破唐兵，尸横遍野。还亏唐帅王崇文，亲督牙兵三百人，断住后路，且战且行，才得保全残众，走归江南。这番唐兵败衄，丧师二万余人，委弃军资器械，至数十万，府库一空，兵威大损。

唐主以陈觉矫诏，冯延鲁失策，咎止二人，拟正法以谢中外，余皆赦免。御史江文蔚本系中原文士，与韩熙载同具盛名，熙载奔唐，文蔚亦坐安重荣叛党，惧罪南奔。安重荣事见三十一回。唐主喜他能文，令充谏职，他见唐主诏敕只罪陈觉、冯延鲁，不及冯延己、魏岑，心下大为不平，遂对仗纠弹，上书达数千言，说得淋漓痛快，小子不忍割爱，因限于篇幅，节录如下：

臣闻赏罚者帝王所重。赏以进君子，不自私恩；罚以退小人，不自私怨。陛下践阼以来，所信重者冯延己、延鲁、魏岑、陈觉四人，皆擢自下僚，骤升高位，未尝进一贤臣，成国家之美，阴狡弄权，引用群小，在外者握兵，居中者当国。师克在和，而四凶邀利，迭为前却，使精锐者奔北，馈运者死亡，谷帛戈甲，委而资寇，取弱邻邦，贻讥海内。今陈觉、冯延鲁虽已伏辜，而冯延己、魏岑犹在，本根未殄，枝干复生。延己善柔其色，才业无闻，凭恃旧恩，遂阶任用。蔽惑天聪，敛怨归上，以致纲纪大坏，刑赏失中。风雨由是不时，阴阳以之失序。伤风败俗，蠹政害人，蚀日月之明，累乾坤之德。天生魏岑，朋合延己，蛇豕成性，专利无厌。逋逃归国，鼠奸狐媚，谗疾君子，交结小人，善事延己，遂当枢要，面欺人主，孩视亲王，侍燕喧哗，远近惊骇。进俳优以取容，作淫巧以求宠，视国用如私财，夺君恩为己惠，上下相蒙，道路以目。征讨之柄，在岑折简，帑藏取与，系岑一言。福州之役，岑为东面应援使，而自焚营壁，纵兵入城，使穷寇坚心，大军失势。军法逗留畏懦者斩，律云：主将守城，为贼所攻，不固守而弃去，及守备不设，为贼掩覆者皆斩。昨敕赦诸将，盖以军政威令，各非己出。岑与觉、延鲁更相违戾，互肆威权，号令并行，理在无赦。况天兵败衄，宇内震惊，将雪宗庙之羞，宜醢奸臣之肉。已诛二罪，未塞群情，尽去四凶，方祛众怒。今民多饥馑，政未和平。东有伺隙之邻，北有霸强之国。市里讹言，遐迩危惧。陛下宜轸虑殷忧，诛恂虺蜮。延己谋国不忠，在法难原，魏岑同罪异诛，观听疑惑，请并行典法以谢四方，则国家幸甚！

文蔚上疏时，明知词太激烈，恐触主怒，先在江中备着小舟，载送老母，立待左迁。果然唐主下敕，责他诽谤大臣，降为江州司士参军。文蔚即奉母赴江州。直臣虽去，谏草具存，江南人士，辗转传写，纸价为之一昂。究竟有名无利，宜乎谀媚日多。太傅宋齐邱，曾荐陈觉为福州宣谕使，见三十五回。至是竭力营救，竟得准请。赦免陈觉、冯延鲁死罪，但流觉至蕲州，延鲁至舒州。韩熙载亦忍耐不住，上书并劾齐邱，兼及冯延己、魏岑二人。唐主但撤延已相位，降为少傅，贬岑为太子洗马，齐邱全不加谴，宠任如故。熙载又屡言齐邱党与，必为祸乱，齐邱益与熙载为仇，劾他嗜酒猖狂，被黜为和州司士参军。是时辽主归死，辽将萧翰，亦弃汴北遁，唐主又想经略北方，用李金全为北面招讨使。哪知刘知远已捷足先得，驰入大梁，还要他费什么心，动什么兵哩！统是空思想。

吴越军将，解福州围，凯旋钱塘。吴越王弘佐，另派东南安抚使鲍修让，助戍福州。未几吴越王病殁，年仅二十，无子可承，弟弘倧依次嗣立，颁敕至福州，李达令弟通权知留后，自诣钱塘，朝贺新君。弘倧加达兼官侍中，赐名孺赟，寻且遣归。达已返福州，与鲍修让两不相下，屡有龃龉，复欲举兵降唐，杀鲍自解，偏被修让察觉。先引兵往攻府第，一场蹂躏，不但杀死李达，并将他全家老小，一并诛夷。凶狡如达，应该至此。随即传首钱塘，报明情状。吴越王弘倧，别简丞相吴程，出知威武军节度使事。

自是福州归吴越，建州归南唐，各守疆域，相安无事。那北方最强的大辽帝国，偏由兀欲继统，仇视祖母，彼此争斗。兀欲得着胜仗，竟把一位聪明伶俐的述律太后，拘至辽太祖阿保机墓旁，锢禁起来。小子有诗叹道：

虏廷挺出女中豪，佐主兴邦不惮劳，
只为立储差一著，被孙拘禁祸难逃。

欲知辽太后被幽详情，且至下回再阅。

辽将北去，刘氏南来，偏夹出一个李从益来，权知南朝军国事。从益母子，系亡国遗裔，谁乐推戴，而萧翰乃迫而出之，舍安土而入危境，不死何待！但母子茕茕，受人迫胁，原为不得已之举；且子刘知远无名分之嫌，知远又臣事唐明宗，胡为必杀之而后快？残忍若此，宜其享年不永，而传祚亦最短也。南唐为当时强国，苟任用得人，本可乘时出师，与刘知远共争中原，尚未知鹿死谁手，乃庸臣当国，呆竖弄兵，仅攻一残破之福州，犹不能下，反且丧师败北，致遭大挫，何其无英雄气象耶！直言如江文蔚，反遭罢斥，而佥壬宵小，仍得窃位，南唐之不振也亦宜哉；读江中丞弹文，可为南唐一哭。

第十回

徙建州晋太后绝命　幸邺都汉高祖亲征

却说辽永康王兀欲，在恒州擅立为帝，便即率兵北向，归承大统。到了石桥，正遇辽太后遣来的兵士，为首的乃是降将李彦韬。彦韬随辽主北去，进谒辽太后，太后见他相貌魁梧，语言伶俐，即令他隶属麾下。以貌取人，失之彦韬。此时闻兀欲进来，便命彦韬为排阵使，出拒兀欲。兀欲前锋，就是伟王。伟王大呼道："来将莫非李彦韬么？须知新主是太祖嫡孙，理应嗣位。汝由何人差遣，前来抗拒？若下马迎降，不失富贵；否则刀下无情，何必来做杀头鬼！"彦韬见来军势盛，本已带着惧意，一闻伟王招降，乐得滚鞍下马，迎拜道旁。伟王大喜，更晓谕彦韬部众，教他一体投诚，免受屠戮。大众亦抛戈释甲，情愿归降。两军一合，倍道急进，不到一日，便达辽京。述律太后方派彦韬出战，总道他肯尽死力，不意才阅一宵，即闻伟王兵到，惊得手足失措，悲泪满颐。老婆娘亦有此日耶！

城中将吏，又素感兀欲厚恩，争先出迎。原来兀欲平日，性情豪爽，散财下士。前由德光赐绢数千匹，便悉数分散，顷刻而尽。所以将士多受笼络，相率爱戴。伟王入城，兀欲继至，述律太后束手无策，只好听他处置，当有数骑入宫，拥出太后，胁往木叶山。木叶山就是阿保机葬处，墓旁多筑矮屋，派人守护。那述律太后被迫至此，没奈何在矮屋栖身，昼听猿啼，夜闻鬼哭，任她铁石心肠，也是忍受不住，况且年力已衰，猝遭此变，自己也情愿速死，忧能致疾，未几告终。是前杀酋长之报。

兀欲易名为阮，自号天授皇帝，改元天禄。国舅萧翰驰至国城，大局已经就绪，孤掌当然难鸣，也只能得过且过，进见兀欲，行过了君臣礼，才报称张砺谋反，已与中京留守答合，将他伏诛。兀欲也不细问，但令翰复职了事。

看官道张砺被杀，是为何因？砺随辽主德光入汴，尝劝德光任用镇帅，勿使辽人，翰因此怀恨。及自汴州还至恒州，即与麻合说明，麾骑围张砺第，牵砺出问道："汝教先帝勿用辽人为节度使，究怀何意？"砺抗声道："中国人民，非辽人所能治，先帝不用我言，所以功败垂成。我今还当转问国舅，先帝命汝守汴，汝何故不召自来呢？"理论固是，但问他何故引虏入寇，残害中原？翰无言可诘，惟益加忿恚，饬左右将砺锁住。砺又恨恨道："欲杀就杀，何必锁我！"翰置诸不理，但令左右牵他下狱。越宿由狱卒入视，砺已气绝仆地，想已是气死了。看官记着！张砺、赵延寿同是汉奸，同是虏依。砺拜相，延寿封王，为虏效力，结果是同死虏手。古人有言："惠迪吉，从逆凶。"这两人就是榜样呢！苦口婆心。

兀欲已经定国，乃为先君德光安葬，仍至木叶山营陵，追谥德光为嗣圣皇帝，庙号太宗。临葬时遣人至恒州召晋臣冯道、和凝等会葬，可巧恒州军乱，指挥使白再荣等，逐出答答，并据定州。冯道等乘隙南归，仍至中原来事新主，免为异域鬼魂。这正是不幸中的大幸。惟恒州乱源，咎由答答一人。麻答为辽主德光从弟，平生好杀，在恒州时，残酷尤甚，往往虐待汉人，或剥面抉目，或髡发断腕，令他辗转呼号，然后杀死。出入必以刑具自随，甚至寝处前后，亦悬人肝胫手足，人民不胜荼毒，所以酿成变乱。已而白再荣等，表顺汉廷，于是恒、定二镇，仍为汉有。这且无庸细表。

惟辽负义侯石重贵，自徙居黄龙府后，曾奉述律太后命令，改迁至怀密州，州距黄龙府西北千余里。重贵不敢逗留，带领全眷，跋涉长途。故后冯氏，不堪艰苦，密嘱内宫搜求毒药，将与重贵同饮，做一对地下鸳鸯。可奈毒药难求，生命未绝，不得不再行趱路。行过辽阳二百里，适辽嗣皇兀欲入都，幽禁述律，特下赦文，召重贵等还居辽阳，略具供给。重贵等仍得生机，全眷少慰。越年四月，兀欲巡幸辽阳，重贵带着母妻，白衣纱帽，往谒帐前。还算蒙兀欲特恩，令易常服入见。重贵伏地悲泣，自陈过失。兀欲令人扶起，赐他旁坐。当下摆起酒席，奏起乐歌，令重贵入座与饮，分尝一脔。那帐下的伶人从官，多由大梁虏去，此时得见故主，无不伤怀。至饮毕散归，各赍衣服药饵，饷遗重贵。重贵且感且泣，自思被虏至此，才觉得苦尽甘来，倒也安心过去。想冯氏亦不愿服药了。

偏偏福无双至，祸不单行。兀欲住居旬日，因天气已近盛夏，拟上陉避暑，竟向重贵索取内官十五人，及东西班十五人。还要重贵子延煦，随他同行，重贵不敢不依。心中很是伤感，最苦恼的是膝下娇雏，也被番骑取去。父女惨别，怎得不悲！原来兀欲妻兄禅奴，一作绰诺锡里。见重贵身旁有一幼女，双髻绰约，娇小动人，便欲取为婢妾。面向重贵请求，重贵以年幼为辞。禅奴转白兀欲，兀欲竟遣一骑卒，硬向重贵索去，赐给禅奴。到了仲秋，凉风徐拂，暑气尽消，兀欲乃下陉至霸州。陉系北塞高凉地，夏上陉，秋下陉，乃向来辽主惯例。

重贵忆念延煦，探得兀欲下陉消息，即求李太后往谒兀欲，乘便顾视。李太后因驰至霸州，与兀欲相见，延煦在兀欲帐后，趋谒祖母，老少重逢，悲喜交集。兀欲顾李太后道："我无心害汝子孙，汝可勿忧！"李太后拜谢道："蒙皇帝特恩，宥妾子孙，没世衔感。但在此坐食，徒劳上国供给，自问亦未免怀惭，可否在汉儿城侧，赐一隙地，俾妾子孙得耕种为生？如承俯允，感德更无穷了！"向虏主求一隙地，何如速死为是。兀欲温颜道："我当令汝满意便了。"又顾延煦道："汝可从汝祖母同返辽阳，静待后命。"延煦遂与李太后一同拜辞，仍至辽阳候敕。

未几即有辽敕颁到，令南徙建州，重贵复挈全眷启行。自辽阳至建州又约千余里，途中登山越岭，备极艰辛。安太妃目早失明，禁不起历届困苦，镇日里卧着车中，饮食不进，奄奄将尽。当下与李太后等诀别，且嘱重贵道："我死后当焚骨成灰，南向飞扬，令我遗魂得返中国，庶不至为虏地鬼了！"悲惨语，不忍卒读。说着，痰喘交作，须臾即逝。重贵遵她遗命，为焚尸计，偏道旁不生草木，只有一带砂碛，极目无垠，哪里寻得出引火物！嗣经左右想出一法，折毁车轮，作为火种，乃向南焚尸。尚有余骨未尽，载至建州。

建州节度使赵延晖，已接辽敕，谕令优待，乃出城迎入，自让正寝，馆待重贵母子。一住数日，李太后商诸延晖，求一耕牧地，延晖令属吏四觅，去建州数十里外，得地五千余顷，可耕可牧。当下给发库银，交与重贵，俾得往垦隙地，筑室分耕。重贵随从尚有数百人，尽往种作，莳蔬植麦，按时收成，供养重贵母子。重贵却逍遥自在，安享天年，随身除冯后外，尚有宠姬数人，陪伴寂寥，随时消遣。

一日正与妻妾闲谈，忽来了胡骑数名，说是奉皇子命，指索赵氏、聂氏二美人。这二美人是重贵宠姬，怎肯无端割舍！偏胡骑不肯容情，硬扯二人上舆，向北驰去。看官！你想重贵此时，伤心不伤心么？重贵伏案悲号，李太后亦不胜凄惋。冯氏拔去眼中钉，想是暗地喜欢。大家哽咽多时，想不出甚么法儿，可以追回，只好撒手了事。惟李太后睹此惨剧，长恨无穷，蹉跎过了一年，已是后汉乾祐三年。李太后寝疾，无药可医，尝仰天号泣，南向戟手，呼杜重威、李守贞等姓名，且斥且詈道："我死无知，倒也罢了，如或有知，地下相逢，断不饶汝等奸贼！"骂亦无益。嗣是病势日重，延至八月，已是弥留。见重贵在侧，呜咽与语道："从前安太妃病终，曾教汝焚骨扬灰，我死，汝也可照办，我的烬骨，可送往范阳佛寺，我也不愿作虏地鬼哩！"语与安太妃略同，恰另具一种口吻。是夕即殁，重贵与冯氏宫人，及宦官东西班，均被发徒跣，舁柩至赐地中，焚骨扬灰，穿地而葬。

后来重贵夫妇，不知所终。至后周显德年间，有中国人自辽逃归，说他尚在建州，惟随从吏役，多半亡故，此后遂无消息，大约总难免一死，生作异乡人，死作异乡鬼罢了。卅六鸳鸯同命鸟，一双蝴蝶可怜虫。史家因重贵北迁，号为出帝，或因他年少失国，号为少帝，究竟他何年死，何地死，无从查考。小子也不能臆造，权作阙文，愿看官勿笑我疏忽哩。叙法周密。

且说刘知远入主大梁，四方表贺，络绎不绝。河南一带，统已归顺，辽兵或降或遁，辽将高唐英驻守相州，为指挥使王继弘、楚晖所杀，传首诣阙。知远大悦，免不得有一番封赏。湖南节度使马希广，派人告哀，并报称兄终弟及，有乞请册封的意思。知远遂加希广为检校太尉，兼中书令，行天策上将军事，镇守湖南，加封楚王。

希广即希范弟，希范曾受石晋册封，岁贡不绝。生平豪侈，挥金如土，尝造会春园及嘉宴堂，费至巨万。继筑九龙殿，用沉香雕成八龙，外饰金宝，抱柱相向。自言己身亦是一龙，故称九龙。辽兵灭晋，中原大乱，湖南牙将丁思瑾，劝希范出兵荆襄，进图汴洛，成一时霸业。希范也惊为奇论，但终不能照行。思瑾意图尸谏，扼吭竟死。无如希范纵乐忘返，哪里肯发愤为雄！昼聚狎客，饮博欢呼，夜罗美女，荒淫狎亵，后宫多至数百人，尚嫌不足，甚至先王妾媵，多加无礼。又往往嘱令尼僧，潜搜良家女子，闻有容色，强迫入宫。一商人妇甚美，为希范所闻，胁令该夫送入。该夫不愿，立被杀毙，取妇而归。偏该妇颜如桃李，节若冰霜，誓志不辱，投缳自尽。足与罗敷齐名，可惜不载姓氏。希范毫不知悔，肆淫如故，尝语左右道："我闻轩辕御五百妇女，乃得升天，我亦将为轩辕氏呢？"果然贪欢成痨，一病不起。

濒危时召入学士拓跋常，常一作恒。以母弟希广相属，令他辅立。拓跋常有敢谏名，素为希范所嫉视，至是却嘱以后事，想是回光返照，一隙生明。但希广尚有兄希萼，为朗州节度使，舍长立少，仍然非计。希范殁，希广入嗣，拓跋常虑有后患，劝希广以位让兄，独都指挥使刘彦瑫，天策学士李弘皋，定欲遵先王遗命，乃即定议。继受汉主册封，似乎名位已定，可免后忧，哪知骨肉成仇，阋墙不远。湖南北十州数千里，从此祸乱无已，将拱手让人了。插入楚事，为湖南入唐伏案。小子因楚乱在后，汉乱在先，且将楚事暂搁，再叙汉事。

天雄军节度使杜重威，天平军节度使李守贞等，前奉辽主命令，各得还镇。刘知远入汴，重威、守贞，皆奉表归命。适宋州节度使高行周入朝，朝命行周往邺都，镇天雄军，调重威镇宋州。并徙河中节度使赵匡赞镇晋昌军，调守贞镇河中，此外亦各有迁调，无非是防微杜渐，免得他深根固蒂，跋扈一方。各镇多奉命转徙，独有一反复无常的杜重威，竟抗不受命，遣子弘璲，北行乞援。时辽将麻答，尚在恒州，即拨赵延寿遗下幽州兵二千人，令指挥使张琏为将，南援重威。重威请琏助守，再求麻答济师，麻答又派部将杨衮，率辽兵千五百人，及幽州兵千人，共赴邺都。汉主刘知远，得知消息，忙命高行周为招讨使，镇宁军节度使慕容彦超为副，率兵往讨重威。并诏削重威官爵，饬二将速即出师。

行周与彦超，同至邺州城下，彦超自恃骁勇，请诸行周，愿督兵攻城。行周道："邺都重镇，容易固守，况重威屯戍日久，兵甲坚利，怎能一鼓即下哩！"彦超道："行军全靠锐气，今乘锐而来，尚不速攻，将待何时？"行周道："兵贵持重，见可乃进，现尚不应急攻，且伺城内有变，进攻未迟！"彦超又道："此时不攻，留屯城下，我气益衰，彼气益盛，况闻辽兵将至，来援重威，他日内外夹攻，敢问主帅如何对付？"行周道："我为统帅，进退自有主张，休得争执！"彦超冷笑道："大丈夫当为国忘家，为公忘私，奈何顾及儿女亲家，甘误国事！"行周闻言，越觉动恼，正要发言诘责，彦超又冷笑数声，疾趋而出。原来行周有女，为重威子妇，所以彦超疑他营私，且扬言军前，谓行周爱女及贼，因此不攻。应有此嫌。行周有口难分，不得已表达汉廷。

汉主虑有他变，乃议亲征。当下召入宰臣苏逢吉、苏禹珪等，商谘亲征事宜，两人模棱未决。汉主转询吏部尚书窦贞固，贞固与知远同事石晋，素相和协，至是独赞成亲征。还有中书舍人李涛，未曾与议，即密上一疏，促御驾即日征邺，毋误时机。汉主因二人同心，并擢为相，便下诏出巡澶、魏，往劳王师。越二日即拟启行，命皇子承训为开封尹，留守大梁，凑巧晋臣李崧、和凝等，自恒州来归，报称辽将麻答，已经被逐，可绝杜重威后援。汉主甚喜，面授崧为太子太傅，凝为太子少保，令佐承训驻京。且颁诏恒州，宣抚指挥使白再荣，命为留后。见上文。复称恒州为镇州，仍原名为成德军。

号炮一振，銮驾出征，前后拥卫诸将吏，不下万人。行径匆匆，也不暇访察民情，一直趋至邺下行营。高行周首先迎谒，泣诉军情。汉主知曲在彦超，因当彦超谒见时，面责数语，且令向行周谢过。行周意乃少解，随即遣给事中陈观，往谕重威，劝他速降。重威闭城谢客，不肯放入。陈观复命，触动汉主怒意，便命攻城。彦超踊跃直前，领兵先进，行周不好违慢，也驱军接应。汉主登高遥望，但见城上的矢石，好似雨点一般，飞向城下，城下各军，冒险进攻，也是个个争先，人人努力。怎奈矢石无情，不容各军进步，自辰至午，仍然危城兀立，垣堞依然，那时只得鸣金收军，检点士卒，万余人受伤，千余人丧命。汉主始叹行周先见，就是好勇多疑的慕容彦超，至此也索然意尽，哑口无言。

行周入帐献议道："臣来此已久，城中闻将食尽，但兵心未变，更有辽将张琏助守，所以相持不下。请陛下招谕张琏，琏若肯降，重威也无能为力了。"汉主依议，遣人招张琏降，许他不死。偏偏琏不肯从，一再往劝，始终无效。迁延至两旬有余，围城中渐觉不支。内殿直韩训献上攻具。汉主摇首道："守城全恃众心，众心一离，城自不保，要用甚么攻具呢？"韩训怀惭而退。忽由帐外报入，有一妇人求见，汉主问明底细，才命召入。正是：

猖獗全凭强虏助，穷危要仗妇人扶。

毕竟妇人为谁，待至下回表明。

辽太后为朔漠女豪，佐夫相子，奄有北方，而受制于其孙。李太后为石氏内助，因宴传言，激成大举。而被累于其子。南北睽违，事适相合，何两智妇结果之不幸也！但辽太后幽死墓侧，得随夫于地下，李太后羁死建州，徒作鬼于虏中，两两相较，当以李太后之死为尤惨焉。杜重威身亡晋室，引虏覆邦，罪不容于死，不特李太后骂为奸贼，至死不忘，即中原人士，亦谁不思食其肉，寝其皮乎？刘氏入汴，不加显罚，仍令守官，几若多行不义之人，亦得幸免，乃移镇命下，复思抗拒，枭獍心肠，不死不止。而天意亦故欲迫诸死地，以为奸恶者戒。汉生亲征，犹然招降，虽得苟延残喘，而终不免于诛夷。李太后有知，庶或可少泄余恨也夫！

第十一回

奉密谕王景崇入关　捏遗诏杜重威肆市

却说汉主刘知远，传见来妇，看官道妇人为谁？原来是重威妻宋国公主。公主入谒汉主，行过了礼，由汉主赐令旁坐，问及重威情形，公主道："重威因陛下肇兴，重见天日，不胜庆幸，但恐陛下追究既往，负罪难逃。所以一闻移镇，虑蹈不测，适辽将又来监守，遂致触犯天威，劳动王师，今愿开城谢罪，令臣妾前来乞恩，望陛下网开一面，曲贷余生！"汉主道："朕信重威，重威尚不信朕么？况朕已一再招降，奈何拒命！"公主道："重威非敢抗陛下，实由虏将张琏，挟制重威，不使迎降。"虽是诳言，但欲为夫解免，不得不尔，阅者尚当为公主曲原。汉主道："虏将独不怕死么？"公主道："正为怕死，所以阻挠。"汉主沉吟半晌，方微笑道："朕一视同仁，既赦重威，何不可赦张琏？烦汝入城回报，如果真心出降，不问华、夷，一体赦免！"公主起身拜谢，辞别回城。

重威得公主传语，转告张琏，琏答道；"公可全生，琏难幸免，愿守此城，以死为期！"倒是个硬汉。重威道："粮食早尽，兵皆枵腹，看来是不能不降了！汉主谓一体赦免，谅不欺人，请君勿虑！"琏又道："恐怕未必。"重威道："我再遣次子弘琏，前去请求，能得一朝廷赦书，大家好安心出降了。"琏方才允诺，弘琏即出往汉营。过了半日，持到汉主手谕，许琏归国。重威乃复遣判官王敏，先送谢表。旋即素服出降，拜谒汉主。汉主赐还衣冠，仍授检校太师，守官太傅，兼中书令。大军随汉主入城，城内已饿殍载道，满目萧条。辽将张琏，亦来拜见，汉主忽瞋目道："全城兵民，为汝一人，害得这般凄惨，汝可知罪否？"琏不意有此一诘，一时转无从措词。汉主便令推出斩首，复捕斩弁目数十人，天子无戏言，奈何背约！惟什长以下，放还幽州。辽众无从报怨，将出汉境，大掠而出。枢密使郭威入帐，与汉主附耳数语，汉生即令他会同王章，按录重威部下诸亲将，一并拿下，悉数处斩。又将重威私资，及僚属家产，抄没充公，分赐战士。重威似刀剜肉，无从呼吁，只好与妻孥相对，暗地流涕罢了。还是小事，请看后来。

汉主住邺数日，下令还都，留高行周为邺都留守，充天雄军节度使。行周固辞，汉主语苏逢吉道："想是为着慕容彦超了，我当命他徙镇泰宁军，卿可为我谕意。"逢吉转谕行周，行周乃受命留邺。汉主且晋封行周为临清王，即命杜重威随驾还都。既归大梁，加封重威为楚国公。重威平时出入，路人辄旁掷瓦砾，且掷且詈。亏得他脸皮素厚，还是禁受得起，但威风已尽扫地了。所有宋州一缺，不愿再任重威，但令史弘肇兼镇，毋庸细表。看似闲文，实补前回未了之文。

且说汉主刘知远原籍，本属沙陀部落，知远以自己姓刘，改国号汉，强引西汉高祖，东汉光武帝，作为远祖。当尊汉高祖为太祖，光武帝为世祖，立庙祭享，历世不祧。高祖湍尊为文祖，妣李氏为明贞皇后，曾祖昂为德祖，妣杨氏为恭惠皇后，祖僎为翼祖，妣李氏为昭穆皇后，父琠为显祖，母安氏为章懿皇后，共立四庙，与汉高祖、光武帝并列，合成六庙。命太常卿张昭，厘定六庙乐章舞名。知远以邺都告平，入庙告祖，所有订定乐舞，概令举行，真个是和声鸣盛，肃祀明禋。

不料皇子开封尹承训，自助祭后，感冒风寒，逐日加剧。汉主因承训孝友忠厚，明达政事，格外留心看护，多方医治。怎奈区区药物，不能挽回造化，竟于天福十二年十二月中，悠然而逝，年止二十六。汉主在太平宫举哀，哭得涕泗滂沱，几致晕去。经左右极力劝慰，勉强收泪，亲视棺殓，追封魏王，送归太原安葬。此子若存，刘氏不至遽亡。嗣是常带悲容，少乐多忧，一代枭雄，又将谢世。

蹉跎过了残年，便是元旦，汉主因身躯未适，不受朝贺，自在宫中调养。转眼间已过四大，病体少痊，乃出宫视朝，改天福十三年为乾祐元年，颁诏大赦。越数日，易名为暠，晋封冯道为齐国公，兼官太师。兵然递上奏犊，报称凤翔节度使侯益，与晋昌节度使赵匡赞，叛国降蜀，蟠踞关中，请速派将往讨云云。汉主闻变，即命右卫大将军王景崇，将军齐藏珍，调集禁兵数千，往略关西。

原来蜀主孟昶，嗣知祥位，除去强臣李仁罕、张业，国内太平，十年无事。辽主灭晋，晋雄武节度使何重建，举秦、成、阶三州降蜀。见三十七回。蜀主昶遂欲吞并关中。遣山南西道节度使孙汉韶等，攻下凤州。适晋昌军节度使赵匡赞，闻杜重威得罪，恐自己亦未必保全，索性向蜀投降，别图富贵。遂派人奉表蜀主，乞遣兵援应长安，即晋昌军。兼略凤翔。蜀主甚喜，即命中书令张虔钊，为北面行营招讨安抚使，宣徽使韩保贞为都虞侯，率兵五万，道出散关。又饬时重建为副使，领部众出陇州，与张虔钊等会师，同趋凤翔。一面令部虞侯李廷珪，统兵二万出子午谷，为长安声援。

凤翔节度使侯益，接得侦报，知蜀主大举入侵，惊慌的了不得。正拟拜表告急，忽来了雄武军弁吴崇恽，递入何重建手书，并附蜀枢密使王处回招降文，内容大意，无非是晓示利害，劝益归蜀，益恐待援不及，不如依书乞降，免得惊惶。遂缴出地图兵籍，使吴崇恽带还，附表请中定关中，且贻书赵匡赞，约为犄角，互相帮扶。偏赵匡赞狐疑未定，复听了判官李恕，仍然上表汉廷，自请入朝。东倒西歪，比墙头草且勿如。

这李恕本是赵延寿幕僚，延寿令佐匡赞，为晋昌军节度判官，当匡赞降蜀时，恕已出言谏阻，匡赞不从，至是复极谏道："燕王入胡，本非所愿，今汉家新得天下，方务招怀，若谢罪归朝，必能保全爵禄，入蜀恐非良策哩，蹄涔不容尺鲤，愿公三思，毋贻后悔！"匡赞听了，很觉有理，因遣恕入朝谢罪，情愿面觐汉主，听受处分。汉主问恕道："匡赞何故附蜀？"恕答道："匡赞以身受虏官，父在虏廷，恐陛下未肯俯谅，所以附蜀求生。臣一再谏诤，谓国家必应存抚，匡赞亦自知悔悟，故遣臣来祈哀！"汉主道："匡赞父子，本吾故交，不幸陷虏。今延寿方坠槛阱，我何忍再害匡赞呢？汝可返报匡赞，不必多疑，尽可来朝！"恕拜谢而去。

嗣得侯益表章，也与匡赞一般见解，谢罪请朝。时王景崇尚未启行，汉主召入卧内，密谕景崇道："赵匡赞、侯益，虽俱来请朝，未知他有无诡计，汝率兵西去，当密观动静！他若真心入朝，不必过问，倘或迁延观望，汝可便宜从事，勿堕狡谋！"景崇应声遵旨，即日启行，西赴长安。

赵匡赞恐蜀兵驰至，转难脱身，不待李恕返报，便离长安，趋入大梁。途次与李恕接着，得知汉主谕言，益放心前行。复与景崇晤谈，景崇亦让他过去，自率兵径谒长安。才入长安城中，军报已陆续到来，统说蜀兵已入秦州，就要来攻长安。景崇因随兵不多，恐未足敌蜀，忙发本道兵马，及赵匡赞牙兵千余人，同拒蜀人。又虑匡赞牙兵，或有叛亡等情，意欲黥字面中，使不得逞。当下与齐藏珍商议，藏珍尚不甚赞成，那牙兵将校赵思绾，已入请黥面，为部兵倡。景崇当然心喜。藏珍待思绾退出，私语景崇道："思绾面带杀气，恐非良将，况黥面命令，尚未发出，他即先来面请。越是谄谀，越是狡诈，此人万不可恃，速除为宜！"甚是，甚是。景崇摇首道："无罪杀人，如何服众！"遂不从藏珍计议，自督兵往堵蜀军。

蜀将张廷珪，正自子午谷出师，探得匡赞入朝音信，便欲引归。不意景崇突至，险些儿措手不及，仓猝对敌，已被景崇麾兵入阵，冲破中坚，没奈何且战且行，奔回至十里外，才免追袭。手下兵士，已伤亡至数千名，懊丧而去。侯益闻景崇得胜，廷珪败还，自然顺风使帆，决计拒蜀。蜀帅张虔钊行至宝鸡，略悉侯益反复情形，便与诸将会商。或主进，或主退，弄得虔钊无可解决，只好按兵暂住。忽闻汉将王景崇，召集凤翔、陇、邠、泾、鄜、坊各兵，纷纷前来，吓得魂不附体，急忙引兵夜遁。及景崇追到散关，蜀兵已奔入关中，只剩得后队四百人，被景崇一鼓掳归。

景崇两次告捷，朝命景崇兼凤翔巡检使，因即引兵至凤翔。侯益开门迎入，与景崇谈入朝事，语带支吾。景崇未免动疑，即派部军分守诸门，再伺候益行止。蓦然间接到朝旨，御驾升遐，皇次子承祐即皇帝位，不由的心下一动，倒有些踌躇起来。小子且慢叙景崇意见，先将汉主临崩大略，演述出来。顺事叙入，而文法独奇。

汉主刘知远，自长子承训殁后，感伤成疾，屡患不豫。亏得参苓补品，逐日服饵，才支撑了一两月。乾祐元年正月终旬，病体加重，服药无灵，乃召宰相苏逢吉，枢密使杨邠、郭威，入受顾命。还有都指挥使史弘肇，虽命他兼镇宋州，却是在都遥制，所以亦得奉召。四大臣同入御寝，见汉主病已大渐，俱作愁容，汉主顾谕道："人生总有一死，死亦何惧。但承训已殁，承祐依次当立，朕虑他幼弱，后事一切，不得不嘱托诸卿！"四人齐声道："敢不效力！"汉主又长叹道："眼前国事，尚无甚危险，但须善防杜重威！"说到威字，喉中如有物梗住，不能出声。四人慌忙趋退，请后妃、皇子等送终。

未见即发哀声，当由苏逢吉趋入道："且慢！且慢举哀！皇帝有要旨传下，须立刻办了，方可发丧。"后妃等未识何因，只因逢吉身任首相，且是顾命中第一个大臣，料他必有要图。当即停住了哀，令他出办。逢吉退出，见杨邠、郭威等，已拟好诏敕。即饬侍卫带领禁军，往拿杜重威及重威子弘璋、弘琏、弘璲。重威在私第中，安然坐着，毫不预防，至禁军入门，仓皇接诏，甫经下跪，那冠带已被禁军褫去。且听侍卫宣诏道：

> 杜重威犹贮祸心，未悛逆节，枭首不改，虺性难驯。昨朕小有不安，罢朝数日，而重威父子，潜肆凶言，怨谤大朝，煽惑小辈。今则显有陈告，备验奸期，既负深恩，须置极法。其杜重威父子，并令处斩。所有晋朝公主及外亲族，一切如常，仍与供给。特谕。

重威听罢，魂飞天外，急得带哭带辩。偏侍卫绝不留情，即令禁军缚住重威，并将他三子拿下，一并牵出，连他妻室宋国公主，都不使诀别。匆匆驱至市曹，已有监刑官待着，指麾两旁刽子手，趋至重威父子身旁，拔出光芒闪闪的刀儿，剁将过去，只听得有三四声，重威父子的头颅，皆已堕落。父子同时入冥府，未始非天伦乐事。遗骸陈设通衢，都人士在旁聚观，统激起一腔义愤，或诟骂，或蹴击，连军吏都禁遏不住。霎时间成为肉泥，几无从辨认了。该有此报，但至此始见伏法，已不免为失刑。

重威既诛，方为故主发丧。并传出遗制，封皇子承祐为周王，即日嗣位，朝见百官，然后举哀成服。先是汉主刘知远欲改年号，宰臣进拟乾和二字。御笔改为乾祐，适与嗣主名相同，当时目为预征，所以后来沿称乾祐，不复改元。太常卿张昭，拟上先帝谥法，称为睿文圣武昭肃孝皇帝，庙号高祖，嗣葬睿陵。统计刘知远称帝，未满一年，不过时已易岁，历史上算作二年，享年五十四岁。

承祐既立，尊母李氏为皇太后，颁诏大赦，号令四方。关中接得诏书，王景崇踌躇未定，便是为处置侯益的问题。侯益非常狡黠，为景崇所疑。或劝景崇杀益，景崇叹道："先帝原许我便宜行事，但谕出机密，恐嗣皇帝未曾闻知，我若杀益，转近专擅。况赦文已下，更觉难行，我只好密奏朝廷，再作计较。"主见已定，便草密疏奏请，疏未缮发，那侯益已私离凤翔，星夜入都去了。景崇不禁大悔，甚至自诟不休。

这侯益却是机变，一入都门，便诣阙求见。嗣主承祐，问他何故引入蜀军？益并不慌忙，反从容答道："蜀兵屡寇西陲，臣意欲诱他入境，为聚歼计。"承祐不由的嗤了一声，令益退出。似乎有些识见。益见嗣主形态，倒也自危，幸喜家资富厚，好仗那黄白物，运动相臣。金银是人人喜欢，宰相以下，得了他的好处，哪有不替他说项。你吹嘘，我称扬，究竟承祐年未弱冠，也道是前日错疑，即授益为开封尹，兼中书令。益又贿通史弘肇等，谗构景崇，说他如何专恣，如何骄横。承祐不得不信，派供奉官王益至凤翔，征赵匡赞牙兵诣阙。

赵思绾很是不安，复由景崇激他数语，越觉心慌，既随王益启行，到了半途，语同党常彦卿道："小太尉已落人手，我等若至京师，自投死路，奈何奈何！"小太尉指赵匡赞。彦卿道："临机应变，自有方法，愿勿再言！"

越日行抵长安，长安已改号永兴军。节度副使安友规，巡检使乔守温，出迎王益，置酒客亭。思绾入清道："部下军士，已在城东安驻，惟将士家属，多在城中，意欲暂时入城，挈眷出宿城东。"友规不知是计，且见思绾并无铠仗，乐得做个人情，应允下去。思绾便引弁目驰入西门，适有州校坐守门侧，腰剑下悬，为思绾所注目，突然趋进，顺手夺剑，挺刃一挥，剁落州校头颅。州校真是枉死。当下顾令党羽，一齐动手，急切里无从得械，便向附近觅得白梃，左横右扫，击死门吏十余人，遂把城门阖住，自入府署劈开武库，取出甲仗，分给部众，把守各门。友规等在外闻变，惊惶失措，不待饮毕，便已溜去。朝使王益，也逃之夭夭，不知去向。思绾据住城池，募集城中少年，得四千余人，缮城隍，葺楼堞，才经十日，守具皆备。王景崇不知声讨，反讽凤翔吏民上表，请令自己知军府事。正是：

功业未成先跋扈，嫌疑才启即猖狂。

欲知汉廷如何处置，容至下回说明。

汉主刘知远，杀张琏而赦杜重威，赏罚不明，无逾于此。琏不过一虏将耳，既已请降，抚之可也，纵之亦可也。诱使降顺，突令处斩，是为不信，是为不仁。重威引虏亡晋，罪已难逃；况复叛复靡常，负恶益甚，不杀果胡为者？彼侯益、赵匡赞之忽叛忽服，亦无非藐视汉威，同儿戏耳。迨知远已殂，始由苏逢吉等捏称遗诏，捕诛重威。所颁诏文，实是无端架诬，不足为重威罪。罪可杀而杀非其道，犹之失刑也。前过宽，后过暴，何怪三叛之又复连兵乎。

第十二回

智郭威抵掌谈兵　勇刘词从容破敌

却说王景崇暗讽吏民，代求节钺。汉主承祐，与群臣会议，都料是景崇诡计，不肯允行，别徙邠州节度使王守恩，为永兴节度使，陕州节度使赵晖，为凤翔节度使，调景崇为邠州留后，令即赴镇。景崇迁延观望，不肯遽行。那时又突出一个叛臣，竟勾通永兴、凤翔两镇，谋据中原。这人为谁，就是河中节度使李守贞。守贞为三叛之首，故特提一笔。

守贞与重威为故交，重威诛死，也未免兔死狐悲。默思汉室新造，嗣君才立，朝中执政，统是后进，没一个可与比伦，不若乘时图变，倒可转祸为福。遂潜纳亡命，暗养死士，治城堑，缮甲兵，昼夜不息。参军赵修己，颇通术数，守贞召与密议。修己谓时命不可妄动，再三劝阻，守贞半信半疑。修己辞职归田，忽有游僧总伦，入谒守贞，托言望气前来，称守贞为真主。守贞大喜，尊为国师，日思发难。一日召集将佐，置酒大会，畅饮了好几杯，起座取弓。遥指一虎舐掌图，顾语将佐道："我将来若得大福，当射中虎舌。"说着，即张弓搭箭，向图射去，飕的一声，好似箭镞生眼，不偏不倚，正在虎舌中插住。将佐同声喝采，统离座拜贺。守贞益觉自豪，与将佐入席再饮，抵掌而谈，自鸣得意。将佐乐得面谀，益令守贞手舞足蹈，乐不可支。饮至夜静更阑，方才散席。

未几有使人自长安来，递上文书。经守贞启视，乃是赵思绾的劝进表，不由的心花怒开，使人复献上御衣，光辉灿烂，藻锦氤氲。守贞到了此时，是喜欢极了，略问来使数语，令左右厚礼款待，阅数日才命归报，结作爪牙。自是反谋益决，妄言天人相应，僭号秦王。遣使册思绾为节度使，令仍称永兴军为晋昌军。

同州节度使张彦威，因与河中相近，诇知守贞所为，时常戒备，且密表请师。汉廷派滑州指挥使罗金山，率领部曲，助戍同州。因此守贞起事，同州得以无恐。守贞遣骁将王继勋，出兵据潼关。军报驰入大梁，汉主乃命澶州节度使郭从义，充永兴军行营都部署，与客省使王峻，率兵讨赵思绾；邠州节度使白文珂，为河中行营都部署，率兵讨李守贞。继复派出夔州指挥使尚洪迁，为永兴行营都虞侯，阆州防御使刘词，为河中行营都虞侯。

各军同时西行，独尚洪迁恃勇前驱，趋至长安城下。赵思绾正养足锐气，专待官军对仗，遥望洪迁前来，立即麾众杀出，与洪迁交锋。洪迁尚未列阵，思绾已经杀到，主客异形，劳逸异势，就使洪迁骁悍过人，至此亦旗靡辙乱，禁遏不住。勉强招架，终究是不能支撑，看看士卒多伤，便麾兵先退，自率亲军断后，且战且行。思绾力追不舍，恼动了洪迁血性，拼死力斗，才把思绾击退。但洪迁身上，已受了数十创，回至大营，呕血不止，过了一宵，便即捐生。写洪迁阵亡情状，又另是一种写法。

郭从义、王峻二人，因洪迁战死，未免畏缩，敛兵不进。峻与从义，又两不相容，越觉得你推我诿，延宕不前。汉廷再遣泽潞节度使常恩，领兵援应，可巧郭从义也分兵往迎，两下会师，总算克复了一座潼关，由常恩屯兵守着。河中行营都部署白文珂，逗留同州，未尝进兵。新授凤翔节度使赵晖，到了咸阳，部署兵士，一时也不能急进。汉主承祐，颇以为忧，特派枢密使郭威为西面军前招谕安抚使，所有河中、永兴、凤翔诸军，悉归郭威节制。

威奉命将行，先诣太师冯道处问策。冯道徐语道："守贞宿将，自谓功高望重，必能约束士卒，令他归附。公去后，若勿爱官物，尽赐兵吏，势必众情倾向，无不乐从，守贞自无能为了！"威谢教即行，承制传檄，调集各道兵马，前来会师。并促令白文珂趋河中，赵晖趋凤翔。晖已探得王景崇降蜀，并通李守贞，连表奏闻，有诏命郭威兼讨景崇。威乃与诸将会议军情，熟权缓急，诸将拟先攻长安、凤翔。时华州节度使扈彦珂，亦奉调从军，独在旁献议道："今三叛连兵，推守贞为主，守贞灭亡，两镇自然胆落，一战可下了。古人有言，擒贼先擒王，不取首逆，先攻王、赵，已属非计。况河中路近，长安、凤翔皆路远，攻远舍近，倘王、赵拒我前锋，守贞袭我后路，岂非是一危道么！"诚然！诚然！威待他说毕，连声称善，乃决分三道攻河中，白文珂及刘词自同州进，常恩自潼关进，自率部众从陕州进。沿途所经，与士卒同甘苦，小功必赏，微过不责，士卒有疾，辄亲自抚视，属吏无论贤愚，有所陈请，均和颜悦色，虚心听从。虽由冯道处得来秘诀，但亦能得法意外。因此人人喜跃，个个欢腾。

守贞初闻郭威统兵，毫不在意，且因禁军尝从麾下，曾受恩施，若一到城下，可坐待倒戈，不战自服。哪知三路汉兵，陆续趋集，统是扬旗伐鼓，耀武扬威。郭成所带的随军，尤觉得气盛无前，野心勃勃。当下已有三分惧色，凭城俯瞩，见有认识军将，便呼与叙旧。未曾发言，已听得一片哗声，统叫自己为叛贼，几乎无地自容，转思木已成舟，悔恨无益，只得提起精神，督众拒守。郭威竖栅城西，白文珂竖栅河西，常恩竖栅城南。威见恩立营不整，又见他无将领才，遣令归镇，自分兵驻扎南城。诸将竞请急攻，威摇首道："守贞系前朝宿将，健斗好施，屡立战功。况城临大河，楼堞完固，万难急拔。且彼居高临下，势若建瓴，我军仰首攻城，非常危险，譬如驱士卒投汤火，九死一生，有何益处？从来勇有盛衰，攻有缓急，时有可否，事有后先。不若且设长围，以守为战，使他飞走路绝。我洗兵牧马，坐食转饷，温饱有余，城中乏食，公私皆竭。然后设梯冲，飞书檄，且攻且抚，我料城中将士，志在逃生，父子且不相保，况乌合之众呢！"一番大议论，确有特见。诸将道："长安、凤翔，与守贞联结，必来相救，倘或内外夹攻，如何是好？"威微笑道："尽可放心，思绾、景崇，徒凭血气，不识军谋，况有郭从义等在长安，赵晖往凤翔，已足牵制两人，不必再虑了！"成算在胸。乃发诸州民夫二万余人，使白文珂督领，四面掘长壕，筑连垒，列队伍，环城围住。越数日，见城上守兵，尚无变志，威又语诸将道："守贞前畏高祖，不敢嚣张。今见我辈崛起太原，事功未著，有轻我心，故敢造反。我正宜守静示弱，慢慢儿的制伏呢。"遂命将吏偃旗息鼓，闭垒不出。但沿河遍设火铺，延长至数十里，命部兵更番巡守。又遣水军舣舟河滨，日夕防备，水陆扼住。遇有间谍，无不捕获，于是守贞计无所出，只有驱兵突围一法。偏郭威早已料着，但遇守兵出来，便命各军截击，不使一人一骑，突过长围。所以守贞兵士，屡出屡败，屡败屡还。守贞又遣使赍着蜡书，分头求救，南求唐，西求蜀，北求辽，均被汉营逻卒，掩捕而去。城中益穷蹙无计，渐渐的粮食将尽，不能久持，急得守贞日蹙愁眉，窘急万状。国师总伦，时常在侧，守贞当然加诘。总伦道："大王当为天子，人不能夺，惟现在分野有灾，须待磨灭将尽。单剩得一人一骑，方是大王鹊起的时光哩。"真是呆话。守贞尚以为然，待遇如初。利令智昏，以至于此。

王景崇据住凤翔，既与守贞勾通，受他封爵，便杀死侯益家属七十余人，只有一子仁矩，曾为天平行事司马，在外得免。仁矩子延广，尚在襁褓，乳母刘氏，易以己子，抱延广潜逃，乞食至大梁。狡如侯益，不期得此乳母。侯益大恸，哀请朝廷诛叛复仇。汉主传诏军前，促攻凤翔。

赵晖时已进攻，与景崇相持，忽闻蜀兵来援景崇，已至散关，当即派遣都监李彦从，潜师袭击，杀退蜀兵，且乘势夺取凤翔西关。景崇退守大城，晖屡用羸兵诱战，不见景崇出师。乃别设一计，暗令千余人绕出南山，伪效蜀装，张着蜀旗，从南山趋下。又命围城军士，佯作慌张，哗称蜀兵大至。景崇本已遣子德让，诣蜀乞援，眼巴巴的望着好音，一闻蜀兵到来，还辨甚么真假，即派兵数千往迎。出城未及里许，蓦闻号炮声响，晖军四面攒集，把数千凤翔兵围住，凤翔兵士，方知中伏，可怜进退无路，统被晖军杀尽。晖颇能军。景崇闻报，徒落得垂头丧气，懊悔不及，自是不敢轻出。

那蜀主孟昶，果遣山南西道节度使安思谦，率兵救凤翔，另派雄武节度使韩保贞，引兵出汧阳，牵制汉军。景崇子德让，先行入报，景崇才令部将李彦舜等，出迓蜀兵。赵晖得蜀兵来信，亟分兵遏守宝鸡。蜀将申贵，为思谦前驱，用诱敌计来诱汉兵。汉兵已人宝鸡城内，见蜀兵稀少，出城追赶，遇伏败还，不意城内已被蜀兵掩入，竟将宝鸡夺去。幸赵晖先事预防，恐宝鸡戍兵，不足敌蜀，更派精兵五千人援应，途中遇着败军，两下会合，复将宝鸡夺还。思谦引军至渭水，经申贵还报，始知先胜后挫。再欲进攻，因探得宝鸡有备，料一时不能攻下，遂语大众道："敌势尚强，我军粮少，未便与他久持，不若暂退，再作后图。"实是怯懦。乃退屯凤州，寻归兴元。

王景崇闻蜀兵退归，再遣使向蜀告急，蜀臣多不愿发兵。经景崇再三表请，始由蜀主下令，仍命安思谦出援。思谦请先运粮四十万斛，方可出境，蜀主太息道："思谦未曾出兵，先来索粮，意已可知，岂肯为朕进取？朕且拨粮颁给，看他愿出兵否？"乃发兴州、兴元米数万斛，交与思谦。思谦始自兴元出凤州，再由凤州进散关，另派部将申贵、高彦俦等，击破汉箭筈、安都诸寨。宝鸡戍卒，出截玉女津，也为蜀兵所败，仍然退归。思谦进驻模壁，韩保贞也出新关，同至陇州会齐，将攻宝鸡。赵晖再欲分军接应，因怕势分力弱，反为景崇所乘，乃饬宝鸡兵吏，严守城池，不得妄动。一面移文至河中，向郭威乞师。

威正欲破灭李守贞，适值南唐起兵，来援河中，不得不分师邀击，暂缓攻城。守贞幕下，有游客二人，一是狂士舒元，一是道士杨讷，二人见守贞围困，特扮作平民。出城南向，求救唐廷。舒元易姓为朱，杨讷易姓名为李平，好容易混出重围，奔至金陵，吁请救急。唐主璟犹豫未决，谏议大夫查文徽，兵部侍郎魏岑，怂恿唐主出师。唐主因命北面行营招讨使李金全出救河中，以清淮节度使刘彦贞为副，文徽为监军使，岑为沿淮巡检使，相偕俱出，同至沂州。

金全令部众暂憩，遣探骑侦察汉营，再定行止。探骑去了多时，至午未回，营中已备好午餐，一齐会食。那探骑入帐通报道："距此地十数里外，有一长涧，涧北有汉兵驻守，不过数百人，且甚羸弱，请急击勿失！"金全不待说毕，厉声叱退，仍然安坐食饭。诸将莫名其妙，待至大众食毕，都至金全面前，请即出战。金全又厉声道："敢言出战者斩！"两层写来，事奇笔亦奇。诸将默然退出，免不得交头接耳，私谤金全。待至夕阳西下，暮色苍黄，金全又下令道："营内队伍，须要整齐，各军器械，不得抛离，大家守住营门，毋得妄动，违令立斩！"又作一层疑案。诸将越加疑心，但军令如山，不敢不遵，只好依言备办。

蓦听得鼓声大震，四面八方，有兵掩至，统到营门前呐喊，几不知有多少人马。金全营内，但守住营垒，无人出战，那来兵喧嚷多时，恰也不闻进攻，四散而去。到了起更，已寂静无声，方奉金全命令，造饭会食。

金全问诸将道："汝等试想，午后可出战么？"诸将始齐声道："大帅料敌如神，幸免危祸，但究竟从何料着？"金全微笑道："兵法有言，知己知彼，百战不殆。汉帅系是郭威，号称能军，难道我军远来，彼尚未能侦悉么？涧北设着羸兵，明明是诱我过涧，堕他伏中。我军至暮不出，伏兵无用，当然前来鼓噪，乱我军心，待见我壁垒森严，无隙可乘，不得已知难而退，明眼人何难预料呢！"诸将方才拜服。

金全一驻数日，复探得汉垒严密，料知河中必危，便语诸将道："郭威为帅，守贞断难幸免，我等进援，有损无益，不如退师为是。"查文徽、魏岑等，前时乘兴而来，至此也兴尽欲返，即拔营退驻海州。且遣使入奏唐主，详陈一切情形，唐主复贻汉书，婉谢前失，请仍通商旅，并乞赦李守贞。

汉廷置诸不答，但闻赵晖情急，饬郭威设法往援。威计却唐兵，亲督兵往授赵晖，行抵华州，接晖来文，谓蜀兵食尽退去，因即折回。途次过了残腊，便是乾祐二年。白文珂闻郭威将至，引兵往迎，河中行营，只留都指挥使刘词，主持一切。

先是郭威西行，曾戒白文珂、刘词道："贼不能突围，迟早难逃我手，若彼突出，我等且功败垂成，成败关键，全在此举，我看贼中骁锐，尽在城西，我去必来突围。汝等须要严防，切切毋忽！"白文珂、刘词两人，依着威言，日夕注意，守兵也不敢出来。到了文珂迎威，城中已经探悉，潜遣人夜缒出城，沽酒村墅，任人赊欠。逻骑多半嗜酒，见了这杯中物，不禁垂涎，况又是不需现钱，乐得畅饮数杯。你也饮，我也饮，饮得酩酊大醉，统向营中睡熟，不复巡逻。杯中物误人甚大，故酒色财气中列为第一。刘词恰也小心，惟这一着未尝预防，险些儿堕他狡计。

一夕已经三鼓，词觉有倦意，和衣假寐，正要朦胧睡去，忽闻栅外有鼓噪声，欻然惊起，趋出寝所，向外一望，已是火势炎炎，光明如昼，部兵东张西望，不知所为。词故意镇定，绝不变色，且下令道："区区小盗，怕他甚么！"遂率众堵御，冒烟而出。客省使阎晋卿道："贼甲皆黄，为火所照，容易辨认，惟众无斗志，颇觉可忧！”裨将李韬朗声道：“无事食君禄，有急可不死斗么？我愿当先，诸将士快随我来！”说至此，即援矟先进，大众也趁势随上。俗语说得好，一夫拼命，万夫莫当，况经李韬一言，激动众愤，就使火势燎原，一些儿没有怕惧，只管向前奋击。河中兵相率辟易，为首骁将王继勋，勇敢善斗，至此也杀得大败，身受重伤，逃入城中。手中剩得百余骑，踉跄随回，余众皆死。

刘词方收军入栅，扑灭余火，夤夜修补，次日仍壁垒一新。待郭威到来，词出迎马首，向威请罪。威欣然道：“我正愁此一着，非兄健斗，几为虏笑，今幸破贼，贼技已穷，可无他虑了。”至入栅后，厚赏刘词及李韬，将士等亦各给财帛。惟严申酒禁，非俟破城犒宴，不准私饮。爱将李审，首犯军令，饮酒少许，威察得情迹，召审入诘道：“汝为我帐下亲将，敢违我令，若非加刑，何以示众！”遂喝令左右，推审出辕，斩首示众。小子有诗赞道：

用威用爱两无私，便是诸军用命时，
莫怪将来成帝业，尧山兵法本来奇。郭成尧山人，见下。

李审就诛，全营股栗。嗣是令出必行，成功就在目前了。欲知河中克复情形，请看官续阅下回。

三叛连兵，首发难者为赵思绾，继以李守贞、王景崇，似乎思绾之罪为最大，而守贞次之，景崇又次之。实则不然，守贞背晋降虏，罪与杜重威相同，倘有明王，早已不赦。乃幸得免死，仍予旌节，复改效重威故智，再生叛乱，罪恶至此，死有余辜。景崇受命讨叛，反自为叛，《春秋》之戮，宁能后诸！赵思绾一狂暴徒耳，若非守贞、景崇之为逆，一将平之足矣。故本回叙事，于河中为最详，次凤翔，次长安，而于郭威之首攻河中，赵晖之分攻凤翔，亦具有褒词，一褒一贬，笔下固自有阳秋也。

第十三回

覆叛巢智全符氏女　投火窟悔拒汉家军

却说河中叛帅李守贞，被围逾年，城中粮食已尽，十死五六，眼见是把守不住。左思右想，除突围外无他策。乃出敢死士五千余人，分作五路，突攻长围的西北隅。郭威遣都监吴虔裕，引兵横击，把河中军扫将过去，五路俱纷纷败走，多半伤亡。越数日又有守兵出来突围，陷入伏中，统将魏延朗、郑宾，俱为汉兵所擒。威不加杀戮，好言抚慰，魏、郑二人，大喜投诚，因即令他作书，射入城中，招谕副使周光逊，及骁将王继勋、聂知遇。光逊等知不可为，亦率千余人出降。嗣是城中将士，陆续出来，统向汉营归命。郭威乃下令各军，分道进攻，各军闻命，当然踊跃争先，巴不得一鼓就下。怎奈城高堑阔，一时尚攻他不进，因此一攻一守，又迁延了一两月。想是守贞命数中，尚有一两月可延。

可巧郭从义、王峻，报称赵思绾已有降意，惟此人不除，终为后患，应该如何处置，听命发落。郭威令他便宜行事。于是首先发难的赵思绾，也首先伏诛。思绾为郭从义、王峻所围，苦守经年，曾遣子怀父，诣蜀乞援。蜀兵尚未能到河中，怎能入援长安？援绝犹可，最苦粮空。思绾本喜食人肝，尝亲自持刀，剖肝作脍，脍已食尽，人尚未死。又好取人胆作下酒物，且饮且语道："吞人胆至一千，便胆气无敌了。"至城中食尽，即掠妇女幼稚，充作军粮。糜肉饲兵，自己吞食肝胆，权代饭餐。有时且用人犒军，计数分给，如屠羊豕一般。可怜城中冤气冲天，镇日里黑着黑雾，不论晴雨，统是这般。郭从义乃使人诱降。

先是思绾少时，求为左骁卫上将军李肃仆从，肃适致仕，谢绝不纳。肃妻张氏，系梁、晋两朝元老张全义女，具有远识，特问肃何故不纳思绾？肃慨然道："是人目乱语诞，他日必为叛贼！"张氏道："妾意亦然，但君今拒绝，他必挟恨无穷，一旦逞志，必遭报复，我家恐无遗类。不若厚赠金帛，遣令图生！"肃如言召入思绾，馈赠多金，思绾拜谢而去。

后来入据长安，正值李肃闲居城中，思绾即往谒见，拜伏如故。肃惊起避席，禁不住思绾勇力，将肃捺入座中，定要肃完全受拜，且尊呼肃为恩公。肃勉强敷衍，心中委实难过，及思绾退出，急入语张夫人道："我说是人必叛，今果闯乱，复来见我，我且受污，奈何！"张氏道："何不劝他归国！"肃又道："他已势成骑虎，怎肯遽下！我若劝他，反惹他疑心，自招屠戮了。"张氏道："长安虽固，料他必不能久据。他若舍此而去，不必说了，否则官军来攻，总有危急这一日，那时容易进言，自无他患。"肃也以为然，暂且纾忧。

思绾屡遣人送奉珍馐，加以裘帛，肃不好峻拒，又不便接受，百端为难。自思将来多凶少吉，不如图个自尽，免致株连，因觅得毒药，即欲服下。亏得张氏预先觉察，将药夺去，始得免死。及长安围急，日食人肉，张氏复语肃道："今日正可入府劝降。幸勿再延！"相时知机，好一个贤智妇人。肃乃往见思绾，思绾倒屣相迎，推肃上坐，便开口问道："恩公前来，想是怜念思绾，设法解围，愿乞明教！"肃答道："公本与国家无嫌，不过因惧罪起见，据城固守，今国家三道用兵，均未成功，公若乘此变计，幡然归顺，料朝廷必然喜悦，保公富贵，为二镇劝。公试自思，坐而待毙，亦何苦出而全身呢！”思绾道：“倘朝廷不容我归顺，岂不是欲巧反拙！”肃又道：“这可无虑，包管在我手中。我虽致仕，朝廷未尝不知，若由公表明诚意，再附我一疏，为公洗释前愆，当无有不允了！”

思绾尚未能决，判官程让能，正受郭从义密书，有意出降，乘着李肃进言时，也即入劝，熟陈祸福。思绾乃即令让能起草，撰成二表，一表是由肃出名，一表是思绾出名，遣使诣阙。待过旬余，得去使返报，知朝廷已允赦宥，且调任他镇，思绾大喜。未几即有诏敕颁到行营，授思绾检校太保，调任华州留后。当由郭从义传入城中，令思绾出城受诏，思绾释甲出城，拜受朝命，遂与郭从义面约行期，指日往华州任事。从义允诺，许令还城整装，惟派兵随入，守住南门。思绾迟留未发，托言行装未整，改易行期，至再至三。从义乃与王峻商议道：“狼子野心，终不可用，不如早除，杜绝后患！”王峻不甚赞成，但言须禀命郭威。便是两不相容之故。

从义因遣人至河中行营，请除思绾。既得威诺，即与王峻按辔入城，陈列步骑，直至府署。遣人召思绪出署道：“太保登途，不遑出饯，请就此对饮一杯，便申别意。”思绾不得不从，一出署门，便被从义一声暗号，麾动军士，将他拿下。并入署搜捕家属，及都指挥常彦卿，一并牵至市曹，枭首示众。且籍没思绾家资，得二十余万贯，一半入库，一半赈饥。城中丁口，旧有十余万，至是仅遗万人。从义延入李肃，请他主持赈务，肃自然出办。两日即尽，入府销差，归家与张夫人说明，一对老夫妇，才得高枕无忧，白头偕老了。应该向阃中道谢。

思绾伏法，郭威免得兼顾，日夕督兵攻城，冲入外郭。李守贞收拾余众，退保内城，诸将请乘胜急攻，威说道：“鸟穷犹啄，况一军呢！今日大功将成，譬如涸水取鱼，不必性急了。”守贞知己必死，在衙署中多积薪刍，为自焚计。迁延数日，守将已开城迎降，有人报知守贞，守贞忙纵火焚薪，举家投入火中。说时迟，那时快，官军已驰入府衙，用水沃火，应手扑灭，守贞与妻及子崇勋，已经焚死，尚有数子二女，但触烟倒地，未曾毙命。官军已检出尸骸，枭守贞首，并取将死未死的子女，献至郭威马前。

威查验守贞家属，尚缺逆子崇训一人，再命军士入府搜拿。府署外厅已毁，独内室岿然仅存。军士驰入室中，但见积尸累累，也不知谁为崇训，惟堂上坐一华妆命妇，丰采自若，绝不慌张。大众疑是木偶，趋近谛视，但听该妇呵声道：“休来！休来，郭公与我父旧交，汝等怎得犯我！”好大胆识。军士更不知为何人，但因她词庄色厉，未敢上前锁拿，只好退出府门，报知郭威。威亦惊诧起来，便下马入府，亲自验明。那妇见郭威进来，方下堂相迎，亭亭下拜。威略有三分认识，又一时记忆不清，当即问明姓氏。及该妇从容说出，方且惊且喜道："汝是我世侄女，如何叫汝受累呢！我当送汝回母家。"该妇反凄然道："叛臣家属，难缓一死，蒙公盛德，贷及微躯，感恩何似！但侄女误适孽门，与叛子崇训结褵有年，崇训已经自杀，可否令侄女棺殓，作为永诀！得承曲允，来生当誓为犬马，再报隆恩！"威见该妇情状可怜，不禁心折，便令指出崇训尸首，由随军代为殓埋。该妇送丧尽哀，然后向威拜谢，辞归母家。威拨兵护送，不消细叙。惟该妇究为何人？她自说与崇训结褵，明明是崇训妻室。惟她的母家，却在兖州，兖州即泰宁军节度使魏国公符彦卿，就是该妇的父亲。画龙点睛。

先是守贞有异志，尝觅术士卜问休咎。有一术士能听声推数，判断吉凶。守贞召出全眷，各令出声。术士听一个，评一个，统不与寻常套话。挨到崇训妻符氏发言，不禁瞿然道："后当大贵，必母仪天下！"术士既知吉凶，如何专推符氏，不言守贞全家之多凶。守贞果信术士言，何不转诘崇训之可否为帝。史家所载，往往类此，本编亦依史演述云尔。守贞闻言，益觉自夸道："我媳且为天下母，我取天下，当然成功，何必再加疑虑呢！"于是决计造反。

及城破后，守贞葬身火窟。崇训独不随往，先杀家人，继欲手刃符氏，符氏走匿隐处，用帷自蔽，令崇训无从寻觅，崇训惶遽自杀，符氏乃得脱身，东归兖州。符彦卿贻书谢威，且因威有再生恩，愿令女拜威为父，威也不推辞，复称如约。惟女母对此嫠雏，说她夫家灭亡，孑身仅存，无非是神明佑护，不如削发为尼。做一个禅门弟子，聊尽天年。符氏独摇首道："死生乃是天命，无故毁形筑发，真是何苦呢？"还要去做皇后，怎肯为尼。后来再嫁周世宗，果如术士所言，这且待后再表。

且说郭威攻克河中，检阅守贞文书，所有往来信札，或与朝臣勾结，或与藩镇交通，彼此统指斥朝廷，语多悖逆。威欲援为证据，一并奏闻，秘书郎王溥进谏道："魑魅乘夜争出，见日自消，愿一概付火，俾安反侧！"保全甚多。威闻言称善，乃将河中所留文牍，尽行焚去。当即驰书奏捷。召赵修己为幕宾，掌管天文。四面搜缉伪丞相靖崄、孙愿，伪枢密使刘芮，伪国师总伦等犯，与守贞子女，分入囚车，派将士押送阙下。

汉主承祐，御明德楼，受俘馘，宣露布，百官称贺。礼毕，即命将罪犯徇行都城，悬守贞首于南市，诛各犯于西市。二叛既平，但有凤翔一城，朝夕可下。朝旨令郭威还朝，留扈彦珂镇守河中，所有华州一缺，即命刘词补任。授郭从义为永安节度使，兼加同平章事职衔。此外立功将士，封赏有差。

郭威奉诏还都。入阙朝见，汉主承祐，令威升阶，面加慰劳，亲酌御酒赐威，威跪饮尽卮，叩首谢恩。汉主又命左右取出赏物，如金帛衣服玉带鞍马等类，一一备具。威复拜辞道："臣受命期年，只克一城，何功足录！且臣统兵在外，凡镇安京师，拨运军食，统由诸大臣居中调度，使臣得灭叛诛凶，臣怎敢独膺此赐？请分赏朝廷诸大臣！"汉主承祐道："朕亦知诸大臣功勋，当有后命。此物但足赏卿，卿毋固辞！"威乃拜辞而出。翌晨威复入朝，汉主拟使威兼领方镇，威又拜辞道："杨邠位在臣上，未受茅土，臣何敢当此！且臣尝蒙陛下厚恩，忝居枢密，帷幄参谋，不能与将帅同例。史弘肇为开国功臣，夙总武事，所以兼领藩封，臣万不敢受！"汉主乃上威检校太师，兼职侍中，且加赐史弘肇、苏逢吉、苏禹珪、窦贞固、杨邠等兼职，与威略同。惟中书侍郎李涛，已早罢相，不得与赐。汉主尚欲特别赏威，威一再叩谢道："运筹建画，出自庙堂；发兵馈粮，出自藩镇；暴露战斗，出自将士；今功独归臣，再三加赏，反足使臣折福焉，愿余生为陛下效力，嗣有他功，再当领赏便了！"差不多似三揖三让。汉主方才罢议。

嗣因受赐诸臣，谓恩赏只及亲近，不录外藩，未免重内轻外。于是再议加恩，加天雄节度使高行周为太师，山南东道节度使安审琦为太傅，泰宁即上文兖州。节度使符彦卿为太保，河东节度使刘崇兼中书令，忠武节度使刘信，天平节度使慕容彦超，平卢节度使刘铢，并兼侍中，朔方节度使冯晖，夏州节度使李彝殷，并兼中书令，义武节度使孙方简，武宁节度使刘赟，并加同平章事。他如镇州节度使武行德，凤翔节度使赵晖等，也各加封爵，不胜殚述。

赵晖围攻凤翔，已历年余，闻河中长安，依次平定，独凤翔不下，功落人后，免不得焦急异常。遂督部众努力进攻，期在必克。王景崇困守危城，也害得智穷力竭，食尽势孤。幕客周璨，入语景崇道："公前与河中、长安，互为表里，所以坚守至今。今二镇皆平，公将何恃？蜀儿万不可靠，不如降顺汉室，尚足全生。"景崇道："我一时失策，累及君等，虽悔难追！君劝我出降，计亦甚是，但城破必死，出降亦未必不死，君独不闻赵思绾么？"璨知不可劝，退出署外。

越数日外攻益急。景崇登陴四望，见赵晖跨马往来，亲冒矢石，所有将士，无不效命，城北一隅，攻扑更是利害，不由的俯首长吁，猛然间得了一计，立即下城，召语亲将公孙辇、张思练道："我看赵晖精兵，多在城北，来日五鼓，汝二人可毁城东门，诈意示降，勿令寇入。我当与周璨带领牙兵，突出北门，攻击晖军。幸而得胜，或守或去，再作良图。万一失败，也不过一死，较诸束手待毙，似更胜一筹了。"两将唯唯听命，景崇又与周璨约定，诘旦始发，是时准备停当，专待天明。

既而城楼谯鼓，已打五更，公孙辇、张思练两人，行至东门，即令随兵纵起火来，周璨也到了府署，恭候景崇出门。不意府署中忽然火起，烧得烟焰冲天，不可向迩。璨急召牙兵救火，待至扑灭，署内已毁去一半，四面壁立，独有景崇居室，一些儿没有遗留，眼见是景崇全家，随从那祝融回禄，同往南方去了。辇与思练，正派弁目来约景崇，突然见府舍成墟，大惊失色。急忙返报，急得两将没法，只好弄假成真，毁门出降。周璨早有降意，当然随降赵晖。晖引兵入城，检出景崇烬骨，折作数段。当即晓谕大众，禁止侵掠。立遣部吏报捷大梁。汉廷更有一番赏赐，无容细表，于是三叛俱亡。

当时另有一位大员，也坐罪屠戮。看官欲问他姓名，就是太子太傅李崧。李崧受祸的原因，与三叛不同。从前刘氏入汴，崧北去未归，所有都中宅舍，由刘知远赐给苏逢吉，逢吉既得崧第，凡宅中宿藏，及洛阳别业，悉数占有。至崧得还都，虽受命为太子太傅，仍不得给还家产。自知形迹孤危，不敢生怨，又因宅券尚存，出献逢吉。马屁拍错了。逢吉不好面斥，强颜接受。入语家人道："此宅出自特赐，何用李崧献券！难道还想卖情么？"从此与崧有嫌，崧弟屿，嗜酒无识，尝与逢吉子弟往来，酒后忘情，每怨逢吉夺他居第，逢吉闻言，衔恨益深。

翰林学士陶谷，先为崧所引用，至此却阿附逢吉，时有谤言。可巧三叛连兵，都城震动，史弘肇巡逻都中，遇有罪人，不问情迹轻重，一古脑儿置入叛案，悉数加诛。李屿仆夫葛延遇，逋负失偿，被屿杖责，积成怨隙，遂与逢吉仆李澄，同谋告变，诬屿谋叛。结怨小人，祸至灭家。但陶谷文士，以怨报德，遑论一仆！逢吉得延遇诉状，正好乘隙报怨，遂将原状递交史弘肇。且遣吏召崧至第，从容语及葛延遇事，佯为叹息。崧还道是好人，愿以幼女为托。逢吉又假意允许，不使归家，即命家人送崧入狱。

崧才识逢吉刁狡，且悔且忿道："从古以来，没有一国不亡，一人不死，我死了便休，何用这般倾陷呢！"及为吏所鞫，屿先入对簿，断断辩论。崧上堂闻声，顾语屿道："任汝舌吐莲花，也是无益，当道权豪，硬要灭我家族，毋庸哓哓了！"屿乃自诬伏罪，但说与兄弟僮仆二十人，同谋作乱，又遣人结李守贞，并召辽兵。逢吉得了供词，复改二十字为五十字，有诏诛崧及屿，兼戮亲属，无论少长，悉斩东市，葛延遇、李澄，反得受赏，都人士统为崧呼冤。小子有诗叹道：

遭谗诬伏愿拚生，死等鸿毛已太轻；
同是身亡兼族灭，何如殉晋尚留名！

欲知后事如何，且至下回续叙。

永兴围城中，有一李肃妻张氏，河中叛眷内，有一李崇训妻符氏，本回特别叙明，于军马倥偬之际，独显出两个女豪，尤足使全回生色。惟张氏以智全夫，且令叛贼出降，长安得以戡定，为家为国，共得保安，七尺须眉，对之俱有愧色矣。符氏胆识过人，智不在张氏下。但夫死不嫁，礼有明文，女母令削发为尼，实欲为女保全贞节。符氏乃不从母言，志在再醮。虽其后果为国母，而绳以礼律，毋乃犹有遗憾欤！若夫三叛之亡，咎皆自取，而李崧族灭，不无冤诬。然试问谁与亡晋，谁与降辽，而得长享富贵耶？故苏逢吉固不得杀崧。而崧之罪实无可逭；都下称冤，其犹为一时之偏见也夫！

第十四回

弟兄构衅湖上操戈　将相积嫌席间用武

却说汉主承祐，因三叛已平，内外无事，自然欣慰异常，除赏赐诸臣外，复加封吴越、荆南、湖南三镇帅。吴越王弘倧，秉性刚严，统军使胡进思，骄横不法，为弘倧所嫉视，密与指挥使何承训商议，谋逐进思。承训佯为定计，出与进思说明。进思即带领亲兵，夤夜叩宫，戎服入见。弘倧惊问何事，进思以下，语多狂悖，急得弘倧骇奔，跑入义和院，闭门避祸。进思反锁院门，矫传王命，诡言猝得疯痰，不能视事，可传位王弟弘俶等语。弘俶本出镇台州，当弘倧嗣立时，召入钱塘，赐居南邸，参相府事。进思既颁发伪敕，即召集文武大吏，至南邸迎谒弘俶。弘俶愕然道："能全我兄，方敢承命。否则宁避贤路，幸勿强迫！"进思拜手道："愿遵王言！"诸官吏亦俯伏称贺。弘俶乃入元帅府南厅，受册视事，徙故王弘倧至锦衣军，遣都头薛温率兵保护。且戒温道："此后有非常处分，均非我意，汝当死拒，不得相从。"温受命而去。

进思屡劝弘俶害兄，弘俶始终不从，且严防进思。何承训希承意旨，复请弘俶速诛进思。弘俶恨他反复无常，猝命左右拿下承训，推出斩首。杀得爽快。进思闻承训卖己，却也说是该杀，惟日虑弘倧报复，又捏称弘俶命令，饬薛温毒死弘倧。温抗声道："温受命时，未闻此言，不敢妄发！"进思复夜遣私党二人，逾垣突入，持刀前进。亏得弘倧日夜戒惧，闻声大呼，温急率众趋救，捉住二贼，剁毙庭中。诘旦面报弘俶，弘俶大惊道："保全我兄，全出汝力。"乃赏温金帛，仍令加意。进思无从下手，忧惧日积，猝然间疽发背上，呼号而死。命该如此。

弘俶仍奉汉正朔，奏达弘倧传位情形。汉主承祐，授弘俶为东南面兵马都元帅,兼镇海、镇东等军节度使,封吴越国王。未几以平乱覃恩,加授尚书令,弘倧得弘俶优待,移居东府,优游二十年,安然告终,吴越号为让王。友爱家风,足矫乱世。这是后话。同时荆南节度使高从诲病殁,子保融嗣。先是汉高祖起兵太原,高从诲尝遣使劝进,一面且入贡大梁,取媚辽主。至汉已定国,从诲上表称贺,并求给郢州,未得俞允。从诲遂潜师寇郢,被刺史尹实击退。又发水军袭襄州,也为节度使安审琦所破,败归荆南。从诲两次失败,恐汉兵南讨,急向唐、蜀称臣,求他援助。时人见他东奔西走,南投北降,见利即趋,见害即避,呼他为高无赖。乾祐元年,从诲因与汉失和,北方商旅不通,境内贫乏,复上表汉廷,自陈悔过,愿修职贡。汉廷方虑三叛构兵,无暇诘责,乃派使臣宣抚荆南。既而从诲寝疾,命三子保融判内外兵马事。从诲旋殁,保融嗣知留后,告哀汉廷,汉授保融荆南节度使,同平章事。越年汉平三叛,推恩加封,命保融兼官侍中,与吴越同时颁诏。

尚有湖南节度使楚王马希广,亦得进授太尉,算是大汉隆恩。希广当然拜命,独希广兄希萼,据有朗州,也遣使至汉,表求节钺。小子于前四十回中,曾已叙明希萼为兄,希广为弟,弟承王位,兄独向隅,势不免同室操戈,想看官当已阅过。果然为时未见,即致暴裂。希广有庶弟希崇,曾为天策左司马,素性狡险,阴遗希萼书,内言指挥使刘彦瑫等,妄称遗命,废长立少。愿兄勿为所欺云云。希萼得书览毕,激动怒意,遂借奔丧为名,入探虚实。行至砆石,早被刘彦瑫闻知,请命希广遣都指挥使周廷诲,带着水军,往迎希萼。两下会着,由延诲逼他释甲,然后导入。希萼见廷诲军容,不敢不屈意相从,卸甲改装,随廷诲入国城,成服丧次,留居碧湘宫。及丧葬礼毕,希萼求还。廷诲入白希广道:"王若能让位与兄,不必说了;否则为国割爱,毋使生还!"劝人杀兄,亦属非是。希广道:"我何忍杀兄,宁可分土与治。"乃厚赠希萼,遣归朗州。

希萼大为失望,还镇后即上诉汉廷,谓希广越次擅立,事出不经,臣位次居长,愿与希广各修职贡,置邸称藩。汉廷以希广已受册封,未便再封希萼,乃不允所请,但谕以兄弟一体,毋得失和,所有贡献,当附希广以闻。又别赐希广诏书,亦无非劝他友爱,弭衅息争。希广原是受命,希萼偏不肯从,募乡兵,造战舰,将与希广开衅,争个你死我活。

适南汉主晟,本名弘熙,见三十二回。杀死诸弟,骄奢淫逸,特遣工部郎中钟允章,赴楚求婚,哪知希广不许,谢绝允章。允章还报,晟愤愤道:"马氏尚能经略南土否?"允章道:"马氏方启内争,怎能害我?"晟又道:"果如卿言,我正好乘隙进取了。"允章极口赞成。晟遂遣指挥使吴珣,内侍吴怀恩,率兵攻贺州。楚主希广,忙派指挥使徐知新、任廷晖,统兵往救。到了贺州城下,见城上已遍竖敌旗,惹起众愤，立刻攻城，鼓声一起，各队竞进，忽听得几声怪响，地忽裂开，前驱兵士，统坠入地下去了。令人惊讶。徐知新等忙令收军，十成中已失去四五成，且恐敌兵出击，星夜奔回，乞请济师。希广责他不肯尽力，立将徐、任二将处斩。看官听着！这徐、任二将的败衄，并非畏怯，实出鲁莽。南汉统将吴珣，陷入贺州，就在城外凿一大阱，上覆竹箔，附以土泥。复从堑中穿穴达阱，设着机轴。专待楚军来攻。若徐、任等能小心查察，可当免祸，误在麾兵轻进，徒然把前驱士卒，送死阱中。罪固难贷，情尚可原。希广当日，何妨令他带罪立功，乃骤加显戮，伤将士心，如何能御敌固防呢！评断精确。南汉兵转攻昭、桂、连、宜、严、梧、蒙诸州，多半被陷，大掠而去。希萼乘势发兵，督领战舰七百艘，将攻长沙。妻苑氏进阻道："兄弟相攻，无论胜负，俱为人笑，不如勿行！"希萼不听，引兵趋潭州。即长沙。希广闻变，召入刘彦瑫等，慨然与语道："朗州是我兄镇治，不可与争，我情愿举国让兄。"言之有理，惜为群小所误。刘彦瑫固言不可，天策学士李弘皋、邓懿文，亦同声谏阻，乃命岳州刺史王赟为战棹指挥使，出拒希萼。即命刘彦瑫监军。彦瑫与赟，驶舟至仆射洲，巧值朗州战船，逆风前来。赟据住上风，麾众截击，大破朗州兵，获住战舰三百艘，复顺风追赶，将及希萼坐船，忽后面有差船到来，传希广命，说是勿伤我兄！既不能让国，还要戒以勿伤，真是妇人之仁。赟乃引还，希萼得从赤沙湖遁归。苑氏闻希萼败还，泣语家人道："祸将到了！我不忍见屠戮呢。"遂投井自尽。未免轻生。

静江军节度使马希瞻，系希广弟，闻两兄交争，屡次作书劝戒，各不见从，也病疽而殁。希萼因败益愤，招诱辰溆州及梅山蛮，共击湖南，蛮众贪利忘义，争来赴敌，与希萼同攻益阳。希广遣指挥使陈璠往援，交战淹溪，璠竟败死。希萼又遣群蛮破迪田，杀死镇将张延嗣，希广再命指挥使黄处超赴剿，也致败亡。希萼连得胜仗，再向汉廷上表，请别置进奏务于京师。汉主承祐，仍优诏不许，惟劝他兄弟修和。希萼遂改道求援，臣事南唐。唐令楚州刺史何敬洙，将兵往助希萼，共攻希广。

希广到了此时，哪得不焦灼万分，慌忙遣使至汉，表称荆南、岭南、江南连兵，谋分湖南，乞速发兵屯澧州，扼住江南、荆南要路。汉廷并未颁发复谕，急得希广寝食不安。刘彦瑫入见希广道："朗州兵不满万，马不盈千，何足深惧！愿假臣兵万余人，战舰百五十艘，径入朗州，缚取希萼，为大王解忧。"言之不怍。希广大悦，即授彦瑫为战棹指挥使，兼朗州行营都统，亲出都门饯行。

彦瑫辞别希广，船行入郎州境，父老各赍牛酒犒军。彦瑫总道是民心趋附，定可进取，战舰既过，即用竹木自断后路，表示决心。也想学项羽之破釜沉舟耶！行次湄州，望见朗州战舰百余艘，装载州兵、蛮兵各数千，即乘风纵击，且抛掷火具，焚毁敌船。敌兵惊骇，正思返奔，忽风势倒吹，火及彦瑫战船，反致自焚，彦瑫不遑扑救，只好退走，无如后路已断，追兵又至，士卒穷蹙无路，战死溺死，不下数千人。

彦瑫单舸走免，败报传入长沙，希广忧泣终日，不知所为。或劝希广发帑犒师，鼓励将士，再行拒敌。希广素来吝啬，没奈何颁发内帑，取悦士心。或又谓希崇流言惑众，反状已明，请速诛以绝内应。希广又是不忍，潸然流涕道："我杀我弟，如何见先王于地下。"迂腐之极。将士见希广迂懦，不免懈体。马军指挥使张晖，从间道击朗州，闻彦瑫败还，也退屯益阳。嗣因朗州将朱进忠来攻，诡词诳众道："我率麾下绕出贼后，汝等可留城中待我，首尾夹击，不患不胜。"说着，引部众出城，竟从竹头市逃归长沙。进忠闻城中无主，驱兵急攻，遂陷益阳。守兵九千余人，尽被杀死。

希广见张晖遁归，急上加急，不得已遣僚属孟骈，赴朗州求和。希萼令骈还报道："大义已绝，不至地下，不便相见了！"希广益惧，忽又接朗州探报，希萼自称顺天王，大举入寇。那时无法可施，只好飞使入汉，三跪九叩首的，乞请援师。汉主承祐，倒也被他感动，拟调将遣兵，往援湖南。偏值外侮猝乘，内变纷起，连自己的宗社，也要拱手让人，哪里还能顾到南方！说来又是话长，小子按年叙事，不得不依着次第，先述汉乱。界限划清，次第分明。

汉主承祐嗣位，倏经三年，起初是任用勋旧，命杨邠掌机要，郭威主征伐，史弘肇典宿卫，王章总财赋，四大臣同寅协恭，国内粗安。惟国家大事，尽在四大臣掌握，宰相苏逢吉、苏禹珪等，反若赘瘤。二苏多迁补官吏，杨邠调虚糜国用，屡加裁抑，遂致将相生嫌，互怀猜忌。适关西乱起，纷扰不休，中书侍郎兼同平章事李涛，请调杨、郭二枢密，出任重镇，控御外侮，内政可委二苏办理。这明明是思患预防，调停将相的意思。不意杨、郭二人，误会涛意，疑他联络二苏，从旁倾轧，竟入宫泣诉太后，自请留奉山陵。李太后又疑承祐喜新厌旧，面责承祐，经承祐述及涛言，益增母怒，立命罢涛政柄，勒归私第。种种误会，构成隐患。承祐欲使母生欢，更重用杨、郭、史、王四大臣，除弘肇兼官侍中外，三大臣皆加同平章事兼衔。二苏益致失权，愈抱不平。既而郭威出讨河中，朝政归三大臣主持。邠司黜陟，重武轻文，文吏升迁，多方抑制。弘肇司巡察，怙权专杀，都人犯禁，横加诛夷。章司出纳，加税增赋，聚敛苛急，不顾民生。由是吏民交怨，恨不得将三大臣，同时捽去。

及三叛告平，郭威还朝，今日赐宴，明月颁赏，仿佛是四海清夷，从此无患。承祐年已寖长，性且渐骄，除视朝听政外，辄与近侍戏狎宫中。飞龙使后匡赞，茶酒使郭允明，最善谄媚，大得主宠。往往编造谀词，杂以媟语，不顾主仆名分，乱嘈嘈的聚做一堆，互相笑谑。李太后颇有所闻，常召承祐入宫，严词督责。承祐初尚遵礼，不敢发言，后来听得厌烦，竟反唇相讥道："国事由朝廷作主，太后妇人，管什么朝事！"说至此，便抢步趋出，徒惹起太后一场烦恼，他却仍往寻乐去了。太常卿张昭，得知此事，上疏切谏，大旨在远小人，亲君子。承祐怎肯听受，置诸不理。

到了乾祐三年初夏，边报称辽兵入寇，横行河北，免不得召集大臣，共商战守。会议结果，是遣枢密使郭威出镇邺都，督率各道备辽。史弘肇复提出一议，谓威虽出镇，仍可兼领枢密。苏逢吉据例辩驳，弘肇愤然道："事贵从权，岂必定援故例，况兼领枢密，方可便宜行事，使诸军畏服。汝等文臣，怎晓得疆场机变哩！"逢吉畏他凶威，不敢与较，但退朝语人道："用内制外，方得为顺，今反用外制内，祸变不远了！"逢吉能料大局，如何不能料自身？越日有诏颁出，授郭威为邺都留守天雄军节度使，仍兼枢密使，凡河北兵甲钱谷，见威文书，不得违误。为此一诏，汉社遂墟。

是夕宰相窦贞固，为威饯行，且邀集朝贵，列座相陪，大家各敬威一樽，才行归座。弘肇见逢吉在侧，引酒满觥，故意向威厉声道："昨日廷议，各争异同，弟应为君尽此一杯。"说毕一饮而尽。逢吉亦忍耐不住，举觞自言道："彼此都为国事，何足介意！"杨邠亦举觞道："我意也是如此！"是几时孟光接了梁鸿案。遂与逢吉同饮告干，郭威恰过意不下，用言解劝。弘肇又厉声道："安朝廷，定祸乱，须恃长枪大剑，毛锥子有何用处？"王章闻言，代为不平，也插嘴道："没有毛锥子，饷军财赋，从何而出？史公亦未免欺人了！"真是舌战，不是饯客。弘肇方才无言。

少顷席散，各怏怏归第。威于次日入朝辞行，伏阙奏请道："太后随先帝多年，具有经验，陛下春秋方富，有事须禀训乃行，更宜亲近忠直，屏逐奸邪，善善恶恶，最宜明审！苏逢吉、杨邠、史弘肇，皆先帝旧臣，尽忠殉国，愿陛下推心委任，遇事谘询，当无失败！至若疆场戎事，臣愿竭愚诚，不负驱策，请陛下勿忧！"承祐敛容称谢。待威既北去，仍然置诸脑后，不复记忆。那三五朝贵，却暗争日烈，好似有不共戴天的大仇。

一日由王章置酒，宴集朝贵。酒至半酣，章倡为酒令，拍手为节，节误须罚酒一樽。大家都愿遵行，独史弘肇喧嚷道："我不惯行此手势令，幸毋苦我！"客省使阎晋卿，适坐弘肇肩下，便语弘肇道："史公何妨从众，如不惯此令，可先行练习，事不难为，一学便能了。"说着，即拍手相示，弘肇瞧了数拍，倒也有些理会，因即应声遵令。令既举行，你也拍，我也拍。轮到弘肇，偏偏生手易错，不禁忙乱，幸由晋卿从旁指导，才免罚酒。苏逢吉冷笑道："身旁有姓阎人，自无虑罚酒了！"道言未绝，忽闻席上豁喇一声，几震得杯盘乱响。随后即闻弘肇诟骂声，大众才知席上震动，由弘肇拍案所致。好大的手势令。逢吉见弘肇变脸，慌忙闭住了口。弘肇尚不肯干休，投袂遽起，握拳相向。逢吉忙起座出走，跨马奔归。弘肇向王章索剑，定要追击逢吉，杨邠从旁泣劝道："苏公是宰相，公若加害，将置天子何地！愿公三思后行！"弘肇怒气未平，上马径去。邠恐他再追逢吉，也即上马追驰，与弘肇联镳并进，直送至弘肇第中，方才辞归。

看官试想，逢吉虽出言相嘲，也无非口头套话，并不是什么揶揄，为何弘肇动怒，竟致如此？原来弘肇籍隶郑州，系出农家，少时好勇斗狠，专喜闯祸，惟乡里有不平事，辄能扶弱锄强。酒妓阎氏，为势家所窘，经弘肇用力解决，阎氏始得脱祸。娼妓多情，以身报德，且潜出私蓄，赠与弘肇，令他投军。阎氏颇似梁红玉，可惜弘肇不及韩蕲王。弘肇投入戎伍，得为小校，遂感阎氏恩，娶为妻室。到了夫荣妻贵，相得益欢。逢吉所言，是指阎晋卿，弘肇还道是讥及爱妻，所以怒不可遏，况已挟有宿嫌，更带着三分酒意，越觉怒气上冲。还亏逢吉逃走得快，侥幸全生。逢吉遭此不测，始欲外调免祸，继且自忖道："我若出都门，只烦仇人一处分，便成齑粉了。"乃打消初意。王章亦郁郁不乐，欲求外官。还是杨邠慰留，也致迁延过去。统是出去为妙。汉主承祐，探悉情形，特命宣徽使王峻，设席和解，仍然无效。小子有诗叹道：

岂真杯酒伏戈矛，攘臂都因宿忿留；
天子徒为和事老，不临死地不知休！

将相不和，内变已伏，尚有各种谗构情形，待小子下回再叙。

希广、希萼，阋墙构衅，与吴越适成反比例。故吴越虽有内乱，而得免破裂，湖南一启纷争，而即促危亡，甚矣兄弟之不宜相残也！希萼凶悍，希广迂懦，刘彦瑫等喜懦惧凶，故舍长立少，庸讵知迂懦者之终难成事耶！但推原祸始，实由希范，有事或可达权，无事必宜守经，否则，未有不乱且亡者也。夫兄弟不和，家必破。将相不和，国必亡。楚以兄弟不和而破家，汉以将相不和而亡国，同时肇乱，又若不相谋而适相合。著书人读书得间，合成一回，使其两相对照，标目生新，是亦一文字中之特色也。

第十五回

伏甲士骈诛权宦　溃御营窜死孱君

却说杨邠、史弘肇等，揽权执政，势焰熏天，就是皇帝老子，亦奈何他不得。汉主近侍，及太后亲戚，夤缘得位，多被邠等撤除。太后有故人子，求补军职，弘肇不但不允，反把他斩首示众。还有太后弟李业，充武德使，夙掌内帑，适宣徽使出缺，业密白太后，乞请升补。太后转告承祐，承祐复转语执政，邠与弘肇，俱抗声说道："内使迁补，须有次第，不得超擢外戚，紊乱旧纲！"理非不正，语亦太激。承祐入禀太后，只好作为罢论。客省使阎晋卿，依次当升宣徽使，久不得补。这是何理？枢密承旨聂文进，飞龙使后匡赞，茶酒使郭允明，皆汉主幸臣，亦始终不得迁官。平卢节度使刘铢，罢职还都，守候数月，并未调任。因此各生怨恨，渐启杀机。

承祐三年服阕，除丧听乐，赐伶人锦袍玉带。伶人知弘肇骄横，不得不前去道谢，果然触怒弘肇，当面叱辱道："士卒守边苦战，尚未得此重赏，汝等何功，乃得此赐。"立命脱下，还贮官库。伶人固不应重赏，但亦须上疏谏阻，不得如此专横。承祐尝娶张彦成女为妃，不甚和协。嗣得一耿氏女，秀丽绝伦，大加宠信，便欲立她为后。商诸杨邠，邠谓立后太速，且从缓议。何不辨明嫡庶。偏偏红颜薄命，遽尔夭逝。速死实是幸事。累得承祐哀毁，如丧考妣，且欲用后礼殓葬。又被邠从旁阻挠，不得如愿。承祐已恨为所制，积不能平。有时与杨邠、史弘肇商议政事，承祐面谕道："事须审慎，勿使人有违言！"邠与弘肇齐声道："陛下但禁声，有臣等在，还怕何人！"骄恣极了。承祐虽不敢斥责，心中却懊恨得很。退朝后与左右谈及恨事，左右趁势进言道："邠等专恣，后必为乱，陛下如欲安枕，亟宜设法除奸！"承祐尚不能决，是夕闻作坊锻声，疑有急兵，起床危坐，达旦不寐。嗣是虑祸益深，遂欲除去权臣，为自安计。

宰相苏逢吉与弘肇有隙，屡用微言挑拨李业，使诛弘肇。业即与文进、匡赞、允明，定好密计，入白承祐，承祐令转禀太后。太后道："这事何可轻发，应与宰相等熟权利害，方可定议。"业答道："先帝在日，尝谓朝廷大事，不可谋及书生，文人怯懦，容易误人。”太后终不以为然，召入承祐，嘱他慎重。承祐愤愤道：“国家重事，非闺阁所知，儿自有主张。”言已，拂衣径出。业等亦退告阎晋卿，晋卿恐谋事不成，反致及祸，急诣弘肇第求见，欲述所闻。也是弘肇恶贯已盈，适有他故，不遑见客，竟命门吏谢绝晋卿。晋卿不得已驰归。

越日天明，杨邠、史弘肇、王章入朝，甫至广政殿东庑，忽有甲士数十人驰出，拔出腰刀，先向弘肇砍去，弘肇猝不及防，竟被砍倒。杨邠、王章骇极欲奔，怎禁得甲士攒集，七手八脚，立将两人砍翻。结果又是三刀，三道冤魂，同往冥府。殿外官吏，不知何因，都惊惶的了不得，忽由聂文进趋出，宣召宰相朝臣，排班崇元殿，听读诏书。宰臣等硬着头皮，入殿候旨。文进复趋入宣诏道：“杨邠、史弘肇、王章，同谋叛逆，欲危宗社，故并处斩，当与卿等同庆。”大众听诏毕，退出朝房，未敢散去。嗣由汉主承祐，亲御万岁殿，召入诸军将校，面加慰谕道：“杨邠、史弘肇、王章，欺朕年幼，专权擅命，使汝等常怀忧恐。朕令除此大憝，始得为汝等主，汝等总可免横祸了！”大众皆拜谢而退。又召前任节度使、刺史等升殿，晓谕如前，大众亦无异言，陆续趋退。无如宫城诸门，尚有禁军守住，不放一人，待至日旰，始放大众出宫。大众步行归第，才知杨邠、史弘肇、王章三家，尽被屠戮，家产亦籍没无遗了。可为争权夺利者鉴。

到了次日，又闻得缇骑四出，收捕杨、史、王三人戚党，并平时仆从，随到随杀。大众都恐连坐，待至日暮无事，才得安心。侍卫步军都指挥使王殷，向与弘肇友善，此时正出屯澶州，承祐闻信李业等言，遣供奉官孟业，赍着密敕，令业弟澶州节度使李洪义，乘便杀殷。又因邺都留守郭威，素与杨、史等联络一气，也遣使赍诏，密授邺都行营马军指挥使郭崇威，步军指挥使曹威，令杀郭威及监军王峻。令两威杀一威，恐还是一威利害。

是时高行周调镇天平，符彦卿调镇平卢，慕容彦超调泰宁，俱由承祐颁敕，令与永兴节度使郭从义，同州节度使薛怀让，郑州防御使吴虔裕，陈州刺史李谷，一同入朝。命宰相苏逢吉权知枢密院事，前平卢节度使刘铢，权知开封府事；侍卫马步都指挥使李洪建，权判侍卫司事；客省使阎晋卿，权充侍卫马军都指挥使。逢吉虽与弘肇有嫌，但李业等私下定谋，实是未曾预议。蓦闻此变，也觉惊心，私语同僚道：“事太匆匆，倘主上有言问我，也不至这般仓皇了！”刘铢素性残忍，既任开封尹职务，便与李业合谋，为斩草除根的计画，凡郭威、王峻的家族，一律捕戮，老少无遗。李洪建本为业兄，也使他捕诛王殷家属，他却不肯逞凶，但派兵吏监守殷家，仍令照常寝食，殷家竟得平安。独殷在澶州，尚未知悉，忽有李洪义入帐，递交密诏，令殷自阅。殷览毕大惊，问从何处得来？洪义道：“朝廷正遣孟业到此，嘱洪义依着密旨，加害使君，洪义与使君交好有年，怎忍下此毒手？”殷慌忙下拜道：“如殷余生，尽出公赐！”又问孟业尚在否？洪义道：“适与他同来，想在门外。”说至此，即出引孟业，同入见殷，殷问及朝事，略得数语，已是愤愤，便将业囚住，立派副使陈光穗，转报邺都。

郭威至邺都后，去烦除弊，严饬边将谨守疆场，不得妄动，如遇辽人寇掠，尽可坚壁清野，以逸待劳。边将相率遵令，辽人也不敢入侵，河北粗安。

一日正与宣徽使监军王峻，出城巡阅，坐论边事，忽来澶州副使陈光穗，便即延入。光穗呈上密书，由威披阅，才知京都有变，将来书藏入袖中，即引光穗回入府署。王峻尚未知底细，也即随归。威遽召入郭崇威、曹威及大小三军将校，齐集一堂，当面宣言道：“我与诸公拔除荆棘，从先帝取天下，先帝升遐，亲受顾命，与杨、史诸公弹压经营，忘寝与餐，才令国家无事。今杨、史诸公，无故遭戮，又有密诏到来，取我及监军首级。我想故人皆死，亦不愿独生，汝等可奉行诏书，断我首以报天子，庶不至相累呢！”

郭崇威等听着，不禁失色，俱涕泣答言道：“天子幼冲，此事必非圣意，定是左右小人，诬罔窃发；假使此辈得志，国家尚能治安么？末将等愿从公入朝，面自洗雪，荡涤鼠辈，廓清朝廷，万不可为单使所杀，徒受恶名！”威尚有难色，假意为之。枢密使魏仁浦进言道：“公系国家大臣，功名素著，今握强兵，据重镇，致为群小所构，此岂辞说所能自解？时事至此，怎得坐而待毙！”翰林天文赵修己，亦从旁接入道：“公徒死无益，不若顺从众请，驱兵南向，天意授公，违天是不祥呢！”威意乃决，留养子荣镇守邺都。

荣本姓柴，父名守礼，系威妻兄子，天姿沉敏，为威所爱，乃令为义儿。汉命荣为贵州刺史，荣愿随义父麾下，未尝赴任，故留居邺城，任牙内部指挥使，遥领贵州。为后文入嗣周祚，故特从详。威以留守有人，遂命郭崇威为前驱，自与王峻带领部众，向南进发。道出澶州，李洪义、王殷，出郊相见，殷对威恸哭，愿举兵属威，乃率部众从威渡河。途次获得一谍，审讯姓名，叫作鸯脱，是汉宫中的小竖，受汉主命，来探邺军进止。威喜道：“我正劳汝还奏阙廷。”当下命随吏属草，缮起一疏，置鸯脱衣领中，令他返奏。疏中略云：

> 臣威言：臣发迹寒贱，遭际圣明，既富且贵，实过平生之望，唯思报国，敢有他图！今奉诏命，忽令郭崇威等杀臣，即时俟死，而诸军不肯行刑，逼臣赴阙，令臣请罪廷前，且言致有此事，必是陛下左右谮臣耳！今鸯脱至此，天假其便，得伸臣心，三五日当及阙朝。陛下若以臣有欺天之罪，臣岂敢惜死。若实有谮臣者，乞陛下缚送军前，以快三军之意，则

臣虽死无恨矣！谨托鸯脱附奏以闻。

郭威既遣还鸯脱，驱众再进。到了滑州，节度使宋延渥，本尚高祖女永宁公主，自思力不能敌，开城迎威。威入城取出库物，犒赏将士，且申告道："主上为谗邪所惑，诛戮功臣，我此来实不得已。但以臣拒君，究属非事，我日夜筹思，益增惭汗。汝等家在京师，不若奉行前诏，我死亦无恨了！"还要笼络军士。诸将应声道："国家负公，公不负国家，请公速行毋迟！安邦雪怨，正在此时！"威乃无言，王峻却私谕军士道："我得郭公处分，俟克京城，听汝等旬日剽掠！"观王峻言，则郭威之志在灭汉，不问可知。况剽掠何事，乃堪令经旬日耶！众闻命益奋，怂恿郭威，飞速进兵。威乃与宋延渥同出滑城，直趋大梁。

是时汉廷君臣，已闻郭威南来，拟发兵出拒。可巧慕容彦超，与吴虔裕应召入朝。汉主承祐，即与商发兵事宜，慕容彦超力请出师。前开封尹侯益，亦列朝班，独出奏道："邺军前来，势不可遏，宜闭城坚守，挫他锐气！臣意谓邺都家属，多在京师，最好是令他母妻，登城招致，可不战自下哩！"郭威正防到此着，故前此一再谕军。彦超应声道："这是懦夫的愚计哩！叛臣入犯，理应发兵声讨，侯益衰老，不足与言大计！"看你有何妙策。汉主承祐道："慎重亦是好处，朕当令卿等同行便了！"乃令益与彦超，及阎晋卿、吴虔裕，并前鄜州节度使张彦超，率禁军趋澶州。

诏敕甫下，正值鸯脱回朝，报称郭威军已至河上，且取出原疏，呈上御览。承祐且阅且惧，且惧且悔，忙召宰臣等入商。窦贞固首先开口道："日前急变，臣等实未与闻。既得幸除三逆，奈何尚连及外藩？"承祐也叹息道："前事原太草草，今已至此，说亦无益了。"李业在旁，抗声说道："前事休提！目今叛兵前来，总宜截击，请倾库赐军，重赏下必有勇夫，何足深虑！"苏禹珪驳业道："库帑一倾，国用将何从支给？臣意以为未可！"这语说出，急得李业头筋爆绽，向禹珪下拜道："相公且顾全天子，勿惜库资！"乃开库取钱，分赐禁军，每人二十缗，下军十缗。所有邺军家属，仍加抚恤，使通家信诱降。

未几接得紧急军报，乃是威军已到封邱，封邱距都城不过百里。宫廷内外，得此消息，相率震骇。李太后在宫中闻悉，不禁泣下道："前不用李涛言，应该受祸，悔也迟了！"我说尚不止此误。承祐也很觉不安。独慕容彦超自恃骁勇，入朝奏请道："前因叛臣郭威，已至河上，所以陛下收回前命，留臣宿卫。臣看北军如同蠛蠓，当为陛下生擒渠魁，愿陛下勿忧！"又来说大话了。承祐慰劳一番，令出朝候旨。彦超退出，碰见聂文进，问北来兵数，及将校姓名，由文进约略说明，彦超方失色道："似此剧贼，倒也未易轻视哩！"徒恃血气，不战即馁！

俄顷有朝旨颁出，令慕容彦超为前锋，左神武统军袁义，前邓州节度使刘重进，与侯益为后应，出拒郭威。彦超即领军出都，至七里店驻营，掘堑自守，令坊市出酒色饷军。袁义、刘重进、侯益，也出都驻扎赤岗，两军待了半日，未见邺军到来。俄尔天色已暮，各退守都城。翌日复出，至刘子坡，与邺军相遇，彼此下营，按兵不战。

承祐欲自出劳军，禀白李太后。太后道："郭威是我家故旧，非死亡切身，何至如此！但教守住都城，飞诏慰谕。威必有说自解。可从即从，不可从再与理论。那时君臣名分，尚可保全，慎勿轻出临兵！"尚不失为下策。承祐不从，出召聂文进等扈驾，竟出都门。李太后又遣内侍戒文进道："贼军向迩，大须留意！"文进答道："有臣随驾，必不失策，就使有一百个郭威，也可悉数擒归！太后何必多心！"比彦超还要瞎闹。内侍自去，文进即导车驾至七里店，慰劳彦超，留营多时，又值薄暮，南北军仍然不动，乃启跸还宫。彦超送承祐出营，复扬声道："陛下宫中无事，请明日再莅臣营，看臣破贼！臣实不必与战，但一加呵叱，贼众自然散归了。"还要说大话。承祐很是欣慰，还宫酣睡。

越日早起，用过早膳，又欲出城观战。李太后忙来劝阻，禁不住少年豪兴，定要自去督军，究竟慈母无威，只好眼睁睁的由他自去。承祐率侍从出城，忽御马无故失足，险些儿将乘舆掀翻。已示不祥。亏得扈从人多，忙将马缰代为勒住，方得前进。既至刘子坡，立马高阜，看他交战。南北军各出营列阵，郭威下令道："我此来欲入清君侧，非敢与天子为仇。如南军未曾来攻，汝等休得轻动！"

道言甫毕，突闻南军阵内，鼓声一震，那慕容彦超，引着轻骑，跃马前来。邺军指挥使郭崇威，与前博州刺史李筠，也领骑兵出战。两下相交，喊声震地，约有数十回合，未见胜负。郭威又遣前曹州防御使何福进，前复州防御使王彦超，领劲骑出阵，横冲南军。彦超未及防备，骤被突入，眼见得人仰马翻，不可禁遏，自尚仗着勇力，上前拦阻。怎禁得铁骑纵横，劲气直达，扑喇一声，竟将彦超坐马撞倒，邺军一齐上前，来捉彦超。幸彦超跃起得快，改乘他马。再欲督战，左右旁顾，见敌骑已围裹拢来，自恐陷入垓心，不如速走，乃怒马冲出，引兵退去，麾下死了百余人。汉军里面，全仗这位慕容彦超，彦超败退，众皆夺气，陆续走降北军。侯益、吴虔裕、张彦超、袁义、刘重进等，俱向威通款，威军大振。一班不要脸的狗官，令人愤叹！彦超知不可为，自率数十骑奔兖州。威知汉主孤危，顾语宋延渥道："天子方危，公系国戚，可率牙兵往卫乘舆。且又面奏主上，请乘间速至我营，免生意外！"延渥奉令，引兵趋汉营，但见乱兵云扰，无从进步，只得半途折还。

是夕汉主承祐，与宰相从官数十人，留宿七里寨。吴虔裕、张彦超等，相继遁去，侯益且潜奔威营，自请投降，余众已失统帅，当然四溃。到了天明，由汉主承祐起视，只剩得一座空营，慌忙登高北望，见邺营高悬旗帜，烨烨生光。将士出入营门，甚是雄壮，不由的魂飞天外，当即策马下岗，加鞭驰回。行至玄化门，门已紧闭，城上立着开封尹刘铢，厉声问道："陛下回来，如何没有兵马！"承祐无词可对，回顾从吏，拟令他代答刘铢，蓦闻弓弦声响，急忙闪避，那从吏已应声倒地，吓得承祐胆裂，回辔乱跑，向西北驰去。苏逢吉、聂文进、郭允明等尚跟着同跑，一口气趋至赵村。后面尘头大起，人声马声，杂沓而来，承祐料有追兵，慌忙下马，将入民家暂避，不意背后刺入一刀，痛苦至不可名状，一声狂号，倒地而亡，享年只二十岁。小子有诗叹道：

主少由来虑国危，况兼群小日相随；
将军降敌君王走，剸刃胸中果孰悲！

欲知何人弑主，待至下回叙明。

杨邠、史弘肇，专权自恣，目无君上，王章横征暴敛，民怨日滋，声其罪而诛之，谁曰不宜！乃与群小密谋，伏甲图逞，已失人君之道。幸而得手，则极恶已诛，余宜赦宥以示宽大，乃必屠其家，夷其族，何其酷也！不宁唯是，且于积功最著之郭威，又欲并诛之而后快，天下有淫刑以逞者，而可保有国家耶！邺军一出，全局瓦解，仅一慕容彦超，亦乌足恃！刘子坡一战，彦超虽败，止伤亡百余人，而余将即通款邺营，不战自降，盖鉴于立功之被戮，毋宁卖主以求荣。有激而来，非必其皆无耻也。惟郭威引兵向阙，托言入清君侧，一再申令，似与窥窃神器者不同。抑知大奸似忠，大诈似信，观其申谕将士之言，无非激成众愤，入阙图君。王峻且谓克君以后，任军士剽掠旬日，是可忍，孰不可忍乎！《纲目》以承祐被弑，归罪郭威，谅哉！

第十六回

清君侧入都大掠　遭兵变拥驾争归

却说汉主承祐，走入赵村，背后忽有刀刺入，立时倒毙。看官道是何人所刺？原来就是茶酒使郭允明。他见后面追兵大至，还道是邺都将士，因欲弑主报功，恶狠狠的下此毒手。不料追兵近前，仔细一望，并非邺军，乃仍是汉主承祐的亲兵，前来扈卫。允明才知弄错，心下一急，便把弑主的刀儿，向脖颈上一横，也即倒毙。好与承祐同至森罗殿对簿受罪去了。苏逢吉还要逃走，偏前面有一人挡路，浑身血污，状甚可怖。模糊辨认，正是故太子太傅李崧，事见四十三回。这一吓非同小可，顿时心胆俱碎，跌落马下，立即归阴。独有聂文进逃了一程，被追兵赶上，乱刀竞斫，分作数段。李业、后匡赞，尚在城中，闻北郊兵败，便从宫中攫取金宝，藏入怀中，混出城外。业奔陕州，匡赞奔兖州。阎晋卿在家自尽，都中大乱。

郭威得汉主被弑消息，放声恸哭。这副急泪，如何得来？将佐都入帐劝慰，威且哭且语道："我早晨出营巡视，尚望见天子车驾，停着高坡，正思下马免胄，往迎天子，偏车驾已经南去，我总料是回都休息，不意为奸竖所弑，怎得不悲？细想起来，实是老夫的罪孽哩。"你既自知罪孽，何不自缚入都，听候太后发落。将佐道："主上失德，应有此变，与公无涉，请速入都平乱，保国安民！"威乃收泪，率军入都，甫在玄化门，尚见刘铢拒守，箭如雨下，乃转向迎春门，门已大开，难民载道。威无心顾恤，纵辔驰入，先至私第中探望，门庭无恙，人物一空，回首前时，忍不住几点痛泪。这是真哭。便遣何福进守明德门，纵兵四掠，可怜满城屋宇，悉被蹂躏。毁宅纵火，杀人取财，闹得一塌糊涂，不可收拾。前滑州节度使白再荣，闲居私第，被乱兵闯将进去，把他缚住，尽情劫掠。既将财物取尽，复向再荣说道："我等尝趋走麾下，今无礼至此，无面见公。公不如慨给头颅吧！"说至此，即拔刀剁再荣首，扬长自去。

吏部侍郎张允，积资巨万，性最悭吝，虽亲如妻孥，亦不使妄支一钱。甚至箱笼锁钥，统悬挂衣间，好似妇人家环珮一般，行动震响，戛戛可听。妙语解颐。至是畏匿佛殿中，尚恐有人觅着，特在重檐下面的夹板间，扒将进去，卷跪似鼠。怎奈乱兵不可放过，先至他家中拷逼妻孥，迫令说明去向，然后入殿搜寻，到处寻觅，未见踪迹，便上登重檐，从夹板中窥视，果然有人伏着，当即用手牵扯，张允尚不肯出来，拼死相拒，一边躲，一边扯，两下里用力过猛，那夹板却不甚坚固，竟尔脱榫，连人带板，坠将下来，乱兵似虎似狼，揿住张允，把他衣服剥下，连锁钥一并取去。允已跌得头青眼肿，不省人事，渐渐的苏醒还阳，开眼一望，只剩得一个光身，又痛又冷，又可惜许多钥匙，急欲出殿还家，已是手不能动，足不能行，正在悲惨的时候，幸得家人来寻，才将他扛舁回去。一入家门，问明妻子，听得历年家蓄，尽被抢完，哇的一声，狂血直喷，不到半日，呜呼哀哉。守财奴请视此。

乱兵越抢越凶，夜以继日，满城烟火冲天，号哭震地。右千牛卫大将军赵凤，看不过去，挺身直出道："郭侍中举兵入都，为除恶安良起见，鼠辈敢尔，与乱贼何异！难道侍中本意，教他这般么？"遂持弓挟矢，带着从卒数十名，出至巷口，踞坐胡床。遇有乱兵劫掠，即与从卒迭射，射死了好几人，巷中居民，才得安全。次日辰牌，郭崇威语王殷道："兵扰已甚，若不止剽掠，再经一日，要变作空城了！"乃请命郭威，严行部署，令将弁分道巡城，不得再加剽掠，违令立斩。兵士尚恃有原约，未肯罢手，及见有数人悬首市曹，乃敛迹归营，时已斜日下山了。

郭威偕王峻入宫，向李太后问安，太后已泣涕涟涟。只因事成既往，无法挽回，不得已出言慰抚。威复面请太后，此后军国重事，须俟太后教令，然后施行。太后也不多言，惟命威为故主发丧，另择嗣君。威唯唯而出，令礼官驰诣赵村，检验故主尸骸，妥为棺殓，移入西宫。威部下争议丧礼，或说宜如魏高贵乡公即魏曹髦。故事，以公礼葬。威太息道："祸起仓猝，我不能保护乘舆，负罪已大，奈何尚敢贬君呢！"乃择日举哀，命前宗正卿刘皞主丧，巨禀承太后命令，宣召百官入朝，会议后事。

太师冯道，最号老成，实最无耻。率百官入见郭威。威尚下阶拜道，道居然受拜，仍如前日，且徐徐说道："侍中此行，好算是不容易呢！"威闻道言，不觉色变，半晌才复原状。语中有刺。旁顾百官，多半在列，惟不见窦贞固、苏禹珪二相。及问明冯道，方知二人从七里寨逃归，匿居私第。当下遣吏往召。二人不敢再拒，只好入朝。威仍欢颜与叙，请他照常办事，才得把二人忧虑，一概消除。

于是共同会议，指定罪魁为李业、阎晋卿、聂文进、后匡赞、郭允明等人。阎、聂、郭三人已死，李业、后匡赞在逃，还有权知开封府事刘铢，权判侍卫府事李洪建，亦属从犯，尚留都下，立即派兵往捕，将他拿到，囚住狱中。冯道乘间进言道："国家不可无君，明日当禀白太后，请旨定夺！"百官当然赞同，郭威也不能不允。文字中俱寓微意。大致议定，已是日晡，始退朝散归。翌晨由郭威会同冯道，诣明德门，候太后起居，且奏述军国大议，并请早立嗣君。太后召冯道入内商量了好多时，才由道赍着教令，出宫宣告。其词云：

懿维高祖皇帝，翦乱除凶，变家为国，救生民于涂炭，创王业于艰难，甫定寰区，遽遗弓剑！枢密使郭威、杨邠，侍卫使史弘肇，三司使王章，亲承顾命，辅立少君，协力同心，安邦定国。旋属四方多事，三叛连衡，吴蜀内侵，契丹启衅，蒸黎恟惧，宗社阽危。郭威授任专征，提戈进讨，躬当矢石，尽扫烟尘，外寇荡平，中原宁谧。复以强敌未殄，边寨多艰，允赖宝臣，往临大郡，疆场有藩篱之固，朝廷宽宵旰之忧。不谓凶竖连谋，群小得志，密藏锋刃，窃发殿廷，已杀害其忠良，方奏闻于少主，无辜受戮，有口称冤，而又潜差使臣，矫赍宣命，谋害枢密使郭威，宣徽使王峻，侍卫步军都指挥使王殷等。人知无罪，天不助奸，今者郭威、王峻，澶州节度使李洪义，前曹州防御使何福进，前复州防御使王彦超，前博州刺史李筠，北面行营马步都指挥使郭崇威，步军都指挥使曹威，护圣都指挥使白重赞、索万进、田景咸、樊爱能、李万全、史彦超，奉国都指挥使张铎、王晖、胡立，弩手指挥使何赟等，径领兵师，来安社稷。逆党皇城使李业，内容省使阎晋卿，枢密都承旨聂文进，飞龙使后匡赞，茶酒使郭允明，胁君于大内，出战于近郊，及至力穷，遂行弑逆，冤愤之极，今古未闻。今则凶党既除，群情共悦。神器不可以无主，万几不可以久旷，宜择贤君，以安天下。河东节度使崇，许州节度使信，皆高祖之弟，徐州节度使赟，开封尹承勋，皆高祖之男，俱列磐维，皆居屏翰，宜令文武百辟，议择所宜，嗣承大统，毋再迁延！特此谕知。

教令读毕，郭威等与百官退入朝堂，择选嗣君。郭威宣言道："高祖子三人，只剩一前开封尹承勋，今欲择嗣，舍彼为谁？"大众齐声道："这是不易的至理，还有何疑！"郭威道："众志佥同，我等就入禀太后便了。"随即率众出朝，再入明德门，进至万岁宫，面谒李太后，请立承勋为嗣君。"太后道："承勋依次当立，名正言顺，但他自开封卸任，久罹羸疾，致不能起，奈何！"威答道："可否令大众一见病状？"太后道："有何不可！"便令左右入内，舁出承勋坐床，举示大众，大众才无异言。

郭威顾王峻道："这且如何是好？"王峻道："看来只好迎立徐州节度使了。"威沉吟半晌，方徐声答道："且至朝堂再议罢。"言下有不悦意。遂相偕出宫，再至朝堂，询问大众，大众却愿立刘赟。威亦未便梗议，但淡淡的说道："时候不早，我等不应再入宫中，向太后絮烦，看来只好表闻罢。"大众又应声道："甚善！甚善！即请侍中属吏草表便了。"威应声而出，众亦散去。及威归私第，便令书记草表，草就后，由威审阅，尚未惬意，再令改窜，仍然未惬，没奈何将就了事。无非是不愿立赟。

越日入朝，百官统已在列，即由威取出表文，推冯道为首，自己与百官陆续署名，名已署毕，乃命内侍呈入。俄而得太后旨，召入冯道、郭威，允议立赟。命冯道代撰教令，择日往迎。冯道是个著名圆滑的人物，实是老奸巨猾。料得此欢迎赟，非威本意，不如用言推诿，较为妥当。遂禀太后道："迎立新主，须先酌定礼仪，就是教令亦须斟酌，俟臣与郭威出外商定，再行奏闻。"太后点首称是。道与威便即辞出，且行且语道："郭侍中幕下多才，所有教令礼仪，请侍中酌定为是。"威笑道："太师何必过谦。"道皱眉道："我已老了，前日教令，太后命我起草，我搜索枯肠，勉成此令、今番却饶了我罢。"郭威道："我是武夫，不通文墨，幕下亦无甚佳士，惟忆我出征河中，每见朝廷诏书，处分军事，均合机宜。当时问明朝使，说是翰林学士范质手笔，现未知他留住都中否？"道答言，范质未曾归里，想总尚在都中，威喜道："待我前去访求便是。"遂分途自行。

时已隆冬，风雪漫天，威冒雪前进，到处访问，方得范质住址。造门入见，相知恨晚，威即脱所服紫袍，披上质身，质当然拜谢。便由威邀他入朝，替太后代作教令。质谓前代故事。太上皇传言，例得称诰，皇太后称令，今是否仍遵古制？威答说道："目下国家无主，凡事须凭太后裁断，不妨径称为诰。"质即应命，提笔作诰文，一挥立就。诰曰：

天未悔祸，丧乱弘多。嗣王幼冲，群凶蔽惑，构奸谋于造次，纵毒虿于斯须。将相大臣，连颈受戮，股肱良佐，无罪见屠，行路咨嗟，群情扼腕。我高祖之弘烈，将坠于地。赖大臣郭威等，激扬忠义，拯救颠危，除恶蔓以无遗，俾缀旒之不绝。宗祧事重，缵继才难，既闻将相之谋，复考蓍龟之兆，天人协赞，社稷是依。徐州节度使赟，禀上圣之资，抱中和之德，先皇视之如子，钟爱特深，固可以子育兆民，君临万国，宜令所司择日备法驾奉迎，即皇帝位。于戏！神器至重，天步方艰，致理保邦，不可以不敬，贻谋听政，不可以不勤，允执厥中，祇膺景命！

看官览这诰文，应知刘赟是知远养子，并非亲生。究竟他生父为谁？就是河东节度使刘崇，崇为知远弟，赟即知远侄儿，知远爱赟，引为己子。此次奉迎礼节，为汉家所未有，范质援古证今，仓皇讨论，即日撰定，威取示廷臣，大家同声赞美，莫易一词。当由威上奏太后，请遣太师冯道，及枢密直学士王度，秘书监赵上交，同赴徐州，迎赟入朝。太后便即批准，颁下诰令。

冯道得诰，又不免吃惊，沉思良久，竟往见郭威道："我已年老，奈何还使往徐州。"威微笑道："太师勋望，比众不同，此次出迎嗣君，若非太师作为领袖，何人胜任？"道应声道："侍中此举，果出自真心么？"威怅然道："太师休疑，天日在上，威无异心。"好似《西游记》中猪八戒，专会罚咒。道乃与王度、赵上交，出都南下。途次顾语二人道："我生平不作谬语人，今却作谬语了。"

威既送道出都，复率群臣上禀太后，略言嗣皇到阙，尚须时日，请太后临朝听政。太后俞允，立颁诰命，想仍是翰林学士范质手笔。词云：

昨以奸邪构衅，乱我邦家，勋德效忠，剪除凶慝。俯从人欲，已立嗣君，宗社危而复安，纪纲坏而复振。皇帝法驾未至，庶事方殷。百辟上言，请予莅政，宜允舆议，权总万几，止于浃旬，即复明辟。此诰！

李太后既允听政，当然陟赏功臣，升王峻为枢密使兼右神武统军，袁义为宣徽南院使，王殷为侍卫马步军都指挥使，郭崇威为侍卫马军都指挥使，曾威为步军都指挥使。惟三司事宜，权命陈州刺史李谷充任。

忽接到兖州奏牍，乃是节度使慕容彦超，拿住前飞龙使后匡赞，押送东都，因有此奏。郭威待匡赞解到，便令押送法司，与刘铢、李洪建两犯，一并审讯，定谳后刑。嗣经法司呈入谳案，谓后匡赞、刘铁、李洪建，已一并伏罪。匡赞与苏逢吉、李业、阎晋卿、聂文进、郭允明等同谋，令散员都虞侯奔德等下手，杀害杨邠、史弘肇、王章。刘铢、李洪建党附李业等，屠害将相家属，供据确凿，罪应诛夷。唯李业尚在逃未获，宜移文陕州，勒令节度使李洪信，速拿业赴阙，并案正法云云。威乃飞使赴陕，勒交李业。业前时奔赴陕州，正因节度使李洪信，为业从兄，欲往投靠，洪信知业闯祸，不敢容纳，挥令他适。业西奔晋阳，道出绛州，为盗所伺，利他多金，杀业夺货而去。洪信闻郭威入都，恐防连坐，遣人捕业，查知为盗所杀，便即奏闻。使人在途，与朝使相遇，一并入都，报知郭威。威遂将全案处置，奏闻太后，太后当然准议。

先是刘铢被获时，铁顾语妻室道："我死，汝不免为人婢。"妻泣答道："如君所为，正合如是。妾为君罹罪，恐为婢不足，还要一同枭首哩。"铢默然无言，随吏下狱，惟妻言适为郭威所闻，颇加怜念，因使人入狱责铢道："我尝与君同事汉室，岂无故人情谊！家属屠灭，虽有君命，汝何不留一线情，忍使我全家受戮！敢问君家有无妻子，今日亦知顾念否？"铢无可解免，竟强辩道："铢当时只知为汉，无暇他顾，今日但凭郭公处分，尚有何言！"使人还报郭威。威乃戮铢及子，但释铢妻。王殷家属，前由李洪建保全。殷屡向威请求，乞免洪建一死，威独不许，惟赦免家属。刘铢、李洪建、后匡赞，同日处斩，并枭苏逢吉、阎晋卿、郭允明、聂文进首级，悬诸市曹。允明弑主，罪恶尤甚，此时异罪同刑，已可见郭威之心。蓦接镇、刑二州急报，谓辽主兀欲，发兵深入，屠封邱，陷饶阳，乞即调师出援。郭威遂入禀太后。太后即令威统师北征，国事权委窦贞固、苏禹珪、王峻，军事委王殷，授翰林学士范质为枢密副使，参赞机要。威即于十二月朔日，领大军出发都城。行至滑州，接着徐州来使，乃是奉刘赟命，令慰劳诸将。赟亦未免太急。诸将见郭威辞色，微露不平，遂面面相觑，不肯拜命，且私相告语道："我等屠陷京师，自知不法，若刘氏复立，我等尚有遗种么？"威闻言，似作惊愕状，便遣还徐使，立麾军士趋澶州。

途次正值天晴，冬日荧荧，很觉可爱。诸将乘势献谀，谓郭威马前，有紫气拥护而行。威佯若不闻，驱兵渡河，进至澶州留宿，诘旦起来，早餐已毕，再下令启行。忽听得军士大噪，声如雷动，他却不慌不忙，返身入内，将门闭住。军士逾垣直入，向威面请道："天子须由侍中自为，大众已与刘氏为仇，不愿再立刘氏子弟了！"威未及答言，军士已将威绕住，前扶后拥，或即撕裂黄旗，披威身上．竞呼万岁。威无从禁止，累得声势沮丧，形色仓皇。入门时并未慌忙，对众时却似遑遽，好一种欺人手段！待至众声少静，方宣言道："汝等休得喧哗，欲我还朝，亦须奉汉宗庙，谨事太后，且不准骚扰人民！从我乃归，不从我宁死！"众应声道："愿从钧谕！"威乃率众南还，沿途禁止喧扰。

到了河滨，河冰初解，须筑浮桥，然后可渡。威命军士驻扎一宵，俟明日筑桥渡河，到了夜半，朔风大起，天气骤寒，待旦视河，冰复坚冱，各军即拥威南渡，号为凌桥。渡毕风止，冰亦渐解。小子有诗叹道：

入都报怨揽权威，北讨南侵任手挥；
岂是天心真有属，凌桥特渡"雀儿"归！雀儿系郭威绰号。详见下回。

威已越河南还，当有人驰报都中。朝内诸大臣，究竟如何对付，待至下回再详。

观本回写郭威事，处处似忠，却处处是诈。彼既以清君侧为名，奈何入都纵掠，置诸不理，反俟郭崇威、王殷之请，然后谕禁乎？冯道谓此行不易，乃不敢自立，初议立高祖三子承勋，继议立高祖从子赟，廷臣皆未知某伪，独冯道从旁窥破，知其言不由衷，道固料事明而虑患深者，惜其模棱苟合，甘为长乐老以终也！澶州之变，非郭成之暗中运动，谁其信之？经作者一一叙述，虽未揭橥隐衷，而已具匣剑帷灯之妙。欲知个中意，尽在不言中。妙笔亦妙文也。

第十七回

废刘宗嗣主被幽　易汉祚新皇传诏

却说枢密使王峻，马步军都指挥使王殷，本是郭威心腹，一闻澶州兵变，料知威必南还，自为天子。当即派马军指挥使郭崇威，率骑兵七百人，驰赴宋州，阳言往卫刘赟，阴实使图刘赟。至崇威出发，便与窦贞固等商议，往迎郭威。窦、苏两相，本来是庸懦得很，况又手无兵权，怎能与郭威对垒，没奈何承认下去。可巧郭威有人差到，奉笺李太后，谓由诸军所迫，班师南归，军士一致戴臣，臣始终不忘汉恩，愿事汉宗庙，母事太后等语。掩耳盗铃。峻等即将笺呈入，一介女流，屡经巨变，只有在宫暗泣，一些儿没有他策。窦贞固、苏禹珪已与王峻、王殷等，出至七里店，迎接郭威。一俟威到，即在道旁伛楼鸣恭，趋跄表敬。可恨可叹。威尚下马相见，共叙寒暄，略谈数语，便由窦贞固等，捧呈一篇劝进文，所有朝内百僚，一并署名。威喜形眉宇，形式上很是谦逊，口口声声，说是未奉太后诰敕，不敢擅专。贞固等请即入都，威总以未奉诰敕为词，留驻皋门村。

是夕贞固等还朝，报明太后，不知如何胁迫，取了一道诰文，即于次日黎明，赍诣威营，当面宣读诰文。其词云：

枢密使侍中郭威，以英武之才，兼内外之任，翦除祸乱，弘济艰难，功业格天，人望冠世。今则军民爱戴，朝野推崇，宜总万机，以允群议。可即监国，中外庶事，并取监国处分，特此通告。

威拜受诰敕，便称孤道寡起来，也有一道教令，传示吏民。略云：

寡人出自军戎，并无德望，因缘际会，叨窃宠灵。数语恰是的确。高祖皇帝甫在经纶，待之心腹，洎登大位，寻付重权。当顾命之时，受忍死之寄，与诸勋旧，辅立嗣君。旋属三叛连衡，四郊多垒，谬膺朝旨，委以专征，兼守重藩，俾当劲敌，敢不横身戮力，竭节尽心，冀肃静于疆场，用保安于宗社！不谓奸邪构乱，将相连诛，偶脱锋铓，克平患难。志安刘氏，顺报汉恩，推择长君以绍丕构，遂奏太后，请立徐州相公，奉迎已在于道途，行李未及于都辇。寻以北面事急，寇骑深侵，遂领师徒，径往掩袭。行次近镇，已渡洪河，十二月二十日，将登澶州，军情忽变，旌旗倒指，喊叫连天，引袂牵襟，迫请为主。环绕而逃避无所，纷纭而逼胁愈坚。顷刻之间，安危不保。事不获已，须至徇从，于是马步诸军，拥至京阙。今奉太后诰旨，以时运艰危，机务难旷，传令监国，逊避无由，邑勉遵承。夙夜忧愧，所望内外文武百官，共鉴微忱，匡予不逮，则寡人有深幸焉！布教四方，咸使闻知！

岁聿云暮，转眼新年。郭威仍留驻皋门村，拟俟新岁入都，即位改元，做一个新朝天子。那徐州节度使刘赟，尚未曾得悉，使右都押牙巩廷美，教练使杨温，居守徐州。自与冯道等西来，在途仪仗，很是煊赫，差不多似天子出巡，左右皆呼万岁。赟得意扬扬，昂然前进，到了宋州，入宿府署。翌晨起床，闻门外有人马声，不知是何变故，急忙阖门登楼，凭窗俯瞩，见有许多骑士，声势汹汹，环集门外。为首的统兵将官，扬鞭仰望，也觉英气逼人，便惊问道："来将为谁？如何在此喧哗！"言未毕，已听得来将应声道："末将是殿前马军都指挥使郭崇威，目下澶州军变，朝廷特遣崇威至此，保卫行旌，非有他意！"赟答道："既如此说，可令骑士暂退，卿且入见！"崇威不答，俯首迟疑。赟乃遣冯道出门，与崇威叙谈片刻，崇威才下马入门，随道登楼，向赟谒见。赟执崇威手，抚慰数语，继以泣下。来时何等轩昂，至此如何胆落。崇威道："澶州虽有变动，郭公仍效忠汉室，尽可勿忧！"崇威并未称臣，内变可知。赟稍稍放心，彼此又问答数语，崇威即下楼趋出。

徐州判官董裔入见道："崇威此来，看他语言举止，定有异谋。道路谣传，统说郭威已经称帝，陛下尚深入不止，未免少吉多凶！陛下有指挥使张令超护驾，何不召入与商，谕以祸福，令乘夜劫迫崇威，夺他部众，明日掠取睢阳金帛，北走晋阳，召集大兵，再行东下。想郭威此时，新定京邑，必无暇遣兵追袭，这乃是今日的上策呢！"赟犹豫未决。还应人做皇帝么？董裔叹息而出。赟夜不安枕，辗转筹思，才觉裔言有理。至天明宣召令超，哪知令超已为崇威所诱，不肯进见，眼见得大事已去了。

未几由冯道入见，奉上一书，乃是郭威寄赟，内言兵变大略，召道先归安抚，留王度、赵上交奉跸入朝。赟亦明知是郭威欺人，一时却不便说破。道竟开口辞行，赟始愀然道："寡人此来，所恃惟公，公为三十年旧相，老成望重，所以不疑。今崇威夺我卫兵，危在旦夕，问公何以教寡人？"还要自称寡人。道语带支吾，但云待回京后，抚定兵变，再行报命。赟部将贾贞在侧，瞋目视道，且举佩剑示赟，赟摇手道："休得草率！这事与冯公无涉，勿疑冯公。"实可杀却，何必放归。道乘势辞出，星夜驰回。未几即有太后诰命，传到宋州，由郭崇威赍诏示赟，令赟拜受。诰云：

> 比者枢密使郭威，志安社稷，议立长君，以徐州节度使赟，为高祖近亲，立为汉嗣，爰自藩镇征赴京师。虽诰命寻行，而军情不附，天道在北，人心靡东，适取改卜之初，俾膺分土之命。赟可降授开府仪同三司，检校太师上柱国，封湘阴公，食邑三千户，食实封五百户。钦哉唯命！

赟受诰后，面色如土。郭崇威更绝不容情，立迫赟出就外馆，不准逗留府署。董裔、贾贞，代抱不平，硬与崇威理论。崇威竟麾动部众，拿下二人，立即枭首。可怜这位湘阴公刘赟，鼻涕眼泪，流作一堆。没奈何迁居别馆，由崇威派兵监守，寸步难移。王度、赵上交，仍奉郭威命令，召还都中。

王峻等助威为虐，又遣申州刺史马铎，率兵诣许州，监制节度使刘信。信为刘知远从弟。曾任侍卫马军都指挥使，知远将殂，杨邠等出信镇许，不准入辞，信号泣而去。承祐嗣位，信任官如旧。及邠等被诛，信大集将佐，开宴庆贺，且与语道："我还道老天无眼，令我三年不能适意，主上孤立，几落贼手，今幸天日重开，贼臣授首，乐得与诸公畅饮数杯了！"既而邺军入都，承祐被弑，信又惶急无计，食不下咽。寻闻迎立刘赟，即命子往徐州奉迎。谁知一波未平，一波又起，马铎竟领兵到来，突然入城。信情急无聊，索性自尽了事。铎遣人复命。

王峻、王殷等，已为郭威除去二患，便于正月五日，迎威入都。一面胁令李太后下诰，把汉室所有国宝，悉数赍送郭威，威敬谨受诰。诰云：

邃古以来，受命相继，系不一姓，传诸百王。莫不人心顺之则兴，天命去之则废。昭然事迹，著之典书。予否运所丁，遭家不造，奸邪构乱，朋党横行，大臣冤枉以被诛，少主仓猝而及祸，人自作孽，天道宁论！监国威，深念汉恩，切安刘氏，既平乱略，复正颓纲。思固护于基扃，择继嗣于宗室。而狱讼尽归于西伯，讴歌不在于丹朱，六师竭推戴之诚，万国仰钦明之德。鼎革斯启，图箓有归。予作佳宾，固以为幸。今奉符宝授监国，可即皇帝位。于戏！天禄在躬，神器自至，允集天命，永绥兆民，敬之哉！

威受诰后，并接收国宝，便自皋门入大内，被服衮冕，御崇元殿，受文武百官朝贺。苏禹珪、窦贞固以下，联翩入朝，舞蹈山呼。就是历朝元老冯太师，自宋州驰归，也入殿称臣，躬与朝谒。不记当日受拜时耶！礼毕退班，即由新天子下诏道：

自古受命之君，兴邦建统，莫不上符天意，下顺人心。是以夏德既衰，爰启有商之祚，炎风不竞，肇开皇魏之基。朕早事前朝，久居重位。受遗辅政，敢忘伊、霍之忠，仗钺临戎，复委韩、彭之任。匪躬尽瘁，焦思劳心，讨叛涣于河、潼，张声援于岐、雍，竟平大憝，粗立微劳。才旋师于关西，寻统兵于河朔，训齐师旅，固护边陲。只将身许国家，不以贼遗君父。外忧少息，内患俄生。群小联谋，大臣遇害，栋梁既坏，社稷将倾。朕方在藩维，已遭谗构。逃一生于万死，径赴阙廷；枭四罪于九衢，幸安区宇。将延汉祚，择立刘宗，征命已行，军情忽变。朕以众庶所迫，逃避无由，扶拥至京，尊戴为主。谁为为之！孰令听之！重以中外劝进，方岳推崇，邑勉虽顺于众心，临御实惭于凉德。改元建号，祗率旧章，革故鼎新，宜覃沛泽。朕本姬氏之远裔，虢叔之后昆，积庆累功，格天光表，盛德既延于百世，大命复集于眇躬。今建国宜以大周为号，可改汉乾祐四年为周广顺元年。自正月五日昧爽以前，一应天下罪人，为常赦所不原者，咸赦除之。故枢密使杨邠，侍卫都指挥使史弘肇，三司使王章等，以劳定国，尽节致君，千载逢时，一旦同命，悲感行路，愤结重泉，虽寻雪于沉冤，宜更伸于渥泽，并可加等追赠，备礼归葬，葬事官给，仍访子孙叙用。其余同遭枉害者，亦与追赠。马步诸军将士等，戮力协诚，输忠效义，先则平夷内难，后仍推戴朕躬，言念勋劳，所宜旌赏。其原属将士等，各与等第，超加恩命，仍赐功臣名号。内外前任、现任文武官致仕官，各与加恩，如父母在未有恩泽者即与恩泽，已有恩泽者，更与恩泽；如亡没未曾追封赠者，更与封赠。一应天下州县所欠乾祐二年以前夏秋残税，并与除放。澶州已来官路，两旁共二十里内，得除放乾祐三年残税欠税。河北沿边州县，曾经契丹蹂践处，豁免逋欠，如澶州同。凡天下仓场库务，宜令节度使专切钤辖，掌纳官吏，一依省条指挥，无得收斗余秤耗。旧所进羡余物色，今后一切停罢。乘舆服御，宫闱器用，大官常膳，概从俭约。诸道所有进奉，只助军国之费，诸无用之物，不急之务，并宜停罢。帝王之道，德化为先，崇饰虚名，朕所不取。未必。今后诸道所有祥瑞，不得辄有奏献。古者用刑，本期止辟，今兹作法，义切禁非，宽以济猛，庶臻中道。今后应犯窃盗贼赃及和奸者，并依晋天福元年以前条制施行。罪人非叛逆，毋得诛及亲族，籍没家资。天下诸侯，皆有戚友，自可慎择委任，必当克效参裨。朝廷选差，理或未当，宜矫前失，庶叶通规。其先时由京差遣军将，充诸州郡都押牙，孔目官，内知客等，并可停废，仍勒却还旧处职役。近代帝王陵寝，令禁樵采，唐庄宗、明宗、晋高祖诸陵，各置守陵十户，汉高祖陵前，以近陵人户充署职员及守宫人，时日荐飨，并旧有守陵人户等，一切如故。仍以晋、汉之胄为二王后，委中书门下处分。值景运之方新，与天下为更始，兴利除弊，一道同风，朕实有厚望焉！此诏。

翌日再行视朝，派前曹州防御使何福进，权许州节度使；前复州防御使王彦超，擢徐州节度使；前澶州节度使李洪义，权宋州节度使。这三缺最是要紧。又越日上汉太后尊号，称为昭圣皇太后，徒居西宫。命有司择日为故主发丧，丧期已定，周主郭威，亲至西宫成服。祭奠举哀，辍朝七日。禁坊市音乐。追谥故主为汉隐帝，且遵古制殡灵七月，始遣前宗正卿刘皞，护灵輀，备仪仗，送葬许州。五代享年，汉祚最短，先后两主，仅得四年。汉前开封尹承勋，即于是年去世，追封陈王。汉大后又延寿三年，即显德元年。病殁宫中，祔葬汉高祖陵，这也不在话下。了结汉事。惟小子前叙郭威，只及官爵功勋，未曾叙及履历籍贯。此次郭威为帝，追尊四代。应将他少年家世，补叙明白。

威本邢州尧山人，父名简，曾为晋顺州刺史，被兵死难。威时仅数龄，随母王氏走潞州，母又道殁，赖姨母韩氏提携抚育，始得成人。潞州留后李继韬，即李嗣源子。招募壮士。威年方十八，依故人常氏家，闻命应募，编入行伍。素性好刚使气，不肯为人下。继韬爱他勇敢，就使逾法犯禁，亦特别贷免。尝游行市中，见有屠夫豪横武断，为众所惮，不由的愤怒起来。便呼屠割肉，稍不如意，便加呵叱。

屠夫坦腹相示道:"汝敢刺我否?"道言未绝,已被威剚刃入胸。市人大惊,拥威付吏,继韬不忍杀他,纵令亡去。嗣得友人李琼,授以《阃外春秋》,方折节读书,得谙兵法。娶同里女柴氏为妻,柴氏家颇殷实,所得嫁奁,易钱给威,令再出从军,乃走依汉高祖麾下,积功发迹,代汉为帝。追尊高祖璟为信祖,妣张氏为睿恭皇后;曾祖湛为僖祖,妣申氏为明孝皇后;祖蕴为义祖,妣韩氏为翼敬皇后;父简为庆祖,母王氏为章德皇后。夫人柴氏早卒,进册为后,谥曰圣穆。继室杨氏,也早病逝。再继室为张氏,自威出镇邺都,留张氏居京师,为刘铢所杀。子青哥、意哥,侄守筠、奉超、定哥,孙宜哥、喜哥、三哥,同时被屠。周主顾念前情,追封继室杨氏为淑妃,再继室张氏为贵妃;子青哥赐名为侗,追赠太保;意哥赐名为信,追赠司空;守筠改名为愿,追赠左领军将军;奉超赠左监门将军;定哥赐名为逊,赠左千卫将军;宜哥赠左骁卫大将军,赐名为谊;喜哥赠武卫大将军,赐名为诚;三哥赠左领卫大将军,赐名为诚。家属以外,进封故旧,高行周进位尚书令,仍封齐王;安审琦封南阳王,符彦卿封淮阳王,遣归原镇。王殷加同平章事职衔,充邺都留守,典军如故。前太师冯道为中书令弘文馆大学士,以司徒兼门下侍郎同平章事。前宰相窦贞固为侍中,兼修国史,苏禹珪守司空平章事。此外各晋爵有差。追封杨邠为恒农郡王,史弘肇为郑王,王章为琅琊郡王,召还郭崇威,令为洋州节度使,兼检校太保,曹威为荆州节度使,兼检校太傅,各领军如故。郭崇威避周主讳,省去威字,曹威易名为英。皇养子荣,闻镇邺有人,表请入觐,有旨不必来朝,调授澶州节度使,兼检校太保,封太原郡侯。

河东节度使刘崇,为赟生父,初闻故主遇害,拟发兵南向,继得赟入嗣消息,欣然说道:"我儿为帝,尚有何求?"遂按兵不进,但使人至郭威处,探明虚实。威少时微贱,尝在颈上黥一飞雀,时人号为郭雀儿。当时语河东来使道:"郭雀儿要做天子,也不待今日了!"继又自指颈上,示来使道:"世上岂有雕青天子?请转告刘公,不必多疑。"来使便即辞行,返报刘崇,崇益喜慰。独太原少尹李骧进言道:"公休信郭威,看他志不在小,必将自取。请公速引兵逾太行,据孟津,俟徐州殿下即位,然后还镇,方不为他所卖。"崇拍案大怒道。"腐儒欲离间我父子么?左右快推出斩首!"良言不用,枉送儿命。还要杀死李骧,真是愚悖。骧大呼道:"我负经济才,为愚夫谋事,死也应该!但家有老妻,愿与同死!"崇闻言益怒,竟令属吏捕取骧妻,一同处斩。

及赟既见废,被锢宋州,乃遣徐州押牙巩廷美,奉表周廷,求赟调藩。为这一表,要将赟送到枉死城中去了。小子有诗叹道:

不听忠言错已成,归藩一表促儿生;

雕青天子欺人惯，肯使湘阴入汴京！

欲知周主如何答复，请看下回便知。

刘赟以旁支入承正统，本非创闻；但内有郭威之专政，即令赟得入都，果嗣大位，能保威之不为曹丕、刘裕乎？为赟计，能辞则辞，不能辞，亦当向河东请兵，作为声援，自率大军诣阙，则郭氏或尚不敢动。至行抵宋州，受逼郭崇威，即从董裔言，遁归晋阳，已非上策。乃犹迁延不决，不死奚待乎？郭威入都称帝，易汉为周，新制下颁，犹存礼义，较之梁、唐、晋、汉，似进一筹，然亦由文字之优长，始觉规模之粗备。五季以乱易乱，文学寖衰，不值一盼，有范质以振兴之，始稍见右文之治。文事盛而武力绌，正天之所以开赵宗也。否则军阀骄横，兵争益甚，大乱果何日靖乎？

第十八回

陷长沙马希萼称王　攻晋州刘承钧折将

却说周主郭威，接到巩廷美来表，踌躇一回，特想出数语，作为答复河东文书。大略说是：

> 湘阴公近在宋州，正拟令搬取赴京，但勿忧疑，必令得所。惟公在彼，固请安心，若能同力扶持，别无顾虑，即当便封王爵，永镇北门，铁契丹书，必无爱惜！特此复谕。

巩廷美接得复文，转达刘崇，且言周主多诈，不可不防。请即发兵援徐，愿与教练使杨温，固守徐州，静待后命。刘崇得报，也欲称帝晋阳，与周抗衡，一时无暇遣援。哪知巩廷美、杨温二人，已奉刘赟妃董氏为主，仍张汉帜，不服周命。周主遣新授节度使王彦超，率兵驰诣徐州，且遗湘阴公刘赟书，令他转示廷美等人，嘱使静候新节度使入城，各除刺史。刘尚依言致书，嘱巩、杨迎王彦超，巩、杨不肯从命，一意拒守。王彦超到了城下，射书谕降，仍然不从，乃督兵围攻。巩、杨二将，日夜戒备，专待河东援兵。

河东节度使刘崇，决计抗周，就在晋阳宫殿中，南面称帝。国仍号汉，沿用乾祐年号，据有并、汾、忻、代、岚、宪、隆、蔚、沁、辽、麟、石十二州，命节度判官郑珙，观察判官赵华，同平章事，次子承钧为侍卫亲军都指挥使兼太原尹，副使李存瓌为代州防御使，裨将张元徽为马步军都指挥使，陈光裕为宣徽使。存瓌、元徽等，请建立宗庙，崇慨然道："朕因高祖皇帝的基业，一旦坠地，不得已南面称尊，权承汉祚。究竟我是何等天子，尔等是何等将相呢？宗庙且不必立，但如家人祭礼，延我宗祀。得能规复中原，再修庙貌，妥我先灵，也未为迟哩。"将吏方才罢议。惟河东地窄民贫，岁入无多，百官俸给，不得不格外减省，宰相俸钱，月止百缗，节度使月止三十缗，此外惟薄有资给罢了。历史上称崇为东汉，或号为北汉，免与南汉相混。小子因南北分称，容易记忆，故此后叙及河东，概以北汉为名。叙事明析。

北汉主称帝这一日，就是湘阴公赟毕命的时期。当时来州节度使李洪义，讣报周廷，只说是刘赟暴亡。后来《涑水通鉴》司马光著。《紫阳纲目》朱熹著。大书特书云："周主威弑湘阴公赟于宋州。汉刘崇称帝于晋阳。"可见得刘赟暴亡，实是李洪义密奉主命，暗中下手。且直书为弑，令郭威更无从躲闪，所以千秋万世，统称他是直笔呢。引古为证，取义谨严。

闲文少表，且说周主郭威即位，颁诏四方，荆南节度使高保融，首先表贺。且报称去年十一月间，郎州节度使马希萼破潭州，十二月缢杀楚王马希广，自称天策上将军武安、武平、静江、宁远等军节度使嗣楚王。周主郭威，因国家初定，无暇南顾，但优旨嘉奖高保融，加封勃海郡王。但高保融奏报楚事，仅据纲领，欲知详细，还须另行叙明。

自楚王马希广，出师屡败，益阳失守，长沙吃紧，希萼大举入寇，希广向汉告急，汉适内乱，不遑出援。应四十四回。希萼知希广势孤，急引兵进攻岳州，刺史王赟登城坚拒，无懈可击。希萼在城下呼赟道："公非马氏旧臣，不事我，反欲事异国么？既为人臣，独怀二心，岂非贻辱先人！"赟从容答道："亡父为先王将，亦破淮南兵，今大王兄弟构兵，适贻淮南厚利，且先王破淮南，后嗣臣淮南，贻辱何如！大王诚能释憾罢兵，不伤同气，斌愿尽死事大王兄弟，怎敢别生二心！"希萼闻言，颇也知惭，引兵转趋长沙。部将朱进忠，已自益阳攻陷玉潭，再与希萼会师，屯兵湘西。

希广令刘彦瑫召集水师，与水军指挥使许可琼，率战舰五百艘，守城北津，迤及南津，独派庶弟希崇为监军。前已有人请诛，置诸不理，此时更派作监军，痴极笨极！又遣马军指挥使李彦温，领骑兵屯驼口，扼住湘阴路，步军指挥使韩礼，率步兵屯杨柳桥，扼住栅路。与希萼相持数日，胜负未决。强弩指挥使彭师暠，登城西望，入白希广道："朗人骤胜致骄，行列未整，更有蛮兵夹入，益见喧嚣。若假臣步卒三千，从巴陵渡江，绕出湘西，攻敌后面，再令许可琼带领战舰，攻敌前面，背腹夹攻，不怕敌人不走。一场败北，将来自不敢轻入了。”此计甚妙。希广却也称善，便召可琼入议。哪知可琼已阴与希萼密约，分治湖南，至是闻师暠计议，反瞠目伸舌道：“这是危道，决不可从，况师暠出身蛮都，能保他不生异心么？”自己通敌，还说别人难恃，此等人安可不杀！希广乃止。且命诸将尽受可琼节制，日给可琼五百金。可琼时常闭垒，不使士卒知朗军进退，或且诈称巡江，与希萼密会水西，愿为内应。希广反叹为良将，言听计从。彭师暠闻可琼通敌，入谏希广道：“可琼将叛，国人尽知，请速加诛，毋贻后患！”希广叱道：“可琼世为楚将，岂有此事！”师暠退出，喟然长叹道：“我王仁柔寡断，败亡可立俟呢！”

已而长沙大雪，平地积四尺许。两军苦不得战，希广迷信僧巫，抟土作鬼神形，举手指江，谓可却退朗人。又命众僧日夜诵经，向佛祷告，希广也披缁膜拜，高念宝胜如来，声彻户外。是谓祈死。朗州步军指挥使何敬真，乘雪少霁，即率蛮兵三千，迫韩礼营，阴遣小校雷晖，冒充长沙兵士，混入礼寨，用剑击礼。礼骇走狂呼，一军惊扰，敬真乘乱掩入，立将礼营捣破。礼军大溃，礼受创奔回，越日毙命。于是朗兵水陆齐进，急攻长沙。长沙某军指挥使吴宏，与小门使杨涤相语道：“强敌凭陵，城且不保，我等不效死报国，尚待何时？”遂各引兵出战，宏出清泰门，涤出长乐门。统怒马争先，以一当十，奋斗至三四时，朗兵少却。刘彦瑫与许可琼，袖手旁观，并不出援。宏士卒饥疲，先退入城，涤亦还军就食。

朗兵复竞进扑城，彭师暠挺槊突出，与朗兵交战城北，未分胜负。朗将朱进忠带引蛮众，至城东纵起火来，城上守兵，为烟雾所迷，不免惊惶，忙招许可琼军，令他救城。可琼竟举军降希萼。守兵见可琼降敌，当然惊乱，朗兵遂一拥登城，长沙遂陷。希广亟带领妻孥，走匿慈堂。朗兵及蛮兵，杀官民，焚庐舍，彻夜不休。自马殷立国后，所积珍宝，尽被夺散。宫殿屋宇，统成灰烬，闹得人声鼎沸，烟焰迷离。

李彦温尚屯兵驼口，望见城中火起，急引兵还援。至清泰门，朗人已据城拒战，矢石交下，正拟冒险进攻，忽有千余人绕城而来，统是神色仓皇，备极狼狈。为首的且凄声呼道：“李将军快寻生路罢！”彦温瞧着，正是刘彦瑫，便问主子如何？彦瑫道：“不知下落；我已觅得先王及今王诸子，从旁门逃出，幸与君相遇，正好结伴同奔，朗兵厉害得很，若不急走，恐一经追杀，必无噍类了！”彦温被他一吓，也觉惊慌，遂与彦瑫等同奔袁州，转降南唐。

希萼入城后，即与希崇相见，希崇率将吏进谒，上书劝进。吴宏战血满袖，顾视希萼道：“我不幸为许可琼所误，今日虽死，地下也好对先王了！”彭师暠投槊地下，大呼道："师暠不降，情愿请死！"希萼叹道："这可谓铁石人了！"纵令自便，不欲加诛。也是保全忠臣，却是难得。希崇遂导希萼入府视事，闭城搜捕希广夫妇，及掌书记李弘皋、弘节，都军判官唐昭胤，学士邓懿文，小门吏杨涤等，先后拘至，尽作俘囚。

希萼首问希广道："你我承父兄余业，难道不分长幼么？"希广流涕道："将吏见推，朝廷见命，所以权受，并非出自本心。"希萼也不禁恻然，便顾左右道："这是钝夫，怎能作恶？徒受群小欺蒙，因致如此。"遂命牵往狱中。嗣讯弘皋、弘节等，多半说是先王遗命，不肯伏罪，惹得希萼怒起，命将弘皋、弘节、唐昭胤、杨涤四人，绑出府门，凌迟处死，分饷蛮军。邓懿文少说数语，总算从宽一线，枭首市曹。似此残忍，何能久享！遂自称天策上将军武安、武平、静江、宁远等军节度使，嗣爵楚王。授希崇节度副使，判军府事，其余要职，悉用朗人充任。

越日，语将吏道："希广懦夫，受制左右，我欲使他不死，汝等以为然否？"诸将皆不敢对，独朱进忠尝为希广所笞，乘此报怨，奋然进言道："大王血战三年，始得长沙，一国不容二主，今日不除，他日悔无及了！"乃命牵出勒死。希广临刑，尚喃喃诵佛书，至死才觉绝口。希广妻捶毙杖下，彭师暠不忘故主，棺殓希广，瘗诸浏阳门外，后人号为废王冢。希萼命子光赞为武平留后，遣何敬真为朗州都指挥使，统兵戍守，且因故学士拓拔恒，曾劝希广让国，召令复职。恒称疾不起，希萼亦无可如何。

未几令掌书记刘光辅入贡南唐，唐王璟命右仆射孙晟，客省使姚凤为册礼使，册封希萼为楚王。希萼又令光辅报谢，唐主厚待光辅，并问湖南情形。光辅密奏道："湖南民疲主骄，陛下若发兵往取，易如反掌呢。"又是一个卖国臣。唐主乃命都虞侯边镐为信州刺史，屯兵袁州，渐渐的谋吞湖南了。

南方正扰攘不休，北方亦兵戈迭起。北汉主刘崇，闻赟死人手，向南大恸道："我悔不用忠臣言，致伤儿命！"遂命为李骧立祠，岁时致祭。一面整兵缮甲，锐意复仇。可巧辽将潘聿捻，奉辽主命，贻书崇子承钧，通问国情。刘崇即使承钧复书，略说本朝沦亡，因袭帝位，欲循晋室故事，求援北朝。聿捻转报辽主，辽主兀欲，得了复书，当然欣允，发兵屯阴地、黄泽、团柏，遥作声援。刘崇即命皇子承钧为招讨使，白从晖为副，李存瓌为都监，统兵万人，分作五道，出攻晋州。

晋州节度使王晏，闭门不出，城上旗帜兵仗，亦散乱不整。承钧还道他是不能拒守，饬兵士蚁附登城。不料一声鼓响，那堞内伏兵，霎时齐起，挟着硬弓毒矢，接连射下，还有长枪大戟，巨斧利矛，钩的钩，斫的斫，把北汉兵杀伤无数，承钧忙鸣金收军，退出濠外。王晏竟驱兵杀出，前来追击，承钧哪里还敢恋战，麾兵急奔，跑了十多里，方不见有追兵，择地下寨。招集散卒，死伤已千余人，并失去副兵马使安元宝，不知是否阵亡，后经探骑报闻，才知元宝被擒，投降晋州了。

承钧且惭且愤，移攻隰州，行至长寿村，突遇隰州步军指挥使孙继业，从刺斜里杀将出来，顿使承钧又吃一大惊，前锋牙将程筠，不管好歹，竟挺枪跃马，出战继业，两马相交，双枪并举。约有一二十合，被继业大喝一声，把程筠刺落马下。隰州兵捉住程筠，立刻斩首，枭示军前。承钧大怒，麾兵前斗，要与继业拼命。偏继业刁猾得很，率军急退，竟回入城中去了。承钧追至城下，城上早已准备，由隰州刺史许迁，亲自督守，再加孙继业登陴相助，里守外攻，约过了数昼夜，北汉兵毫无便宜，反伤亡了许多人马，只好一齐退去。北汉兵两次败退，这叫作出手就献丑。

北汉主刘崇，接得败报，正在焦灼，怎奈不如意事，接踵而来。徐州一城，被周将王彦超陷入，杀死巩廷美、杨温，只湘阴公夫人董氏，还算由周主特恩，安抚保护，未曾殉难。徐州事虽用带笔，恰是毫不渗漏。崇忧愤交并，立遣通事舍人李𬮭，赴辽乞援。辽主兀欲，本来是用两头烧通的计策。当周主郭威称帝时，已从饶阳回师，应四十六回。派番将朱宪奉书周廷，称贺即位，周廷亦遣尚书右丞田敏报聘。此次联络北汉，明明使他鹬蚌相争，自己好做个渔翁。至李𬮭到辽乞师，兀欲尚不肯发兵，先遣使臣拽剌梅里，与𬮭同诣北汉，捏称周使田敏，已约输岁贡十万缗。刘崇不禁情急，忙使宰相郑珙，赍着金帛，与拽剌梅里同往，纳赂辽主。国书中且自称侄皇帝，致书于叔天授皇帝，见四十回。请行册礼。辽主兀欲，喜如所愿，厚待郑珙，日夕赐宴，珙在途已感受风寒，禁不起肉酪厚味，一夕宴毕归馆，竟致暴亡。兀欲发还珙丧，并遣燕王述轧，一作舒斡。政事令高勋，同至北汉，册封刘崇为大汉神武皇帝，妃为皇后。刘崇情急求人，也顾不得甚么屈膝，只好对着辽使，拜受册封，改名为旻，令学士卫融等，诣辽报谢，乞即济师。

辽主召集诸部酋长，拟即日大举，援汉侵周，诸部酋长多不愿南行。兀欲强令从军，自督部众至新州。驻宿火神淀，夜间忽遭兵变，由燕王述轧，及伟王子呕里僧为首，持刀入帐，竟将兀欲劈死。也有此日。

辽太宗德光子齐王述律，亦作舒噜。在军闻变，走入南山。述轧即自立为帝，偏各部酋长不乐推戴，情愿往迎述律，攻杀述轧及呕里僧。述律乃自火神淀入幽州，即辽主位，号天顺皇帝，改元应历，当下为故主兀欲发丧，并遣使至北汉告哀。

刘崇派枢密直学士王得中等，贺述律即位，且吊兀欲丧，仍称述律为叔，请兵攻周。述律素好游畋，不亲政事，每夜酣饮，达旦乃寐，日中方起，国人号为睡王。北汉乞援再四，方遣彰国军节度使萧禹厥，统兵五万，与北汉会师，自阴地关进攻晋州。

五代

时晋州节度使王晏，与徐州节度使王彦超对调，晏已离镇，彦超未至。巡检使王万敢权知晋州军事，与龙捷都指挥使史彦超，虎捷都指挥使何徽，募兵拒守。辽兵五万人，北汉兵二万人，共至晋州城北，三面营垒，日夜攻扑。王万敢等多方抵御，且飞使至大梁求援。周主郭威，命王峻为行营都部署，发诸道兵授晋州，威自至西庄饯行，亲赐御酒三卮，峻饮毕拜别，上马径去，驰至陕州，留军不进。周主闻报，免不得遣使促行，并欲督师亲征。正是：

将军故意留西鄙，天子劳心欲北征。

究竟王峻何故逗留，待至下回表明。

希广不能让兄，又不能拒兄，潭州之陷，戚本自诒，况忠如彭师暠而不用，奸如许可琼而独任，迷信僧巫，至死且讽诵佛经，愚昧至此，安能不亡？若希萼之加刃同胞，脔食旧臣，残忍太甚，几何而不俱灭也！刘崇不从李骧之言，以致刘赟死于非命，虽悔奚追，厥后甘心事狄，出师屡败，欲泄忿而不得，欲报怨而未能，乃知失之毫厘，谬以千里，天下之不听忠言，自致危祸者，皆类是耳。特揭出之以为后世鉴云。

五代

第十九回

降南唐马氏亡国　征东鲁周主督师

却说王峻留驻陕州，并非故意逗挠，他却另有秘谋，不便先行奏闻。周主郭威，闻报惊疑，拟自统禁军出征，取道泽州，与王峻会救晋州。一面遣使臣翟守素，往谕王峻，峻与守素相见，屏去左右，附耳密语道："晋州城坚，可以久守。刘崇会合辽兵，气势方锐，不可力争，峻在此驻兵，并非畏怯，实欲待他气馁，然后进击，我盛彼衰，容易取胜。今上即位方新，藩镇未必心服，切不可轻出京师！近闻慕容彦超据住兖州，阴生异志，若车驾朝出汜水，彦超必暮袭京城，一或被陷，大事去了！幸转达陛下，勿生他疑！"守素唯唯遵教，即日驰还京城，报知周主郭威，威闻言大悟，手自提耳道："几败我事！"遂将亲征计议，下敕取消。郭雀儿亦有失策时耶？

是时已为广顺元年十二月，天气严寒，雨雪霏霏。峻乃下令各军，速即进发，到了绛州，也无暇休息，便语都排阵使药元福道："晋州南有蒙阬，地最险恶，若为敌兵所据，阻我前进，却很费事。汝引部卒三千，赶紧前行，得能越过蒙阬，便可无忧了！"元福应命前驱，冒雪急进，到了蒙阬相近，见地势果然险恶，幸无敌兵把守，便纵马飞越，出了蒙阬，方才扎住。令部校回报王峻，峻私喜道："我事得成了！"因即麾军继进，过了蒙阬径路，与药元福相会，向晋州进兵。

北汉主刘崇，及辽将萧禹厥，正虑攻城不下，粮食将尽，更兼大雪漫天，野无所掠，未免智穷力尽，日思退归。忽接哨骑探报，知王峻已逾蒙阬，不由的心惊胆战，立命烧去营垒，夤夜返奔。至王峻到了晋州，敌兵早遁。城内王万敢、史彦超、何徽等，出迎王峻，导入城中。彦超便禀王峻道："寇兵虽去，相距未远，若使轻骑追击，必得大胜。"峻答说道："我军远来劳乏，巨休养一宵，明日再议。"彦超乃退。翌晨值峻升厅，彦超又来禀白，药元福等亦从旁怂恿，峻乃令药元福统兵，与指挥使仇弘超，左厢排阵使陈思让、康延诏，策马出追，驰至霍邑，追及敌众，便奋击过去。敌军后队，统是北汉兵，一闻追兵到来，都越山四跑，急不择路，或坠崖，或堕谷，死了无数。元福催后军急进，偏偏延诏懦怯，沿途逗留，且语元福道："地势险窄，恐有伏兵，且回兵徐图进取。"元福忿然道："刘崇挟胡骑南来，志吞晋绛，今气衰力惫，狼狈遁还，不乘此时扫灭，必为后患。"言未已，那王峻遣人到来，说是穷寇勿追，饬令回军，元福长叹数声，收军而还。王峻亦非真良将。

辽兵还至晋阳，人马十丧三四，萧禹厥自耻无功，诿罪一部酋，钉死市中。刘崇亦丧兵无数，复因辽兵归去，不得不界他厚贶，害得府库空虚，人财两失，只好付诸一叹，缓图报怨罢了。智力原不及郭威。

且说楚王马希萼，得据长沙，刑戮无度，已失人心。更且纵酒荒淫，尽把军府政事，委任希崇。小门使谢彦颙，系家僮出身，面目清扬，姣如处女，希萼很是宠爱，尝令与妃嫔杂坐，视同男妾。不怕作元绪公么？彦颙恃宠生骄，凌蔑大臣，就是手握大权的王弟希崇，他亦未加尊敬，或且拊肩搭背，戏狎靡常，希崇引为恨事。向例王府开宴，小门使只能伺候门外，希萼独使彦颙与座，甚至列诸将上，诸将亦愤愤不平。希萼因府舍被焚，命朗州指挥使王逵，副使周行逢，率部曲千余人修葺府署，执役甚劳，毫无犒赐。士卒统有怨言，逵与行逢密语道："众怒已深，不早为计，祸将及我两人了！"遂率众逃归朗州。

希萼沉醉未醒，左右不敢白，越宿始报知希萼。希萼大怒，立遣指挥使唐师翥，领兵往追，直抵朗州城下，被王逵等伏兵邀击，士卒尽死，师翥孑身逃归。逵入朗州城，逐去留后马光赞，别奉希萼兄子光惠知朗州事，寻且立为节度使。光惠愚懦嗜酒，不能服众。逵与行逢，商诸朗州戍将何敬真，废去光惠，推立辰州刺史刘言，权知留后，逵自为副使。因恐希萼往讨，特向南唐求请旌节，唐主不许。乃奉表周廷，自称藩臣，周主也不给复谕，置诸不闻。

希萼本与许可琼密约，分治湖南，及攻入潭州，背约食言，且恐可琼怨望，暗通朗州，遽出为蒙州刺史。一面派马步指挥使徐威，左右军马步使陈敬迁，水军指挥使鲁公绾，牙内侍卫指挥使陆孟俊，率兵出城西北隅，立营置栅，预备朗兵。

徐威等劳役经旬，并未抚问，免不得怨声又起。希崇已知众怒，未尝进谏。一日希萼置酒端阳门，宴集将吏，徐威等不得预宴，希崇亦称疾不至，威等遂共谋作乱。先使人驱踶啮马数十匹，闯入府署。自率徒众持械相随，待马奔入府中，即托言縶马，掩入座上，纵横击人，颠踣满地，希萼骇奔，逾垣欲走，被威等追及，缚置囚车，并执小门使谢彦颙，自顶至踵，剉成齑粉。南风不竞，致罹此祸。遂推希崇为武安留后，大掠两日，方才安民。

希崇欲借刀杀人，特令彭师暠押住希萼，解往衡山县锢禁，随时管束。希萼已去，随接到朗州檄文，数希崇篡逆罪状，希崇方觉心惊。忽又闻朗州留后刘言，派马步军至益阳，将逼潭州，顿时仓皇失措，急发兵二千往御，且遣人赴朗州求和，愿为邻藩。平时很是刁滑。此时奈何若此。刘言见了潭使，颇费踌躇，掌书记李观象进议道："希萼旧将，尚在长沙，必不欲与公为邻，公不若先檄希崇，令他取各首来献，然后可和。希崇若从此议，取湖南如反掌了。"言依议而行，即令潭使返报，果然希崇畏言，杀死希萼旧臣杨仲敏、魏光辅、魏师进、黄勍等十余人，函首送朗州，派前辰阳令李翊为使。翊至朗州纳入首级，统已血肉模糊，不可辨认。言与王逵，遂说他以伪冒真，呵叱李翊。翊且愤且惧，撞死阶下。言也为心动，暂许希崇和议，调回益阳等军。希崇闻朗军调回，安然无忌，乐得纵情酒色，终日寻欢。不意彭师暠押送希萼，到了衡山，竟与衡山指挥使廖偃，共立希萼为衡山王，改县为府，断江立栅，编竹成战舰，居然与希崇为敌。这都是希崇弄巧成拙，反害自身！原来师暠受希崇差遣，明知是借刀杀人，及与廖偃相见，慨然与语道："要我弑君，我却不愿，宁可以德报怨，不甘枉受恶名！"廖偃也以为然，即与师暠拥立希萼，召募徒众，旬日间得万余人，且遣判官刘虚己，向唐乞援。师暠以德报怨，已属矫枉过正，更且引敌亡楚，尤觉失策。

希崇得悉此变，也遣使奉表唐廷，请兵拒朗。唐主璟立命袁州戍将边镐，西趋长沙。楚将徐威等又欲杀希崇，被希崇先期察觉，左思右想，无可为计，只好赶紧迎镐，尚可自全。忽闻镐军已至醴陵，适如所望，急发库款犒军。去使回报希崇，传述镐言，谓此来拟平楚乱，并非代灭朗兵，如欲自保，速即迎降。希崇听了，半晌无言，嗣且泪下。没奈何迫令前学士拓跋恒，奉笺镐军，情愿降唐。恒怅然道："我久不死，徒为小儿等赍送降表，岂不可叹！"乃诣镐军请降。究竟贪生。

镐率兵抵潭州，希崇率弟侄出城，望尘迎拜。镐下马宣慰，与希崇等同入城中，寓居浏阳门楼，湖南将吏，相率趋贺，镐即发湖南仓库，取出金帛粟米，金帛给将吏，粟米赈饥民，阖城大悦。慷他人之慨，何乐不为。唐武昌节度使刘仁赡，乘势取岳州，安抚吏民，舆情翕然。

捷报驰入金陵，唐百官额手称庆，独起居郎高远道："乘乱取楚，原是容易，但观统兵各将，均非良才，恐易取却难守哩。"为后文伏线。唐主璟独喜出望外，授边镐为武安节度使，征马氏全族入朝。希崇不欲东行，聚族相泣，并愿重赂边镐，令他代为奏请，仍准留居长沙。镐微笑道："我朝与公家世为仇敌，屈指将六十年，但未尝大举入境，欲灭公家。今公兄弟阋墙，穷蹙乞降，这是天意欲归我朝。公若再图反复，恐人肯恕公，天也未必肯恕公了！"可作世人棒喝。希崇无词可答，只得挈领宗族，及将佐千余人，号哭登舟，共赴金陵。谁叫你陷害骨肉？

马希萼据住衡山，还想经略岭南，特命龙峒戍将彭彦晖，移屯桂州，桂州节度副使马希隐，系是马殷少子，不愿彦晖前来，急檄蒙州刺史许可琼，同拒彦晖。可琼引兵趋桂州，与希隐合兵，杀退彦晖。彦晖奔回衡山，希萼大惊。适唐将李承戬，奉边镐命，引兵数千至衡山，促希萼入朝金陵，逼得希萼忧上加忧。就是廖偃、彭师暠，也想不出救急方法，索性投顺南唐，乃是无策中的一策，乃与希萼沿江东下，往朝南唐。

先是湖南有童谣云："鞭打马，马急走！"至是果验。马希隐闻二兄降唐，还想据守岭南，负嵎自固，偏南汉主刘晟，遣内侍吴怀恩入境，先乘虚袭入蒙州，继乘胜进逼桂州。希隐与许可琼，保守不住，乘夜斩关，带领遗众，向全州遁去。吴怀恩得了蒙、桂，复略定连、梧、严、富、昭、流、象、龚等州，于是南岭以北属南唐，南岭以南属南汉。只有朗州一隅，尚为刘言所据，但亦不复属马氏。自马殷据有湖南，至希崇降唐，共得六主，合成五十六年。

希萼兄弟，先后至金陵。唐主璟嘉他恭顺，命希萼为江南西道观察使，驻守洪州，仍封楚王。希崇为永泰军节度使，驻守扬州。其余湖南将吏，以次拜官，且因廖偃、彭师暠二人，忠事故王，特授偃为左殿直军使兼莱州刺史，师暠为殿直都虞侯。湖南刺史，俱望风朝唐。最可惜的是前岳州刺史王赟，至此已改调永州，独伤心故国，不忍降唐。经唐廷一再征召，勉强入觐。唐主璟责他后至，赐鸩而死。人生到此，天道难论，这叫做有幸有不幸呢！褒贬咸宜。

南唐既并有湖南，复议北略。参军韩熙载，入任户部侍郎，独上书谏阻道："郭氏奸雄，不亚曹、马，得国虽浅，守境已固。我若妄动兵戈，恐不独无成，反且有害呢！”唐主璟乃罢兵不发。偏是兖州节度使慕容彦超，叛周起兵，向唐求援，遂令唐主璟触动雄心，出兵五千人，令指挥使燕敬权为将，往援彦超。从南唐出援，接入彦超叛周事，绾合无痕。彦超自汴京逃归，心常疑惧，昼夜不安，特遣人贡献方物，自表歉忱，探试周主意向。周主加授彦超为中书令，并遣翰林学士鱼崇谅，至兖州传旨抚慰。略云：

向以前朝失德，少主用谗。仓猝之间，召卿赴阙，卿即奔驰应命，信宿至京，救国难而不顾身，闻君召而不俟驾。以至天亡汉祚，兵散梁郊，降将败军，相继而至，卿即便回马首，径返龟阴。为主为时，有终有始，所谓危乱见忠臣之节，疾风知劲草之心。若使为臣者皆复如是，则有国者谁不欲大用斯人！朕潜龙河朔之际，平难浚郊之时，缘不奉示谕之言，亦不得差人至行阙。且事主之道，何必如斯？若或二三于汉朝，又安肯效忠于周室，以此为惧，不亦过乎？卿但悉力推心，安民体国，事朕之节，如事故君，不惟黎庶获安，抑亦社稷是赖！但坚表率，未易替移，由衷之诚，言尽于此，卿其勿疑！

彦超得了此谕，心终未释；且闻刘赟暴死，益不自安。募壮士。蓄刍粮，购战马，潜使人通书北汉，为关吏所获，奏报周廷。周主郭威，命中书舍人郑好谦，申谕彦超，与订誓约。彦超始终未信，特令都押牙郑麟诣阙，伪输情款，实觇机事。又捏造天平节度使高行周书，说是约他造反，因此出首。周主郭威，披书审阅，语多指斥朝廷，不禁微笑道：“鬼蜮伎俩，怎能欺人！”遂将书颁示行周，行周果然奏辩，兼且谢恩。周主即遣閤门使张凝，领兵赴郓州，为行周助守。彦超计不得逞，复表请入朝，竟由周主允准。未几又得彦超复奏，伪称境内多盗，不便离镇。周主付诸一笑，但待他发难，兴师问罪便了。并非姑息养奸，实是请君入瓮。

好容易过了一载，已是广顺二年。彦超召乡兵入城，引泗水注入城濠，预备战守。且令部吏伪扮商人，混入南唐，求请援师。一面募集群盗，剽掠邻境。寻得朝廷诏敕，命沂、密二州，不复属泰宁军。彦超怎肯失去二州，决计抗命。判官崔周度谏阻道：“东鲁素习诗书，自伯禽周公子。以来。不能霸诸侯，但用礼仪守国，高可长世。况公对朝廷，并无私憾，何必自疑？主上又再三谕慰，公能撤备归诚，定可长享富贵，安如泰山。公岂不闻杜重威、李守贞故事，奈何自取灭亡呢？”彦超不从，竟尔叛周。周主命侍卫步军都指挥使曹英，为兖州行营都部署，齐州防御使史彦韬为副，皇城使向训为都监，陈州防御使药元福为都虞侯，东讨彦超。

彦超闻周廷出师，忙遣人南行，约唐夹攻。唐将燕敬权已到下邳，恐寡不敌众，退屯沭阳。不料徐州巡检使张令彬，潜师袭击，捣破唐营，竟将燕敬权活捉了

五代

去，献入周廷。周主郭威，欲藉此笼络南唐，命将敬权释缚，赐他衣服金帛，放归本土。敬权感泣谢罪，周主面谕道："奖顺除逆，各国从同，难道江南独异致么？我国贼臣，据城肆逆，殃及万民，尔国乃出助凶逆，诚为不解。尔可归语尔主，勿再失算！"敬权应命辞行，返报唐主。唐主也觉感激，不敢再援彦超。

彦超失一大援，不得已登城守御。曹英等到了城下，猛攻不克，乃筑垒围城。可巧王峻自晋州还师，也由周主拨至兖州。彦超见周军迭至，很是心慌，屡率壮士出城突围，统为药元福所败，只好闭城固守。周军四面围住，困得兖州水泄不通。自春至夏，守兵疲敝不堪。彦超因库资告罄，令大刮民财，犒赐守兵。前陕州司马阎弘鲁，倾资出献，彦超尚说有私藏，命崔周度至弘鲁家，实行搜刮。到处搜遍，毫无所得，乃返报彦超。彦超斥周度包庇弘鲁，俱令下狱。适弘鲁家有乳母，从泥土中拾得金缠臂，献与彦超，欲赎弘鲁。彦超益恨弘鲁藏金，遣军校搒掠弘鲁夫妇，硬要他献出私藏。可怜弘鲁夫妇，无从取献，宛转哀号，同毙杖下。死在眼前，还要这般毒虐。周度连坐处斩。看官听着！这周度坐罪，尚不是全为弘鲁，大半由前日忠谏，触怒彦超，所以遭此奇祸呢。

周主郭威，因兖州久攻未下，下诏亲征。命李谷、范质同平章事。留李谷权守东京，兼判开封府事，进郑仁诲为枢密使，权充大内都点检，郭崇充在京都巡检。布置已定，乃自京城出发，直抵兖州。先令人招谕彦超，守卒出言不逊，始督诸军进攻。诸军因御驾亲监，当然冒险进取，伐鼓渊渊，振旅阗阗，有分教：一座坚城，从此崩陷，凶狡贪横的慕容彦超，要全家诛戮了。小子有诗叹道：

休笑人家尽懦夫，蛮横到底伏天诛！
试看身首分离日，谁惜昂藏七尺躯！

欲知攻克兖州情形，下回再行续叙。

古人有言，家必自毁而后人毁之，国必自伐而后人伐之。观马氏兄弟之阋墙构衅，遂致全国让人，举族入唐，边镐兵不血刃，即得三楚，非马氏之自致覆亡，曷由致此！阅边镐言，凡天下之兄弟不和者，亦曷不亟自猛省也！慕容彦超，有勇无谋，亡汉不足，反欲叛周。周主郭威，再三慰谕，始终不从，甚且杀崔周度，毙阎弘鲁，如此凶戾，不死何为？乃知马希崇之覆国，与慕容彦超之亡家，无在非自取也。

第二十回

逐边镐攻入潭州府　拘刘言计夺武平军

却说慕容彦超，困守兖州，已是经穷力竭。并且素性贪吝，所刮民财，半犒兵士，半充囊橐，因此士无斗志，相继出降。周主郭威，又亲至城下，督军猛攻，眼见得保守不住，彦超无法可施，竟至镇星祠中，禳灾祈福。这镇星祠乃是何神？原来彦超将反，有术士占验天文，谓镇星行至角亢，角亢为兖州分野，当邀神祐。彦超信为真言，特设一祠，令民家遍立黄幡，每日一祭。此时穷蹙无计，不得不仰求星君。蓦闻城被摧陷，急忙出祠督战，那周军似潮冲入，怎能招架得住？巷战良久，手下兵皆溃散。再奔至镇星祠旁，放起一把无名火，将祠毁去，然后驰入府署，挈妻投井，顷刻溺毙。子继勋率残众五百人，出奔被擒，立即磔死。彦超枭尸，所有家族，悉数诛夷。应该如此。兖州平定，周主留端明殿学士颜衎，权知兖州军府事，降泰宁军为防御州，并欲尽诛彦超将使。翰林学士窦仪，心下不忍，特商诸宰臣冯道、范质，请他释免。两宰臣面奏周主，说是胁从罔治，周主乃赦罪不问。

启跸赴曲阜县，谒孔子祠，行释奠礼。登殿将拜，左右劝阻道："孔子乃是陪臣，不当受天子拜！"周主道："孔子为百世帝王师，难道可不敬礼么！"遂虔诚拜讫，命将祭器留藏祠中。又至孔林拜孔子墓，访得孔子四十三世孙孔仁玉，命为曲阜令；颜渊后裔颜涉，命为主簿，即令视事。仍饬兖州修葺孔祠，永禁墓旁樵采，然后还都，饮至犒赏，当然有一番手续。

过了数日，德妃董氏，病殁宫中。天子悼亡，免不得辍乐举哀，饰终尽礼。董氏镇州人，本嫁同里刘进超。进超仕晋，充内廷职使。辽兵犯阙，进超殉难，董氏嫠居洛阳。汉高祖自大原入京师，郭威从军过洛，闻董氏德艺兼长，纳为妾媵。后来出镇邺中，只命董氏随行，所以家属被屠，董氏幸得脱祸。及威已称帝，中宫虚位，但册董氏为德妃，摄掌宫事。至此竟遭病殁，享年三十九岁。总觉命薄。叙出董氏，补前文所未逮。

郭威既悲妃殁，复触旧痛，好几日不愿视朝。接连是天平节度使高行周，病终任所，又辍朝数日，犹幸内外无事，朝政清闲。惟冀州边境，为辽兵所掠，由都监杜延熙，一鼓驱退，倒也损失有限，不足廑忧。既而武平军留后刘言，遣牙将张崇嗣入奏，报称收复湖南，愿如马氏故事，乞请册封。周主留馆来使，又有一番廷议，处置湖南事宜。

自唐将边镐入据长沙，潭民市不易肆，称镐为边菩萨，一体悦服。后来镐佞佛设斋，筑寺置观，所入赋税，除贡献金陵外，尽充佛事，浮费无节，凡地方一切政治，置诸不理，于是潭人失望。菩萨本来高搁，望他奚为？南汉内侍省丞潘崇彻，及将军谢贯，乘机攻郴州。镐出兵与争，大败奔还。郴州被陷。镐坐失军威。

唐指挥使孙朗、曹进，从镐平楚，部下所得廪给，反不及湖南降卒，军士已有怨言。唐复遣郎中杨继勋等，征取湖南租税，务从苛刻，行营粮料使王绍颜，希承继勋意旨，克减军粮，益激众怒。孙朗、曹进，投袂愤起，率部众入攻绍颜，绍颜走匿囷下，屏息无声。大众四觅无着，转趋府署，向镐要求，请斩绍颜以谢将士。镐含糊应允，待孙朗等退归营中，并不将绍颜取出，枭首示众。所以孙、曹两人，并谋杀镐，夜率部众焚府门，适值天雨，屡燃屡灭。镐本有戒心，至是闻府门被火，出兵格斗，且令传吹鼓角，作将旦状。孙朗等堕入镐谋，恐天晓军集，转难脱身，不如斩关出去，往投朗州，一声吆喝，麾退党徒，纷纷投关出城，夤夜向朗州奔去。

走了两三日，方抵朗州城外，求见刘言。言召他入署，问明原委，很是喜欢。王逵在旁问朗道："我欲再取湖南，恐唐兵来援，多一阻碍，奈何？"朗答道："朗臣唐数年，备知底细，现在朝无贤臣，军无良将，忠佞无别，赏罚不当，得能保守淮南，已是幸事，还有何暇兼顾湖南，朗愿为公前驱，取湖南如拾芥呢！"朗为唐臣，嗾人往取湖南，亦非好人。逵心亦喜，厚待孙朗及曹进，整兵治舰，预谋大举。

唐主璟方用冯延己、孙晟同平章事。两相意见未合，晟尝语左右道："金杯玉碗，乃竟盛狗矢么？"延己闻言，恨晟益深。唐主尝遣将军李建期出屯益阳，使图朗州，又命知全州事张峦，兼桂州招讨使，使图桂州。两军出驻多日，未闻报功，唐主召语冯延己、孙晟道："楚人归我，意在息肩。我未能抚息疮痍，反欲劳民费财，恐失楚意。现欲将桂林、益阳两处戍军，悉数调回，特授刘言旌节，俾得息兵，卿等以为何如？"孙晟道："陛下诚念及此，不但安楚，并足安唐。"延己勃然道："臣意以为非是，前出偏将下湖南，远近震惊，一旦三分失二，适令他人窥视，请委任边将窥察形势，可进即进，可退乃退。"唐主因遣统军使侯训，率兵五千，往与张峦合兵，共攻桂州。训与峦联军南下，将到桂州城下，被南汉兵内外夹击，杀得大败亏输。训竟战死，峦收残卒数百人，奔回全州。败报到了唐廷，唐主决拟召回李建期，授刘言为节度使。偏冯延己又出来反对，谓宜召言入朝，察他举止，果肯效顺，再授旌节未迟。唐主乃遣使至朗州，召言入朝。

言与王逵密商行止，逵答道："武陵负江面湖，带甲百万，怎甘拱手让人！况边镐镇抚无方，士民不附，可一战成擒，怕他什么？"言尚在沉吟，逵又道："行军贵速，一或迟延，反令镐得为备，不易进攻了。"乃遣归唐使，佯约入朝。一面召集何敬真、张仿、蒲公益、朱全琇、宇文琼、彭万和、潘叔嗣、张文表等牙将，皆授指挥使，令周行逢为行军司马。部署队伍，即日发兵。行逢善谋，文表善战，叔嗣善冲锋，三人情好颇深，和衷共进。王逵为统军元帅，分道趋长沙，令孙朗、曹进为先锋，直抵沅江，擒住唐都监刘承遇，收降唐军校李师德，乘胜进逼益阳，用着大刀阔斧，砍入唐守将李建期寨内。建期慌忙抵敌，被孙朗、曹进二将，绕住厮杀。张文表、潘叔嗣，持槊助战，任你建期如何力大，也被他七手八脚，活捉了去。所有戍兵二千人，尽行授首，一个不留。嗣是朗兵水陆并进，势如破竹，破桥口，入湘阴，直薄潭州。这位大慈大悲的边菩萨，变做无人无势的边和尚，自知不能敌朗兵，慌忙遣使乞援。怎奈远水难救近火，唐兵不能速到，朗兵已是登城。边镐弃城夜走，吏民俱溃，人多马杂，把醴陵桥门踏断，溺死压死，共约一万余人。得之甚易，失亦甚易。

王逵入城视事，自称武平军节度副使，权知军府事，遣何敬真等追镐。镐已狂窜回去，追赶不及，但杀死溃卒五百名。逵又令蒲公益攻岳州，唐岳州刺史宋德权，及监军任镐，不战即溃。湖南各州县唐吏，闻风震栗，相继遁去。从前马氏岭北故土，一古脑儿归入刘言，只郴、连二州，为南汉有。王逵复欲攻取郴州，自督诸军及峒蛮，共约五万人，将郴州围住。南汉将潘崇彻，夤夜趋救，出其不意，掩击朗兵，朗兵大败。

王逵走还，乃发使至朗州，请刘言入主长沙。言不愿舍朗，因上表周廷，报捷称臣。且称潭州残破，乞移使府治朗州。周主与群臣会议，大众都主张招抚，乃于广顺二年正月，表刘言为武平节度使，兼朗州大都督，升朗州为湖南首府，位出潭州上。王逵为武安节度使，周行逢为武安行军司马，何敬真为静江节度使，朱全琇为静江节度副使，张仿为武平节度副使。这诏旨颁到朗州，刘言以下，统皆拜受。

惟唐主璟因败惩罪，削边镐官爵，流戍饶州，斩宋德权、任镐，罢冯延己、孙晟为左右仆射，自悔前失，乃议休兵息民。左右劝璟道："陛下能数十年不用兵，国可小康。"璟愤然道："璟将终身不用兵！何止数十年哩！"岂千年不死耶？不到数月，复召冯延己为相，廷臣统呼为怪事。这且待后再表。

且说王逵入潭州后，与何敬真、朱全琇等，各置牙兵，分厅视事，吏民几不知所从。有时宴集诸将，也不辨尊卑，不分主客，彼此喧呶，毫无规律。逵引以为忧。惟周行逢、张文表二人，事逵尽礼。每有政议，逵倚二人为左右手。敬真、全琇，未免疑逵，且已受周廷命令，往镇静江军，当即辞去。逵得拔去眼中钉，恰也心慰。惟自恃有功，不肯为刘言下，平居与言通书，词多倨傲。言不肯容忍，积成嫌隙，隐欲图逵。

逵颇有所闻，时常戒惧。行逢亦语逵道："刘言与我辈不协，敬真、全琇，又与公有隙，若不先下手，将来两路发难，公将如何处置！"逵答道："君言甚是，逵早已加忧，苦无良策！"行逢与逵附耳数语，逵大喜道："与公除凶党，同治潭、朗，尚复何忧？"遂遣行逢至朗州，进谒刘言。言问他来意，行逢道："南汉已兴兵入寇，全、道、永三州，统已吃紧，行逢特来报闻！"言说道："王节度何不出御？"行逢道："南汉势大，非潭州兵力，所能抵御，须合武平、静江两路军马，方足却寇。"言踌躇半晌，方答语道："我处兵马不多，且是军阃要地，不便远离，看来只好檄调静江军，与潭军会同御敌罢！"正要你出此策。行逢道："如此甚妙，请大都督照行！"言遂檄令何敬真为南面行营招讨使，朱全琇为先锋使，促赴潭州会师，共御南汉。

行逢辞言先归，复进逵密计，逵待敬真、全琇到来，出郊迎劳，相见甚欢。两人问及敌情，逵答道："我已拨兵往堵，想寇势不即蔓延，公等远来，且入城休息，缓日往剿便了！"遂邀敬真、全琇入城，摆酒接风，并召入美妓侑酒，惹得两人眼花缭乱，情志昏迷。饮罢散席，仍嘱各妓留侍客馆，夜以继日。俗语说得好，酒不醉人人自醉，色不迷人人自迷。敬真、全琇，一住数日，几与各妓结不解缘，朝朝暮暮，怜我怜卿，还记得甚么军事。逵又日供佳酿，兼给佳肴，使他酒食流连，沉湎不醒。一面又着人至朗州，更请济师。

刘言又拨指挥使李仲迁，率部兵三千，到了潭州。逵使与敬真相见，敬真令他先发，趋往岭北，待着后军。仲迁率兵逾岭，在岭北扎营数日，并不见敬真到来，亦未闻有甚么南汉兵。正在惊疑得很，那都头符会，因士卒思归，竟劫仲迁还朗州。都在行逢计中。

敬真尚留居馆中，镇日昏醉，忽来了朗州使人，传刘言命，责敬真玩寇荒宴，把他缚住，送入潭州狱中。敬真醉眼朦胧，怎知真伪？其实朗州使人，是由潭卒假扮，就是南汉入寇，也由行逢捏造出来。朱全琇闻变急遁，由逵派兵追捕，也即拿还。当下从狱中牵出敬真，与全琇同斩市曹。并遣人报知刘言，诬称敬真、全琇私通南汉，托故逗留，不得不军法从事。李仲迁等私自逃归，亦请加罪。言召诘仲迁，仲迁归罪符会，言竟将符会枭首，复报王逵。

行逢复语王逵道："武平节度副使李仿，系敬真亲戚，仿若不除，将为敬真复仇。公宜加意预防！"逵即转达刘言，请遣副使李仿，会同御寇。言本是个笨伯，一次中计，尚不觉悟；复遣仿至潭州。逵又殷勤迎入，设宴待仿，帐后暗置伏兵，待至酒意半阑，掷杯为号，立见伏兵杀出。将仿剁成肉泥。于是留行逢守潭州，由逵自率轻骑，往袭朗州。

朗州毫不防备，被逵掩入，直趋府署。指挥使郑珓，出来拦阻，未曾开口，项下已着了一刀，倒地而死。刘言闻变，尚不知为何因，冒冒失失的走将出来，兜头碰着王逵，逵麾动徒众，将言拥至别馆，拘禁起来。朗州兵士，仓皇欲遁，逵下令城中，谓言通款南唐，故特问罪，此外概不株连。兵士未沐言恩，哪个肯来助言，况朗州本由逵夺取，言不过坐享成功，各军又多逵故部，乐得依从逵命，得过且过。

逵安然据朗，奉表至周，也说刘言欲举周降唐。惟又添出许多诳语，谓言欲攻潭州，部众不从，将他幽禁，臣至朗州抚安军府，幸得平定，仍移军府至潭州，特此奏闻。周主郭威，虽然明睿，究竟相隔大远，无从辨别虚实。且湖南是羁縻地，更不必详细诘究，但教称臣纳贡，不妨俯从，因即派通事舍人翟光裔，宣抚王逵，悉如所请，且授逵为武平军节度使，兼中书令。逵厚赆光裔，送他还周，自取朗州图籍，还居潭州。别遣潘叔嗣往杀刘言。言镇朗州凡三年，朗人尝号言为刘咬牙。先是有童谣云："马去不用鞭，咬牙过今年。"鞭边音通，边镐徙马氏，刘言逐边镐，王逵又杀刘言，是童谣亦已应验了。暂作一束。

且说镇宁节度使郭荣，莅镇以后，由周主选择朝臣，令为僚佐。用王敏、崔颂为判官，王朴为掌书记，皆一时名士，辅导有方。荣妻刘氏，曾封彭城县君，前时留居大梁，为刘铢所屠。至周主即位，追封刘氏为彭城郡夫人，复因荣断弦待续，另为择配。荣闻符彦卿女，智足保身，嫠居母家，未曾他适，特请诸义父，愿纳为继室。周主本认符氏为义女，乐得为养子玉成，遂致书彦卿，求为义媳。彦卿自然遵命，当将嫠女送至澶州，与荣结为夫妇。怨女旷夫，各得其所，自不消说。回应四十三回。

荣在镇二年，屡请入朝，王峻时已入相，忌荣英明，辄从旁阻止。会黄河决口，峻奉命巡视，荣觑隙陈情，再乞入觐。果得周主批准。即日启行，驰诣阙下，父子相见，止孝止慈，即授荣为开封尹，兼功德使，加封晋王。王峻得知消息，遽自河上返大梁，固请辞职，周主不许。峻再乞外调，复经周主慰留，且命兼领平卢节度使。峻尚连章求解相职，并辞枢密，好几日不出视事。周主令近臣征召，仍然托疾不朝。嗣后因枢密直学士陈同，与峻相善，特遣他传示谕旨，谓峻再不出，当亲临视疾。峻乃不得已入谒。周主虽温言劝勉，心下已存芥蒂。峻尚不知反省，屡有请求，遂令患难君臣，凶终隙末，免不得变起脸来。小子有诗讥王峻道：

难得功臣保始终，鸟飞已尽好藏弓；
如何恃宠成骄态，坐使勋名一旦空！

欲知王峻如何得罪，容俟下回续详。

有边镐之俘马氏，即有刘言之逐边镐，有刘言之逐边镐，即有王逵之杀刘言。所谓螳螂捕蝉，黄雀已随其后，特当局未之觉耳。且刘言为逵所推，而逵杀之，何敬真、朱全琇等，佐逵成功，而逵并杀之；争权攘利，不杀不止，彼后世之拥兵求逞，酿成战祸者，何一不可作如是观也！本回叙王逵之攻潭州，写得非常踊跃，及其图朗州也，又写得非常鬼秘，此由笔性之妙，足夺人目，不得以寻常小说目之。

第二十一回

滋德殿病终留遗嘱　高平县敌忾奏奇勋

却说周枢密使同平章事王峻，恃宠生骄，屡有要挟，周主虽然优容，免不得心存芥蒂。峻又在枢密院中，增筑厅舍，务极华丽，特邀周主临幸。周主颇尚俭约，因不便诘责，只好敷衍数语，便即回宫。会周主就内苑中，筑一小殿，峻独入奏道："宫室已多，何用增筑？"周主道："枢密院屋宇，也觉不少，卿何为添筑厅舍呢？"峻惭不能对，方才趋退。

一日适当寒食，周主未曾视朝，百官亦请例假。辰牌甫过，周主因起床较迟，尚未早膳，偏峻趋入内殿，称有密事面陈。周主还道他有特别大事，立即召见。峻行礼已毕，便面请道："臣看李谷、范质两相，实未称职，不若改用他人。"周主道："何人可代两相？"峻答道："端明殿学士尚书颜衎，秘书监陈观，村可大用，陛下何不重任！"周主怏怏道："进退宰相，不宜仓猝，俟朕徐察可否，再行定议。"峻絮聒不休，硬要周主承认。周主时已枵腹，恨不将他叱退，勉强忍住了气，含糊说道："俟寒食假后，当为卿改任二人便了。"亏他能耐。峻乃辞出。

周主入内用膳。越想越恨，好容易过了一宵，诘旦即召见百官。峻昂然直入，被周主叱令左右，将峻拿下，拘住别室。且顾语冯道诸人道："王峻是朕患难弟兄，朕每事曲容。偏他凌朕太甚，至欲尽逐大臣，翦朕羽翼。朕只一子，辄为所忌，百计阻挠，似此目无君上，何人能忍？朕亦顾不得许多了！"冯道等略为劝解，请贷死贬官，乃释峻出室，降为商州司马，勒令即日就道。峻形神沮丧，狼狈出都，行至商州，忧恚成疾，未几遂死。颜衎、陈观坐王峻党，同时贬官。

邺都留守王殷，与王峻同佐周主，俱立大功。峻既得罪，殷亦不安。何不求去。先是殷出镇邺都，仍领亲军，兼同平章事职衔，自河以北，皆受殷节制。殷专务聚敛，为民所怨。周主尝遣使诫殷道："朕起自邺都，帑廪储蓄，足支数年，但教汝按额课民，上供朝廷，已足国用，慎勿额外殊求，取怨人民！"殷不以为然，苛敛如故，且所属河北戍兵，任意更调，毫不奏闻，周主很是介意。广顺三年九月，为周主诞日，号永寿节，殷表请入朝庆寿，周主疑殷有异志，不准入朝。到了冬季，预备郊祀礼仪，不意殷竟擅自入都，麾下带着许多骑士，出入拥卫，烜赫异常。适值周主有疾，得此消息，很是惊疑。又因殷屡求面觐，并请拨给卫兵，藉防不测。周主越有戒心，遂力疾御滋德殿，召殷入见。殷甫上殿阶，即命侍卫出殿，将殷拿下，责他擅离职守，罪在不赦。一篇诏敕，把殷生平官爵，尽行削夺，长流登州。至殷既东去，复着将吏赍诏，追至半途，说他有意谋叛，拟俟郊祀日作乱，可就地正法等语。殷无从辩诬，只好伸颈就戮，一道冤魂，投入冥府，与前时病死的王峻，再做阴间朋友去了。功臣之不得其死，半由主忌，半由自取。

周主既杀死二王，方免后忧，当命皇子晋王荣判内外兵马事。改邺都为天雄军，调天平节度使符彦卿往镇，加封卫王。徙镇州节度使何福进镇天平军，加同平章事。镇州一缺，命侍卫步军都指挥使曹英出任，澶州一缺，命侍卫马军都指挥使郭崇出任。此外亦各有迁调，不可殚述。惟周主病体，始终未痊。残冬已届，周主勉强支持，亲飨太庙，自斋宫乘辇至庙廷，才行下辇。由近臣扶掖升阶，甫及一室，已是痰喘交作，不能行礼。只得命晋王荣恭代，自己仍退居斋宫。夜间痰喘愈甚，险些儿谢世归天，幸经良医调治，始得重生。越日就是广顺四年元旦，周主又复强起，亲至南郊，大祀圜丘。自觉身体疲乏，未能叩拜，只好仰瞻申敬，草草成礼，礼毕还宫，御明德楼，受百官朝贺，宣制大赦，改广顺四年为显德元年。内外文武百官，加恩优赉，命妇并与进封，毋庸细叙。周主经此一番劳动，疾愈加剧，停止诸司进奏，遇有大事，由晋王荣入禀进止，然后宣行。

晋王荣总握内外兵柄，每日在府中办事，人心少安。忽由澶州牙校曹翰，入都见荣，拜谒已毕，即与荣密言道："大王为国储嗣，当思孝养。今主上寝疾，大王不入侍医药，镇日在外办事，如何慰天下仰望呢！"言外寓意。荣不禁大悟，便留翰居府，代决政务，自己入侍禁中，朝夕侍奉。

周主谕荣道："朕若不起，汝速治山陵，毋令灵柩久留殿内。陵所务从俭素，不得劳役百姓，不得多用工匠，勿置下宫，不要守陵宫人，并不必用石人石兽，但用纸衣为殓，瓦棺为椁，入窆后，可募近陵人民三十户，蠲免征徭，令他守视。陵前只立一石，镌刻数语，可云周天子平生好俭，遗令用纸衣瓦棺。嗣主不敢有违，如此说法，便足了事。汝若违我遗言，我死有知，必不福汝！"防患未然，可云明哲。荣含糊应命，周主见他怀疑，又申诫道："从前我西征时，见唐朝十八帝陵，统遭发掘，这都由多藏金玉，致启盗心。汝平时读史，应知汉文帝素好俭素，葬在霸陵原，至今完好如旧。每年寒食，可差人祭扫，如没人差去，遥祭亦可。并饬在河间府、魏府，各葬一副剑甲，澶州葬通天冠绛纱袍，东京葬天平冠衮龙袍，千万千万，勿忘遗言！"荣乃唯唯受教。

周主又命荣传敕，著宰臣冯道，加封太师，范质加尚书左仆射，兼修国史，李谷加右仆射，兼集贤殿大学士，升端明殿学士尚书王溥同平章事，宣徽北院使郑仁诲为枢密使。枢密承旨魏仁浦为枢密副使，司徒窦贞固进封沂国公，司空苏禹珪进封莒国公，授龙捷左厢指挥使樊爱能为侍卫马军都指挥使，虎捷左厢指挥使何徽为侍卫步军都指挥使，且加殿前都指挥使李重进为武信军节度使，检校太保，仍典禁军。

重进母系周主胞姊，曾封福庆长公主，周主以重进谊属舅甥，所以用为亲将。及周主大渐，特召重进入内，嘱受顾命。且令向荣下拜，示定君臣名分，重进一一遵旨，周主又叹息道："朕观当世文才，无过范质、王溥，今两人并相，我死无遗恨了！"哪知他后来降宋？是夕周主病逝滋德殿，寿五十一岁。

晋王荣秘不发丧，越三日已经大殓，迁灵柩至万岁殿，乃召集文武百官，颁宣遗制，令晋王荣即皇帝位，百官奉敕。遂奉荣即位柩前。是岁自正月朔日起，天色屡昏，日月多晕，及嗣主即位，忽然晴朗，天日为开，中外相率称奇。嗣主荣居丧数日，由宰臣冯道等，表请听政，三疏乃允，见群臣于万岁殿东庑下，始亲莅事。命太常卿田敏为先帝拟谥，敏上尊谥为圣神恭肃文武孝皇帝，庙号太祖。

忽由潞州节度使李筠，报称北汉主刘崇，与辽将杨衮，率兵数万，自团柏谷入寇潞州。周主荣甫经践作，即闻此事，恰也有些心惊。幸亏他天姿英武，不以为忧，即召群臣会议，志在亲征。冯道等以为未可，且言刘崇自晋州奔还，势弱气夺，未必即能再振。现恐由潞州谣传，李筠未战先怯，遽行奏闻，贻忧宵旰。陛下初承大统，人心未定，先帝山陵，方才启工，不应轻率出征。如果对崇入寇，但教命将出御，便足制敌云云。周主荣摇首道："刘崇幸我大丧，闻我新立，自谓良好机会，可以入伺中原。目下潞州告急，必非虚语，我若亲自出征，庶几先声夺人，免致轻觑！"冯道等一再固诤，周主荣又道："从前唐太宗创业，屡次亲征，朕岂怕河东刘崇么？"道独答道："陛下未可便学太宗。"周主荣奋然道："刘崇众至数万，统是乌合，如遇王师，可比泰山压卵，必胜无疑。"道又道："陛下试平心自问，果能作得泰山否？"冯道历事四朝，未闻献议，此次硬加谏阻，无非怯敌所致。周主荣拂袖起座，返身入内。

越宿颁出诏敕，分发各道，令他招募勇士，送入阙下。各道节度使得旨，陆续送致壮丁，由周主编入禁卫军，逐日操练，准备扈驾。俄又接得潞州急报，但见纸上写着：

昭义军节度使臣李筠，万急上言，河东叛寇刘崇，幸祸伐丧，结连契丹入寇。臣出守太平驿，遣步将穆令均前往迎击，被贼将张元徽用埋伏计，诱杀令均，士卒丧亡逾千。寇焰愈张，兵逼驿舍，臣不得已回城固守，效死勿去，谨待援师。臣措置乖方，自取丧师之罪，乞付有司议谴！谨昧死上闻，翘切待命！李筠败绩，从奏报中叙明，亦一变体。

周主荣得了此报，也不欲与冯道等续商。但召王溥、王朴两人，入议亲征事宜。溥与朴赞成亲征，奏请先调各道兵马，会集潞州，然后车驾启行。周主乃诏天雄军节度使符彦卿，自磁州进兵赴潞州，击敌后路，以澶州节度使郭崇为副；河中节度使王彦超，自晋州进兵赴潞州，击敌东面，以陕府节度使韩通为副；又命马军都指挥使樊爱能，步军都指挥使何徽，滑州节度使白重赞，郑州防御使史彦超，前耀州团练使符彦能等，引兵先赴泽州，以宣徽使向训为监军。一面令冯道恭奉梓宫，往赴山陵，留枢密使郑仁诲居守京师，车驾自三月上旬启行。

到了怀州，闻刘崇已引兵南向，拟兼程速进。控鹤都指挥赵晁，密语通事舍人郑好谦道："贼势甚盛，未可轻敌，主上拟倍道进兵，恐非良策。"好谦入阻周主，周主荣发怒道："汝怎得阻挠军情，想是有人主使，从速供出，免得受刑！"好谦慌忙吐实，说是赵晁所言。周主荣系晁入狱，即日下令启行，麾众急进。

不数日已到泽州，驻营东北隅。北汉主刘崇，引着辽兵，行过潞州，不欲进攻，竟向泽州进发。至高平南岸，听得周军已到，才据险立营，只派前锋挑战，被周军邀击一阵，便即败退。周主荣恐他遁去，再命诸军夤夜前进，且促河阳节度使刘词，赶紧派兵援应。诸将因刘词未至，不免寒心，但因周主军令甚严，又未敢中途逗挠，不得已驱军前行。翌晨至巴公原，望见敌兵，北汉将张元徽，在东列阵，辽将杨衮，在西列阵，行伍很是整齐。周主命滑州节度使白重赞，与马步都虞侯李重进，率左军居西，樊爱能、何徽，率右军居东，向训、史彦超率精骑居中央，殿前都指挥使张永德，率禁兵护住御驾。

两阵对圆，周军与敌兵相较，不过三分有二。刘崇见周军较少，悔召辽兵，顾语诸将道："我观敌垒，与我本部兵相差不多，早知如此，何必借援外人！今日不但破周，且可使外人心服，倒也是一举两得了。"慢着。诸将上前道贺，独辽将杨衮，策马上前，望了多时，退见刘崇道："周军严肃，不可轻敌！"老将有识。刘崇奋髯道："时不可失，愿公勿言！看我与周军决战，今日必报儿仇。"徒夸无益。衮默然退去。忽东北风大起，吹得两军毛发森竖，个个惊栗，少顷转作南风，势亦少杀。北汉副枢密使王延嗣，及司天监李义，进语刘崇道："风势已小，正可出战。"刘崇便下令进兵。枢密直学士王得中叩马谏阻道："风势逆吹，与我不利，李义素司天文，乃未知风势顺逆，昏昧若此，罪当斩首！"确是可杀。刘崇怒叱道："我意已决，老书生休得妄言！如再多嘴，我先斩汝！”得中吓退一旁，刘崇即麾动东军，令张元徽先进。

元徽率千骑击周右军，正与樊爱能、何徽相遇，两下交锋，不过数合，樊爱能、何徽，忽然引退，右军遂溃，步兵千余人，解甲投戈，走降北汉，喧呼万岁。刘崇望见南军阵动，亲督诸军继进。矢如飞蝗，石如雨点，周军不免惊乱。

周主荣自引亲兵，躬冒矢石，向前督战。那时恼动了一位周将，大声呼道："主危如此，我等怎得不致死！”又语张永德道："贼气已骄，力战即可破敌，公麾下多弓弩手，请趁势西出为左翼，末将愿自为右翼，冒险夹击，不患不胜。国家安危，正在此一举了！”永德称善，遂与那将分统二千人，左右出战。那将身先士卒，驰犯敌锋，士卒亦接连跟着，捣入敌阵，无不以一当百。北汉兵不能抵御，纷纷倒退。看官道那将为谁？原来就是将来的宋太祖赵匡胤。提笔醒目。匡胤涿郡人，父名弘殷，曾任岳州防御使。匡胤系出将门，入充宿卫，此时随驾出征，见周主身入危境，不由的激动热忱，勇往直前，把北汉兵杀得大败。匡胤履历，详见《宋史演义》，故此编不过略叙。

内殿直马仁瑀，也呼语徒众道："使乘舆受敌，何用我辈！”遂跃马直出，引弓迭射，连毙数十人，士气益振。殿前右番行首马全义，至周主前面请道："贼已披靡，将为我擒，愿陛下按兵不动，徐观臣等破贼！”说着，即引数百骑进陷敌阵，可巧碰着张元徽，出来拦阻，全义即拨马舞刀，与元徽大战数十合，马仁瑀暗助全义，觑正元徽马首，一箭射去，说一声着，正中马眼。马负痛乱跃，立将元徽掀落地上，全义乘势一刀，把元徽挥作两段。元徽为北汉骁将，骤被杀死，北汉兵大为夺气。天空中的南风，越吹越猛，周军顺风冲杀，其势益盛。刘崇料不可支。慌忙自举赤旗，鸣金收军。偏军士已经溃散，一时无从收拾。辽将杨衮，望见周军得胜，不敢进援，且恨刘崇妄自尊大，不知进退，乐得袖手旁观，引还全军。北汉大败，周军大胜。

惟樊爱能、何徽，领着残众，擅自南归，沿途遇着粮车，反控弦露刃，硬行剽掠。运夫仓猝骇走，伤亡甚多。周主荣遣军校追回，竟不奉诏，甚且杀死来使，纵辔奔驰。凑巧遇着河阳节度使刘词，率兵来援，爱能忙摇手道："辽兵大至，我军退回，公何必前去寻死！”刘词道："天子安否？”徽答道："我辈亏得速奔，还保生命，主上尚不肯退归，大约已走入泽州了。”词勃然道："主辱臣死，奈何不救？”足愧樊、何。遂引兵北趋，驰至战场。

正值敌众败退，尚有残兵万余人，阻涧屯列。天日将暮，南风尚劲，词带着一支生力军，越涧争锋，呐一声喊，杀入敌阵。北汉兵已经怯馁，还有何心对仗？死的死，逃的逃。词麾众追去，还有涧南休息的周军，遥见词军得胜，也鼓动余勇，跃涧齐进，与词军并力追击。可怜北汉兵没处逃生，或死或降，刘词等直追至高平，方才回军。但见僵尸漫野，血流成渠，所弃辎重器械，不可胜计，周军陆续搬入御营。时已昏黄，周主荣尚在野次，随便营宿，各军统夜巡逻，捕得樊、何麾下降敌诸兵，悉数处死。

越日复进军高平。刘崇闻周主将至，急忙被褐戴笠，乘着胡马，由雕窠岭遁归。入夜迷路，强迫村民为导，村民误引至晋州。行百余里，才知错误，杀死村民，返辔北走。所至得食，方拟举箸，传闻周兵追来，忙将碗筷抛去，上马急奔。格外夸能，格外胆小。崇已老惫，昼夜驰骤，几不能支。幸乘马为辽主所赠，特别精良。由崇伏住鞍上，始得奔回晋阳。

周主荣因刘崇已遁，科知追赶不及，且令各军休息高平。选得北汉降卒数千人，号为效顺指挥军，命前武胜行军司马唐景思为将，发往淮上，防御南唐。还有二千余降卒，每人赐绢二匹，并给还衣装，放归本部。各降卒罗拜而去。也是欲擒故纵之法。周主荣转入潞州，由节度使李筠迎入，正欲赏赉功臣，忽报樊爱能、何徽二人，前来请罪。周主微笑道："他尚敢来见朕么？"遂呼左右趋出，将他二人拘住，不必进见，听候发落。正是：

到底英君能破敌，管教叛贼送残生。

未知二人性命如何？容俟下回再叙。

周主郭威临终之言，为死后计，未始不善。但徒尚薄葬，犹非知本之论。为人君者，诚能泽被生民，功昭当世，则后人谁不钦而敬之？试问五帝三王之墓，果有何人窃发耶？郭威自觉心虚，因有此嘱。且命在魏府、河间府，各葬剑甲，澶州、洛阳，葬冠服，既云示俭，何必多设虚冢？毋乃与曹操之七十二疑墓，隐隐相合耶？晋王嗣位，即有北汉之入寇，挟辽兵势，直抵泽潞。内有冯道，外有樊爱能、何徽，向使君主怯敌，大局立溃。郭威但诛及二功臣，不知卖国求荣者，固大有人在，微嗣君之英武聪明，宗社尚能自保乎！然以柴代郭，血统已亡，辛苦一生，徒为他人作马牛，亦可慨已！

第二十二回

丧猛将英主班师　筑坚城良臣破虏

却说周主荣夜宿行宫，暗思樊爱能、何徽，是先帝旧臣，徽尝守御晋州，积有功劳，不如贷他一死。转念二人不诛，如何振肃军纪，辗转踌躇，不能自决。适值张永德入内值宿，便加询问，永德道："爱能等本无大功，忝为统将，望敌先逃，一死尚未足塞责，况陛下方欲削平四海，不申军法，就使得百万雄师，有何用处？"周主荣正倚枕假寐，听永德言，蓦然起床，掷枕地上，大呼称善。当下出帐升座，召入樊爱能、何徽，两人械系至前，匍伏叩头。周主叱责道："汝两人系累朝宿将，素经战阵，此次非不能战，实视朕为奇货，意欲卖与刘崇。今复敢来见朕，难道尚想求生么？"两人无法解免，除叩首请死外，乞赦妻孥。周主道："朕岂欲加诛尔曹，实因国法难逃，不能曲贷。家属无辜，朕自当赦宥，何必乞求！"两人拜谢毕。即由帐前军士，将两人如法绑出，斩首示众。并诛两人部将数十名，悬首至旦，便令棺殓，特给槥车归葬。恩威并用，令人心服。自是骄将惰卒，始知戒惧，不敢仍前疲玩了。

次日按功行赏，命李重进兼忠武军节度使，向训兼义成军节度使，张永德兼武信军节度使，史彦超为镇国军节度使，余亦升转有差。永德保荐赵匡胤，说他智勇双全，特授殿前都虞侯，领严州刺史。一面遣人至怀州，释赵晁囚，许令建功赎罪，晁忙至潞州谢恩，随驾如故。

周主荣更命天雄军节度使卫王符彦卿，为河东行营都部署，知太原行府事，澶州节度使郭崇为副，向训为都监，李重进为马步都虞侯，史彦超为先锋都指挥使，领步骑二万，进讨河东。又敕河东节度使王彦超，陕府节度使韩通，引兵入阴地关，与彦卿合军西进。用刘词为随驾都部署，以鄜州节度使白重赞为副。官职或叙或不叙，俱有斟酌，并非缺漏。彦卿、彦超两军，指日登程，刘词等尚在潞州，俟车驾出发，然后从行。

北汉汾州防御使董希颜，守城不下。彦超自阴地关进兵，第一重门户，就是汾州城，围攻数日，竟不能拔。彦卿前军亦到，与彦超合攻，四面猛扑，锐不可当。迩时守兵恟惧，彦超忽下令停攻，各部将都来谏阻，彦超道："城已垂危，旦暮可下，我士卒精锐，必欲驱使先登，非不可克，但死伤必多，何若少待一二日，令他降顺为是！"乃收兵入营，只遣部吏入城投书，谕令速降。果然希颜从命，开城相迎。彦超入城安民，休息一宵，彦卿继至，便会师进逼晋阳。

北汉主刘崇，收散卒，缮甲兵，完城堑，防御周军。辽将杨衮，还屯代州，刘崇遣部吏王得中送行，顺便至辽廷乞援。辽主述律许发援兵，先遣得中回报，途次未免耽搁。那刘崇待援未至，只好固守晋阳，无暇顾及属地。辽州刺史张汉超，沁州刺史李廷诲，先后降周。石州刺史安彦进，为王彦超所擒，解送潞州，城亦陷没。周主荣闻前军得手，也命驾启行，亲征河东。甫出潞州，又接符彦卿军报，北汉宪州刺史韩光愿，岚州刺史郭言，亦举城归顺。周主格外喜慰，既入北汉境内，河东父老，箪食壶浆，争迎王师，且泣诉刘氏苛征，民不聊生，愿上供军需，助攻晋阳。

周主本无意吞并河东，不过欲耀武扬威，使刘崇不敢轻视，及见河东人民，夹道相迎，始欲一劳永逸，为兼并计。当下与诸将商议，誓灭晋阳。诸将多虑刍粮未足，请且班师，再图后举。周主已经出发，怎肯退回！英武之主，大都类是。遂麾军亟进，直抵晋阳城下。符彦卿、王彦超等，已在晋阳城外安营。闻御驾亲临，当然出营迎谒。周主入彦卿营，与彦卿谈及军事，彦卿密奏道："晋阳城固，未易猝拔，我军远来，师劳饷匮，恐一时未能取胜，况辽兵有来援消息，还望陛下三思，慎重进止！"周主默然不答。

嗣闻代州防御使郑处谦，逐去辽将杨衮，遣人纳款投诚，周主语彦卿道："代州来归，忻州必孤，卿可移军往攻，此处由朕督领，定要扫灭河东，方无后虑。"彦卿不便再说，勉强应命。周主遂命郭从义为天平军节度使，令与向训、白重赞、史彦超等，随彦卿北进，自率各军环城。旌旗蔽天，戈铤耀日，延袤至四十里。且取安彦进至城下，枭首揭竿，威慑守兵，一面令宰臣李谷，调度刍粮，饬发泽、潞、晋、隰、慈、绛各州，及山东近便诸人夫，运粮馈军。怎奈行营人马，差不多有数十万，所至粮草，随到随尽，军士不免剽掠，遂致人民失望，渐渐的窜入山谷，避死求生。周主颇有所闻，敕诸将招抚户口，禁止侵扰。但令征纳当年租税，及募民输纳刍粟，凡输粟至五百斛，纳草至五百围，即赐出身，千斛千围，即授州县官。亦伤政体。

看官！你想河东百姓，已经离散，还有何人再来供应？徒然颁出了一纸文书，有名无实，城下数十万兵马，仍旧是仰给饷运，别无他望。那符彦卿的奏报，络绎不绝。第一次要紧报闻，是辽主囚住杨衮，另派精骑至忻州。周主即授郑处谦为节度使，令他接济彦卿。第二次要紧报闻，是忻州监军李勍，杀死刺史赵皋，及辽通事杨耨姑，举城请降。周主又授李勍为忻州刺史，令彦卿速趋忻州。第三次要紧报闻，是代州军将桑珪、解文遇，杀死郑处谦，托言处谦通辽。彦卿防有他变，请速济师。周主再遣李筠、张永德将兵三千，往援彦卿。最后一次，是报称进兵忻口，先锋都指挥使史彦超，追敌阵亡。周主虽然英武，到此也不禁心惊。联翩叙下，借宾定主。原来符彦卿等行至忻州，正值郑处谦被杀，桑、解二人，因彦卿到来，却也迎谒，但彦卿总加意戒备。至李筠、张永德赴援，兵力较厚，稍觉安心。无如辽兵时来城下，游弋不休，彦卿乃决计出击，与诸将开城列阵，静待敌兵厮杀。俄见敌骑驰至，三三五五，好似散沙一般，前锋史彦超自恃骁勇，哪里看得上眼，当即怒马突出，杀奔前去，从骑只二十余人，敌骑略略招驾，就四散奔走，彦超驱马急赶，东挑西拨，越觉得兴高采烈，不肯回头。

彦卿恐彦超有失，亟命李筠引兵接应。李筠走得慢，彦超走得快，两下里无从望见。及李筠行了一程，见前面统是山谷，林菁丛杂，崖壑阴沉，四面探望，并不见有彦超，也不见有辽兵。自知多凶少吉，只好仔细窥探，再行前进。猛听得几声胡哨，深谷中涌出许多辽兵，当先一员大将，生得眼似铜铃，面似锅底，手执一柄大杆刀，高声喝道："杀不尽的蛮子，快来受死！"李筠心下一慌，也管不及彦超生死，只好火速收军，回马急奔。说时迟，那时快，番兵番将，已经杀到，冲得周军七零八落。筠至此不遑后顾，连部兵统行弃去，一口气跑回大营。番将哪里肯舍，骤马追来，幸亏彦卿出兵抵住，放过李筠，与番将大战一场，杀伤相当。

日将西下，番将方收兵回去，彦卿亦敛兵回城，这一次开仗，丧失了一员大将史彦超，及彦超带去二十余骑，一个也没有逃回。就是李筠麾下，亦十死七八。彦卿长叹道："我原说不如回军，偏偏主上不允，害得丧兵折将，如何是好！"说至此，遂命侦骑夤夜出探，访问彦超下落。至翌晨得了侦报，彦超被辽兵诱入山中，冲突不出，杀毙辽兵甚多，力竭身亡。彦卿也堕了数点眼泪，便令随员缮好奏疏，报明败状，自请处分。且乞周主班师回朝。

周主荣接阅奏章，忍不住悲咽道："可惜可惜！丧我猛将，罪在朕躬！"乃追赠彦超为太师，命彦卿觅得遗骸，即返御营。周主本欲吞并北汉，日日征兵催饷，凡东自怀孟，西及蒲陕，所有丁壮夫马，无不调遣。役徒已劳敝不堪，更兼大雨时行，疫疠交作，更不便久顿城下，周主始兴尽欲归，一闻彦超战死，归计益决。

先是北汉使臣王得中，被周军隔断，不能回入晋阳，暂留代州，桑珪将他拘住，送入周营，周主许令释缚，并赐酒食及带马，和颜问道："汝往辽求援，辽兵果何时到来？"得中道："臣受汉主命令，送杨衮北返，他非所知。"周主冷笑道："汝休得欺朕。"得中答以不欺。周主乃令退居后帐,嘱将校再加盘诘。将校往语得中道:"我主优容,待公不薄,若非据实陈明,一旦辽兵猝至,公尚得全生么?"得中叹息道:"我食刘氏禄,应为刘氏尽忠!况有老母在围城中,若以实告,不特害我老母,恐且误我君上,国亡家亦亡,我何忍独生?宁可杀身取义,保我国家,我虽死亦瞑目了!"此人却有烈志。至周主决计南归,遂责得中欺罔,将他缢死。

会符彦卿等自忻州驰还,入见周主,面奏彦超遗骸,无从寻败。不得已招魂入棺,殓以旧时衣冠,饬令随兵舁归。周主也只好付诸一叹。出营亲奠,奠毕入营,便命军士收拾行装,即日班师。同州节度使药元福入奏道:"进军容易退军难,陛下须慎重行事!"周主道:"朕一概委卿。"元福乃部署卒伍,步步为营,俟各军先行,自为后殿。营内尚有粮草数十万,不及搬取,一并毁去。此外随军资械,亦多抛弃,大众匆匆就道,巴不得立刻入京,队伍散乱,无复行列。北汉主刘崇,出兵追蹑,亏得药元福断后一军,严行戒备,列成方阵,俟北汉兵将近,屹立不动,镇定如山。北汉兵冲突数次,几似铜墙铁壁,无隙可钻,渐渐的神颓气沮。那元福阵内,却发出一声梆响,把方阵变为长蛇阵,来击北汉兵,北汉兵顿时骇退,反被元福驱杀数里,斩首千余级,方徐徐再退,向南扈驾去了。元福能军。

周主还至潞州,休息数日,乃复启行至新郑县。县中为嵩陵所在处,嵩陵即周太祖陵,太师冯道,监工早竣,梓宫告窆,道亦病死。周主荣拜谒嵩陵,望陵号恸,俯伏哀泣,至祭奠礼毕,乃收泪而退。一意黩武,至送葬俱未亲到。柴荣亦未免负恩。饬赐守陵将吏,及近陵户帛有差。追封冯道为瀛王,赐谥文懿。道卒年已七十三,历相四代,且受辽封为太傅,逢迎为悦,阿谀取容。尝自作《长乐老》叙,自述历朝荣遇。后来宋欧阳修著《五代史》,讥他寡廉鲜耻,有愧虢州司户王凝妻。

凝病殁任所,有子尚幼,妻李氏携子负尸,返过开封府,投宿旅舍,馆主不肯留宿,牵李氏臂,迫使出门。李氏仰天大恸道:"我为妇人,不能守节,乃任他牵臂么?"见门旁有斧,便顺手取来,把臂砍去,晕仆门外,好容易才得苏醒。道旁行人,相顾嗟叹,都责主人不情。主人乃留她入舍,给帛缠臂,乃得无恙。开封尹闻知此事,厚恤李氏,笞责馆主,且为李氏请旌朝廷。看官听说,忠臣不事二主,烈女不事二夫。如王凝妻才算烈女,冯道最是无耻,最是不忠,若与王凝妻相较,真正可羞,愿后世勿效此长乐老呢!仿佛晨钟。

周主荣还至大梁,立卫国夫人符氏为皇后,备礼册命。果被想到。进符彦卿为太傅,改封魏王。国丈应该加封。郭从义加兼中书令,刘词移镇长安,王彦超移镇许州,与潞州节度使李筠,并加兼侍中。李重进移镇宋州,加同平章事衔,兼侍卫亲军都指挥使;张永德加检校太傅,兼滑州节度使;药元福移镇陕州,白重赞移镇河阳，并加检校太尉；韩通移镇曹州，加检校太傅。这都算从征有功，所以迁官加爵。其实止高平一战，杀退勍敌，不谓无功。若进攻晋阳，有损无益，就是前时所得北汉州县，一经周主还师，所置刺史，望风遁回，地仍归入北汉。惟代州桑珪，婴城自守，终被北汉兵攻破，珪亦遁去。周主耗去了无数军饷，结果是不得一城，可见用兵是不应轻率哩！随笔示儆。

嗣是周主逐日视朝，政无大小，悉由亲断，百官但拱手受成，不加可否。河南府推官高锡，上书切谏，大致劝周主择贤任能，毋亲细事，周主不从。一日语侍臣道："兵贵精，不贵多。今有农夫百人，不足养甲士一名，奈何尚徒豢惰卒，坐涸民膏？且健懦不分，如何劝众？朕观历代宿卫，羸弱居多，又骄蹇不肯用命，一经大敌，非走即降，回溯数十年来，国姓屡易，都坐此弊。朕惟有简阅诸军，留强汰弱，方能振作军心，免蹈前辙哩！"侍臣一体赞成，遂命殿前都虞侯赵匡胤，大阅军士，挑选精锐，充作卫兵。又饬募各镇勇士，悉令诣阙，仍归匡胤简选，遇有才艺出众，即令补入殿前诸班。周主欲惩前弊，令匡胤简阅诸军，原是当时要策，但匡胤之得受周禅，即伏于此。人定不能胜天，令人徒唤奈何！此外马步各军，各命统将选择。凡从前骄兵惰卒，一概汰去。宫廷内外，尽列熊罴，军务方有起色了。

是年冬季，北汉主刘崇，忧愤成疾，竟至逝世。次子承钧向辽告哀，辽册承钧为汉帝，呼他为儿。承钧亦奉表称男，易名为钧。又在晋阳创立七庙，尊刘崇为世祖，改元天会，复向辽乞师复仇。辽遣高勋为将，率兵助刘钧。刘钧即令部将李存瓌，与勋同攻潞州，不克乃还，勋亦归国。刘钧知不能胜周，乃罢兵息民，礼贤下士，境内粗安。只辽骑却屡窥周边，不免骚扰。周主因大兵甫归，疮痍未复，但戒各边将固守边疆，不得出战。

未几已是显德二年，周主仍遵旧时年号，不复改元。忽闻夏州节度使李彝兴，不奉朝命，拒绝周使。周主与群臣商议，群臣多说道："夏州地处偏隅，朝廷素来优待，此次不通周使，无非因府州防御使杜德扆，厚沐国恩，得加旌节，彝兴耻与比肩，所以有此变态。臣等以为府州褊小，无足重轻，不若抚谕彝兴，善全大体。"周主怫然道："朕至晋阳，德扆即率众来朝，且为我力拒刘氏。朕授他节钺，不过报功，奈何一旦弃置！夏州止产羊马，贸易百货，悉仰我国，我若与他断绝往来，他便穷蹙，有何能为呢？"借周君臣口补叙夏州府州事，笔墨较省。乃遣供奉官驰诣夏州，赍诏诘责，果然李彝兴惶恐谢罪，不敢抗违。

周主喜如所期，更下诏求言，详询内情，并及边事。边将张藏英上书献策，谓深、冀二州交界，有葫芦河横亘数百里，应改掘使深，足限胡马南来，以人力济天险，最为利便等语。周主因遣许州节度使王彦超，曹州节度使韩通，起发兵夫，往掘河道。一面令张藏英绘图立说，再行详闻。藏英奉诏，绘就地形要害，请旨入朝，面陈图说。请俟葫芦河凿深后，即就河岸大堰口，筑城置垒，募兵设戍，无事执耒，有事操戈，且愿自为统率，随宜进止等语。周主喜道："卿熟谙地势，悉心规画，定能为朕控御边疆。朕准卿所请，可即前去调度，毋负朕望！"

藏英立即拜辞，回镇月余，募得边民千余人，个个是身强力壮，矫健不群。那辽主述律，闻周军筑城堰口，派兵来争。王彦超、韩通分头堵御，却也敌得住辽兵。无如辽兵忽来忽去，行止无常；周军进击，他即退去，周军退回，他又进来，害得王、韩两将，日夕防备，不遑寝食。一班凿河筑城的民夫，也是惊惶得很，旋作旋辍。可巧张藏英募齐兵丁，前来大堰口，与王彦超、韩通会议，决计自作前驱，王、韩为后应，杀他一个痛快，使不再来。当下引众驰击，横厉无前，辽兵已是披靡。藏英又挺着长矛，左旋右舞，挑着处人人落马，刺着处个个洞胸。任你辽兵如何刁狡，也逃不脱性命。再经王彦超、韩通从后追上，杀毙辽兵无数，剩得几个脚长的，抱头鼠窜，不知去向。

藏英追赶至二十里外，远望不见辽兵，方才退归。于是葫芦河疏凿得成，大堰口城垒渐竣。王彦超、韩通同时返镇，单留张藏英保守城砦，已足抵制辽人。周廷改称大堰口为大宴口，号屯军为静安军，即令藏英为静安军节度使。小子有诗赞道：

凿河筑垒费经营，扼要才堪却虏兵。
胡骑不来河北静，武夫原可作干城。

长城有靠，朔漠无惊，英武过人的周主荣，又想西征南讨了。欲知后事，请看后文。

知进不知退，是英主好处，亦即英主坏处。高平之战，非周主荣之决计进兵，则北汉炽张，长驱南下，河北必非周有矣。至北汉主已败入晋阳，缮甲兵，完城堑，坚壁以待，志在决死，加以辽兵为助，左右犄角，此固非可轻敌者，况以逸待劳，以主待客，难易判然，安能必胜？周主知进而不知退，此其所以损兵折将，弃械耗财，而卒致废然自返也。若张藏英之浚河筑城，正以守为战之计，可进可退，绰有余裕，胡马不敢南来，两河可以无患，谓非良将得乎！史彦超恃勇而死，张藏英好谋而成。为将者于此觇休咎，为主者亦可于此判优劣焉。

第二十三回

宠徐娘赋诗惊变 俘蜀帅得地报功

却说周主荣既败汉却辽，遂思西征南讨，统一中国。当下召入范质、王溥、李谷诸宰臣，及枢密使郑仁诲等，开口宣谕道："朕观历代君臣，欲求治平，实非容易。近自唐、晋失德，天下愈乱，悍臣叛将，篡窃相仍。至我太祖抚有中原，两河粗定，惟吴、蜀、幽、并，尚未平服，声教未能远被。朕日夜筹思，苦乏良策。想朝臣应多明哲，宜令各试论策，畅陈经济，如可采择，朕必施行，卿等以为何如？"范质、王溥等齐声称善，乃诏翰林学士承旨徐台符以下二十余人，入殿亲试。每人各撰二文，一是"为君难，为臣不易论"；一是"平边策"。徐台符等得了题目，各去撰著。有的是攒眉蹙额，煞费苦心；有的是下笔成文，很是敏捷。自辰至未，陆续告成，先后缴卷。周主逐篇细览，多半是徒托空言，把孔圣人的"修文德、来远人"二语，敷衍成篇，不得实用。惟给事中窦仪，中书舍人杨昭俭，谓宜用兵江、淮，颇合周主微意。还有一篇崇论闳议的大文，乃是比部郎中王朴所作。略云：

臣闻唐失道而失吴、蜀，晋失道而失幽、并，观所以失之之由，知所以平之之术。当失之时，君暗政乱，兵骄民困，近者奸于内，远者叛于外，小不制而至于大，大不制而至于僭，天下离心，人不用命。吴、蜀乘其乱而窃其号，幽、并乘其间而据其地。平之之术，在乎反唐、晋之失而已。必先进贤退不肖以清其时，用能去不能以审其材，恩信号令以结其心，赏功罚罪以尽其力，恭俭节用以丰其财，时使薄敛以阜其民。俟其仓廪实，器用备，人可用而举之。彼方之民，知我政化大行，上下同心，力强财足，人安将和，有必取之势，则知彼情状者，愿为之间牒。知彼山川者，愿为之先导。彼民与此民之心同，是即与天意同。与天意同，则无不成之功矣。凡攻取之道，从易者始。当今惟吴易图，东至海，南至江，可挠之地二千里。从少备处先挠之，备东则挠西，备西则挠东，彼必奔走以救其弊。奔走之间，可以知彼之虚实，众之强弱，攻虚击弱，则所向无前矣。攻虚击弱之法，不必大举，但以轻兵挠之。南人懦怯，知我师入其地，必大发以来应；数大发则民困而国竭，一不大发，则我可乘虚而取利。彼竭我利，则江北诸州，乃国家之所有也。既得江北，则用彼之民，扬我之兵，江之南亦不难平之也。如此则用力少而收功多。得吴则桂、广皆为内臣，岷、蜀可飞书而召之。若其不至，则四面并进，席卷而蜀平矣。吴、蜀平，幽州亦望风而至。惟并州为必死之寇，不可以恩信诱，必须以强兵攻之。然彼自高平之败，力已竭，气已丧，不足以为边患，可为后图。方今兵力精练，器用具备，群下知法，诸将用命，一稔之后，可以平边。臣书生也，不足以讲大事，至于不达大体，不合机变，惟陛下宽之！

周主览到这篇文字，大加称赏，便引与计议。朴谈论风生，无不称旨，因授为左谏议大夫。未几且命知开封府事。就是窦仪、杨昭俭也得升官：仪为礼部侍郎，昭俭为御史中丞。特用声东击西的计策，先命偏师攻蜀，继出正军击唐。

先是秦、成、阶三州入蜀，蜀人又取凤州。见前文。蜀主孟昶，好游渔色，浪费无度，国用不足，专向民间取偿。秦、凤人民，迭遭苛税，仍欲归隶中原，乃相次诣阙，乞举兵收复旧地。周主正要发兵，又得了这个机会，更加喜悦，立命凤翔节度使王景，及宣徽南院使向训，为征蜀正副招讨使，西攻秦、凤。蜀主闻报，忙遣客省使赵季札，趋赴秦、凤二州，按视边备。季札本没有什么才干，偏他目中无人，妄自尊大。一到秦州，节度使韩继勋迎入城中，与谈军事，多经季札吹毛索瘢，免不得唐突数语，季札怏怏而去。转至凤州，刺史王万迪，见他趾高气扬，也是不服，勉强应酬了事。自大者必遭众忌。季札匆匆还入成都，面白蜀主，谓韩、王皆非将才，不足御敌。蜀主亦叹道："继勋原不足当周师，卿意属在何人？"季札朗言道："臣虽不才，愿当此任，管教周军片甲不回！"令人好笑。蜀主乃命季札为雄武节度使，拨宿卫兵千人，归他统带，再往秦、凤扼守。又派知枢密王昭远，按行北边城塞，部署兵马，防备周师。自己仍评花问柳，赌酒吟诗，日聚后宫佳丽，教坊歌妓，以及词臣狎客，一堂笑乐，好似太平无事一般。

广政初年，广政即蜀主昶年号，见前文。内廷专宠，要算妃子张太华，眉目如画，色艺兼优，蜀主昶爱若拱璧，出入必偕，尝同辇游青城山，宿九天文人观中，月余不返。忽一日雷雨大作，白昼晦暝，张太华身轻胆怯，避匿小楼，不意霹雳无情，偏向这美人头上，震击过去，一声响亮，玉骨冰销。想系房帷不谨，触动神怒，故遭此谴。昶悲悼的了不得，因张妃在日，曾留恋此观，有死后瘗此的戏语，乃用红锦龙褥，裹瘗观前白杨树下。

昶即日回銮，悼亡不已。一班媚子谐臣，欲解主忧，因多方采选丽姝。天下无难事，总教有心人，果然得一绝色娇娃，献入宫中。昶仔细端详，花容玉貌，仿佛太华，而且秀外慧中，擅长文墨，试以诗词歌赋，无一不精，直把这好色昏君，喜欢得不可名状。绸缪数夕，即拜贵妃，别号花蕊夫人，寻又赐号慧妃。妃爱赏牡丹芙蓉，所以蜀中有牡丹苑，有芙蓉锦城。牡丹苑中，罗列各种，无色不备。芙蓉锦城，是在城上种植芙蓉，秋间盛开，蔚若锦霞，因此号为锦城。

蜀地素称富饶，又经十年无事，五谷丰登，斗米三钱，都下士女，不辨菽麦，多半是采兰赠芍，买笑寻欢。上行下效，捷如影响。蜀主昶见近置远，居安忘危，除花蕊夫人外，又广选良家女子，充入后宫，各赐位号，有昭仪、昭容、昭华、保芳、保香、保衣、安宸、安跸、安情、修容、修媛、修娟等名目，秩比公卿大夫，甚至舞娼李艳娘，亦召入宫中，厕列女官，特赐娼家钱十万缗，代作聘金。

是年周蜀开衅，适当夏日，昶既派出赵季札、王昭远两人，还道是御敌有余，依旧流连声色。渐渐的天气炎热，便挈花蕊夫人等，避暑摩诃池上。夜凉开宴，环侍群芳，昶左顾右盼，无限欢娱。及谛视嫔嫱，究要推那花蕊夫人，作为首选，酒酣兴至，就命左右取过纸笔，即席书词，赞美花蕊夫人，第一句写下道："冰肌玉骨清无汗"，第二句接写道："水殿风来暗香满。"从战鼓咚咚中，忽插一段香艳文字，越觉夺目。再拟写第三句，突有紧急边报到来，乃是周招讨使王景，自大散关至秦川，连拔黄牛八寨。昶不禁掷笔道："可恨强寇，败我诗兴！"乃并撤酒肴，即召词臣拟旨，派都指挥使李廷珪为北路行营都统，高彦俦为招讨使，吕彦琦为副招讨使，客省使赵崇韬为都监，出拒周师。一面促赵季札速赴秦川，援应韩继勋。

季札奉命出军，连爱妾都带在身旁，按驿徐进，兴致勃然。到了德阳，闻周军连拔诸砦，气势甚盛，不由的畏缩起来。嗣经朝旨催促，越觉进退两难。床头妇人，权逾君上，劝令还都避寇，不容季札不依。季札遂疏请解任，托词还朝白事，选遣亲军保护爱妾，与辎重一同西归，然后引兵随返。既至成都，留军士在外驻扎，单骑入城。都中人民，还疑他是孑身逃回，相率震恐。及季札入见蜀主，由蜀主问他军机，统是支吾对答，并没有切实办法。蜀主大怒道："我道汝有甚么才能，委付重任，不料愚怯如此！"遂命将季札拘住御史台，付御史审勘。御史劾他挈妾同行，擅自回朝，应加死罪。蜀主批准，令把季札推出崇礼门外，斩首示众。谋及妇人，宜其死也。蜀行营都统李廷珪率兵至威武城，正值周排阵使胡立，带领百余骑，前来巡逻。廷珪即麾军杀上，把胡立困在垓心，胡立兵少势孤，冲突不出，被蜀将射落马下，活擒而去。立部下多为所获，只剩数十骑逃归周营。李廷珪得了小胜，报称大捷，并命军衣上绣作斧形，号为破柴都。周主本姓为柴，故有此号。虚名何益？

蜀主昶接着捷报，很是喜慰，且遣使至南唐、北汉，约共出兵攻周。偏是得意事少，失意事多，捷报才到，败报又来。廷珪前军，为周将所败，掳去将士三百人。蜀主乃复遣知枢密使伊审征抚勉行营，再行督战。

审征驰诣军前，与廷珪商定军谋，遣先锋李进据马岭寨，截住周军来路。再派游击队旁出斜谷，进屯白涧，作为偏师。又令染院使王峦，引兵出凤州北境，至堂仓镇及黄花谷，绝周粮道，三路出师，审征、廷珪等择地扎营，专待消息，准备接应。

王峦率兵三千，径趋堂仓，先令侦骑至黄花谷中，探明敌踪，还报谷外有周军往来，统是输运辎重，接济周营，并没有大将弹压。峦大喜道："我去把他辎重军，一齐夺来，管教他粮食中断，全军溃走了。"我亦说是妙计，无如不从汝愿。遂驱军前进，驰入黄花谷。谷长路窄，兵士不能并行，只好鱼贯而入，慢慢儿的蛇行过去。哪知周军伏在谷口，见蜀兵出谷前来，立即突出。打倒一个捉一个，打倒两个捉一双，王峦押着后队，尚未得知，只管催军速趱，待至前队已擒去千人，方悉谷外警报，慌忙传令退还，怎奈后面的谷口，也有周军出现，峦拼命杀出，手下只剩百余骑，紧紧随着，此外都陷入谷中，被周军前后搜捕，一古脑儿捉去。峦带百余骑还奔堂仓，急急如漏网鱼，累累如丧家犬，恨不得三脚两步，即抵大营。甫至堂仓镇附近，见前面摆着一彪人马，很是雄壮，为首的戴着兜鍪，穿着铁甲，立马横枪，朗声呼道："我周将张建雄也！来将快下马受缚，免我动手。"峦至此叫苦不迭，自思进退无路，只好硬着头皮，纵马来战。两下交锋，一个是胆壮气雄，一个是心惊力怯，才及四五合，杀得王峦满身臭汗，招架不住。建雄大喝一声，把峦扯住衣襟，摔落马下，周军顺手揿住，将峦缚好，牵往马前。蜀兵只有百余骑，怎能夺回主将，兼且无路脱奔，没奈何哀求乞降。建雄令军士反绑蜀兵，仍然由原路回军。那时黄花谷内，已将蜀兵捉得精光，仔细检点，刚刚捉了三千人，一个也不少，一个也不多。更奇的是一个不死，各由建雄带去，回营报功。原来王景、向训等，早已防蜀兵劫粮，伏兵黄花谷口，巧巧王峦中计，遂致全军覆没。

李进在马岭寨中，得知此信，吓得战战兢兢，还道周军具有神力，能使片甲不留。要逃性命，走为上策，便弃了马岭寨，奔回大营。白涧屯兵，也闻声奔溃。伊、李两蜀将的规画，一并失败，自知立脚不住，不如见机早退，因弃营返奔，直至青泥岭下，依险扎住。雄武节度使韩继勋，亦乐得逃生，画个依样葫芦，走还成都。一班逃将军。秦州观察判官赵玭，召官属与语道："敌兵甚锐，战无不胜，我国所遣兵将，向称骁勇，一经战阵，非死即逃，我等怎可束手待毙，去危就安，正在今日，未知诸君意下如何？”大众都是贪生怕死，听了玭言，应声如响，即开城迎纳周军。

王景等已入秦州，便分兵攻成、阶二州，自督军往围凤州。成、阶二州的刺史，闻秦州失守，当即迎降，独凤州固守不下。自韩继勋逃回成都，蜀主昶把他褫职，改用王环为威武节度使，赵崇溥为都监，往援秦州。两将行至中途，接得秦州降周消息，忙引兵转趋凤州。甫入凤州城，那王景已率师来攻，急登陴守御。景四面攻扑，都被赵崇溥督兵拒却，乃筑垒成围，断绝城中樵汲，令他自毙。适曹州节度使韩通，奉周主命，来助王景。景令他往城固镇，堵住蜀中援师。城中饷竭援穷，渐渐支撑不住，每夜有兵将缒城出降。王景乘危督攻，一鼓登城，城上守兵俱靡，王环、赵崇溥，尚率众巷战。怎奈士无斗志，陆续逃散，只剩王、赵两将，无路可奔，统被周将擒住，崇溥愤不欲生，绝粒而死，环被拘狱中。于是秦、凤、成、阶四州，俱为周有。

王景露布奏捷，静候朝命。周主传谕优奖，且命赦四州所获将士，愿归诸人，给资遣还。愿留诸人，各予俸赐，编为怀恩军，即令降将萧知远带领，暂住凤州。嗣因兴兵南讨，欲罢西征，遂遣萧知远率兵西归。

蜀中兵败地削，上下震惊，伊审征、李廷珪等，奉表请罪。蜀主概置不问。但命在剑门、白帝城各处，多聚刍粮，为备御计。一面鼓铸铁钱，禁民间私用铁器。国人很觉不便，都归咎李廷珪等将士。昶母李氏，亦屡言典兵非人，除高彦俦忠诚足恃外，应悉数改置。昶不能从，后来惟彦俦死节，方知李氏有识，可惜孟昶不用。但罢廷珪兵柄，令为检校太尉。及萧知远等还蜀，蜀主昶亦放还周将胡立等八十余人，并嘱立带转国书，向周请和。

立还至大梁，呈上蜀主昶书。周主展开一阅，但见起首二语。乃是大蜀皇帝，谨致书于大周皇帝阁下，不禁忿然道：“他尚敢与朕为敌么？”嗣复看将下去，乃是一篇骈体文。略云：

> 窃念自承先训，恭守旧邦，匪敢荒宁，于兹二纪。顷者晋朝覆灭，何建来归，不因背水之战争，遂有仇池之士地。洎审晋君北去，中国且空，暂兴敝邑之师，更复成都之境。厥后贵朝先皇帝应天顺人，继统即位，奉玉帛而未克，承弓剑之空遗，但伤嘉运之难谐，适叹新欢之且隔。以至去载，忽劳睿德，远举全师，土疆寻隶于大朝，将卒亦拘于贵国。幸蒙皇帝惠其首领，颁以衣裘，偏裨尽补其职员，士伍遍加以粮赐，则在彼无殊于在此，敝都宁比于雄都！方怀全活之恩，非有放还之望。今则指导使萧知远等，押领将士子弟，共计八百九十三人，还入成都，具审皇帝迴

开仁悯，深念支离，厚给衣装，兼加巾屦，给沿程之驿料，散逐分之缗钱。此则皇帝念疆埸几经变革，举干戈不在盛朝，特轸优容，曲全情好。求怀厚谊，常贮微衷。载念前在凤州，支敌虎旅，曾拘贵国排阵使胡立以下八十余人，嘱令军幕收管，令各支廪食，各给衣装，只因未测宸襟，不敢放还乡国。今既先蒙开释，已认冲融，归朝虽愧于后时，报德未稽于此日。其胡立以下，令各给鞍马、衣装、钱帛等，专差御衣库使李彦昭部领，送至贵境，望垂宣旨收管。矧以昶昔在龆龄，即离并都，亦承皇帝风起晋阳，龙兴汾水，合叙乡关之分，以申玉帛之欢。倘蒙惠以嘉音，即伫专驰信使，谨因胡立行次，聊陈感谢。词不尽意，伏惟仁明洞鉴，瞻念不宣。

周主览毕，颜色少霁，便语胡立道："他向朕乞和，情尚可原，但不应与朕钧礼，朕不便答复。汝在蜀多日，能悉蜀中情形否？"立叩陈蜀主荒淫情事，且自请失败罪名。周主道："现在有事南方，且令蜀苟延一二年，俟征服南唐，再图西蜀未迟。朕赦汝罪，汝且退出去罢！"立谢恩而退。

蜀主昶俟周复书，始终不至，竟向东戟指道："朕郊祀天地，即位称帝时，尔方鼠窃作贼，今何得藐我至此！"遂仍与周绝好，复为敌国。小子有诗咏道：

丧师失地尚非羞，满口骄矜最足忧；
幸有南唐分敌势，尚留残喘度春秋。

蜀事暂从缓叙，小子要述及周、唐战争了。看官不嫌词费，还请再阅下回。

声色二字，最足误人，而国君尤甚，自古迄今，未闻有耽情声色，而能保邦致治者。蜀主孟昶，据有两川，因佚思淫，因淫致侈，幸经中原多故，方得十余年无事。然周师一出，即失四州，所遣诸将，非死即逃，盖淫靡成风，将骄卒惰，欲其杀敌致果也得乎？逮夫修书乞和，不得答复，复有庞然自大之言。师徒挠败不之忧，土宇侵削不之惧，几何而不亡国败家也。厥后徐妃入宋，咏述亡国之由来，有"十四万人齐解甲，可无一个是男儿！"二语，后世竟传诵之，然美人误国，厥罪维钧，半老徐娘，亦宁能辞咎乎？而蜀主昶固不足责焉。

第二十四回

李重进涉水扫千军　赵匡胤斩关擒二将

却说蜀主昶致书乞和，周主虽不答复，却为着南讨兴师，暂罢西征，令各将振旅言旋，别命宰臣李谷为淮南道前军行营都部署，兼知庐、寿等州行府事，许州节度使王彦超为副，都指挥使韩令坤等一十二将，一齐从征，向南进发，并先谕淮南州县道：

朕自缵承基构，统御寰瀛，方当恭己临朝，诞修文德，岂欲兴兵动众，专耀武功！顾兹昏乱之邦，须举吊伐之义。蠢尔淮甸，敢拒大邦！因唐室之凌迟，接黄寇之纷扰，飞扬跋扈，垂六十年，盗据一方，僭称伪号。幸数朝之多事，与北境以交通，厚启兵端，诱为边患。晋、汉之代，寰境未宁，而乃招纳叛亡，朋助凶慝，李金全之据安陆，李守贞之叛河中，大起师徒，来为援应，攻侵高密，杀掠吏民，迫夺闽、越之封疆，涂炭湘、潭之士庶。以至我朝启运，东鲁不庭，发兵而应接叛臣，观衅而凭陵徐部。沭阳之役，曲直可知，尚示包荒，犹稽问罪。迩后维扬一境，连岁阻饥，我国家念彼灾荒，大许余籴易。前后擒获将士，皆遣放还。自来禁戢边兵，不令侵挠。我无所负，彼实多奸，勾诱契丹，至今未已，结连并寇，与我为仇，罪恶难名，神人共愤。今则推轮命将，鸣鼓出师，征浙右之楼船，下朗陵之戈甲，东西合势，水陆齐攻。吴孙皓之计穷，自当归命，陈叔宝之数尽，何处偷生！一应淮南将士军人百姓等，久隔朝廷，莫闻声教，虽从伪俗，应乐华风，必须善择安危，早图去就。如能投戈献款，举郡来降，具牛酒以犒师，纳圭符而请命，车服玉帛，岂吝旌酬，土地山河，诚无爱惜。刑赏之令，信若丹青。若或执迷，宁免后悔！王师所至，军政甚明，不犯秋毫，有如时雨。百姓父老，各务安居，剽掳焚烧，必令禁止。须知助逆何如效顺，伐罪乃能吊民。朕言尽此，俾众周知！

这道谕旨，传入南唐，江淮一带，当然震动。唐主璟只信用二冯，冯延己尝坐

五代

罪罢相。见前文潭州失守事。不到数月，便命复职，冯延鲁又入任工部侍郎，兼东部副留守。东都即广陵，见前。就是陈觉、魏岑等，亦相继起用，奸佞盈廷，国政日紊。每年冬季，淮水浅涸，唐主本发兵戍守，号为把浅兵。寿州监军吴廷绍，以为疆场无事，奏请撤戍，竟邀唐主俞允。清淮节度使刘仁赡，固争不得，自决藩篱。忽闻周师将至，正值天寒水涸的时候，淮上人民，很是恐慌。独刘仁赡神色自若，部分守御，不异平时，众情少安。唐主命神武统军刘彦贞，为北面行营都部署，率兵二万趋寿州，奉化节度使同平章事皇甫晖，为北面行营应援使，常州团练使姚凤为应援都监，率兵三万屯定远县，召镇南节度使宋齐邱，还至金陵，又授户部尚书殷崇义知枢密院事，与齐邱共预兵谋，居中调度。

周都部署李谷等，引兵至正阳镇，见淮上防守无人，便赶造浮梁，数夕即成，越淮而东，直指寿州城下。虽有唐兵二千余人，半途拦阻，哪里是周军对手，略略交锋，便即溃去。周都指挥使白延遇，乘胜长驱，进至山口镇，又遇唐兵千余名，也不值周军一扫。惟进攻寿州，却是城坚难拔，用了许多兵力，毫不见功。李谷屡驰书周廷，报明情实，周主即拟亲征，适枢密使郑仁诲病逝，朝右失一谋臣，周主很是叹惜，亲征吊丧。近臣奏称年月方向，不利驾临，周主摇首道："君臣义重，尚顾得年月方向么？"可称豁达。遂亲至郑宅，哭奠而归。特叙仁诲之死，惜其贤也。

嗣由吴越王钱弘俶，遣来贡使，入献方物，周主召见使臣，嘱令赍诏回国，谕吴越王发兵击唐。吴越王应诏发兵，特简同平章事吴程，出袭常州。唐右武卫将军柴克宏，引军邀击，大破吴越军，斩首万余级，吴程遁还，克宏复移援寿州，途中忽然遇疾，竟尔暴亡。也是寿州晦气。

寿州尚是固守，李谷久攻不克，便在行营中过年，越年已是周显德三年了。周主闻寿州不下，决计亲征，命宣徽南院使向训，权任留守，端明殿学士王朴为副，彰信节度使韩通，权任点检侍卫司，及在京内外都巡检。派侍卫都指挥使李重进为先锋，前往正阳，河阳节度使白重赞，出屯颍上，遥应重进。两人先发，自督禁军启行。

那时唐将刘彦贞，已引兵援寿州，并具战船数百艘，令驶往正阳，毁周浮梁。李谷探知敌谋，召将佐集议道："我军不能水战，若正阳浮梁，为贼所毁，势且腹背受敌，退无所归，不如还保正阳，伫候车驾到来，听旨定夺。"乃一面报明周主，一面焚去刍粮，拔营齐退。

周主行至固镇，接到李谷奏报，不以为然。急遣中使驰往谷营，谕止退兵。谷已到正阳，才得谕旨，乃更复奏道："贼将刘彦贞来救寿州，臣却不惧，只虑贼舰顺流掩击，断我浮梁，截我后路，所以不得已退守正阳。今贼舰日进，淮水日涨，若车驾亲临，万一粮道断绝，危且不测，愿陛下驻跸陈颍，俟臣审度可否，再行进取未迟！”周主览奏，愀然不乐，飞促李重进驰诣淮上，与谷会师。且传谕道：“唐兵且至，须急击勿失！”

重进奉命抵正阳，那唐将刘彦贞，到了寿州，见周军退去，便欲追击。刘仁赡谏阻道：“公军未至，敌已先退，想是畏公声威，故即遁去，但能固我边圉，何用速战！倘或追击失利，大事反去了。”彦贞道：“火来水挡，兵来将御，敌已怯退，正好乘此进击，奈何不行！”池州刺史张全约，又力为谏止，怎奈彦贞坚执不从，驱军急进。死期已至，如何挽回！仁赡长叹道：“果遇周军，必败无疑！看来寿州是难保了。我当为国效死，城存与存，城亡与亡。”说毕泣下，部众统是感奋，乃入城登陴，修堞益兵，决计死守。

这位不识进退的刘彦贞，他本是无才无能，不娴军旅，平时靠着刻薄百姓的手段，日朘月削，积财巨万，一半儿充入宦囊，一半儿取赂权要。所以冯延巳、陈觉、魏岑等，争相标榜，或称他治民如龚、黄，龚遂、黄霸，汉时循吏。或誉他用兵如韩、彭，韩信、彭越，汉时良将。唐主信以为真，一闻周师入境，便把兵权交付与他，他亦直受不辞，贸然专阃，裨将咸师朗等，亦皆轻率寡谋，毫不足用。当下违谏进兵，直抵正阳，旌旗辎重，亘数百里。

周先锋将李重进，望见唐兵到来，便渡淮东进，也不及与彦贞答话，便身先士卒，冲入唐军。唐将咸师朗，自恃骁勇，策马舞刀，抵住重进，兵器并举，战到四五十合，不分胜负，重进佯输，跑马绕阵而走。师朗不知是计，骤马急追，约有二百余步，由重进按住了刀，挽弓搭箭，回放一矢。师朗刚刚追上，相距只有数武，急切无从闪避，左肩上着了一箭，忍痛不住，撞落马下。唐兵忙来抢救，被重进回马杀退，捉住师朗，遣部卒解入谷营。

谷闻重进得胜，也拨韩令坤等将士，越淮接应。重进正杀入唐阵，凭着一把大刀，左劈右斫，挥死多人。刘彦贞随兵虽众，统是酒囊饭袋，不耐争战，蓦遇重进一支人马，已似虎入羊群，望风奔避。再加韩令坤等相继杀来，哪里还敢抵敌，霎时间狂奔乱窜，四散逃生。单剩刘彦贞亲军数百人，如何支持，当然拥着彦贞，落荒西走。重进怎肯饶他，紧紧追蹑。前面有一小坡，地势不高，却很峻削。唐军越坡而逃，彦贞也跃马上坡，不防马失后蹄，倒退下来。竟将彦贞送落马后，滚坠坡下。凑巧重进追到，顺手一刀，把彦贞劈做两段！钱难买命，何如不贪？此外四窜的唐兵，被周军分头赶杀，斩首万余级，伏尸三十里，军资器械，遍地抛弃。由周军慢慢搬去，共得二十余万件。

唐刺史张全约，方运粮进饷前军，途次见败卒逃归，报称彦贞战死，急将粮车折回寿州。所有彦贞残众，也共逃入寿州城内。刘仁赡表举全约为马步左厢都指挥使，同守州城。皇甫晖、姚凤，闻彦贞覆师，不敢屯留定远县，即退保清流关。滁州刺史王绍颜，已委城遁去。

周主得知正阳胜仗，也自陈州至正阳，命李重进代为招讨使。但令谷判寿州行府事，自督大军进攻寿州，在淝水南下营，徙正阳浮梁至下蔡镇，且召宋、亳、陈、颍、徐、宿、许、蔡等处数十万，围攻寿州，昼夜不息。刘仁赡已备足守具，镇日里发矢掷石，鸣炮扬灰，使周军不能薄城。周军虽多，无从进步，只好顿留城下；周主亦无可如何。

忽报唐都监何延锡，率战舰百余艘，驻营涂山，为寿州声援，乃召殿前都虞侯赵匡胤入帐道："何延锡来援寿州，但在涂山下立营，不敢到此，想亦没有甚么能力。惟寿州城内的守兵，得此声援，却不易摇动，汝可引兵前去，破灭此营。"匡胤领命，即率兵五千，趋往涂山。遥见唐兵维舟山下，一排儿却很整齐，岸上只有一营，想是何延锡驻着，便顾语部将道："我军是陆兵，敌军是水师。主客殊形，如何破敌！我惟有用计除他便了。"遂选老弱兵百余骑，授他密语，往诱敌营，自引精骑埋伏涡口。何延锡正在营中坐着，自思寿州孤危，不好不救，又不能遽救，心下好同辘轳一般。突有军吏入报道："周军来了！"延锡忙即上马，招集水军，出营角斗。营外只有百余骑周兵，更兼老少不齐，或长或短，延锡不禁大笑道："我道周军如何厉害，怎知是这等人物！也想来踹我营么？"便麾兵杀上。那周兵并未对仗，立即返奔。延锡追了一程，也欲回军，但听得敌骑笑骂道："料你这等没用的贼奴，不敢追来，我有大军在涡口，你等如再追我，管教你人人陨首，个个丧生！"不欺之欺，尤善于欺。延锡被他一激，不肯罢休，索性再赶，且嘱令战舰五十艘，驶至涡口，就使遇着不测，也可下船急走。于是周兵前奔，唐兵后追，不多时已至涡口，只见前面统是芦苇，长可称身，并没有周军驻扎。延锡胆愈放大，又听得敌骑揶揄，仍然如故，便当先力追，那敌骑却从芦苇中，窜了进去。延锡不知好歹，也纵马入芦苇间，追杀敌骑。不意两旁伏着绊马索，竟将马足绊住，马忽坠倒，延锡也跌做一个倒栽葱。慌忙爬起，突来了一位面红大将军，兜头一棍，击破延锡脑袋，死于非命。

看官不必细猜，便可知是赵匡胤，匡胤既击死何延锡，指挥伏兵，驱杀唐军，唐军都做了刀头鬼。有几个跑得快的，远远逃去，哪里还好下船！所有战船五十艘，急急驶来，正好被匡胤夺住，乘船至御营报功，周主自然嘉奖。又接得庐、寿、光、黄巡检使司超，奏称在盛唐地方，击败唐兵，夺得战舰四十余艘。周主大喜，且谕匡胤道："我军处处得胜，先声已振，只是寿州不下，阻我前进。我欲进击清流关，卿以为可行否？”匡胤道：“臣愿得二万人，往取此关。”周主道：“清流关颇称雄壮，除非掩袭一法，未易成功，卿既欲往，就烦前去。”匡胤道：“臣即引兵前往便了。”周主便派兵二万名，令匡胤带领了去。复遣人往谕朗州节度使王逵，命他出攻鄂州，特授南面行营都统使。王逵应诏出师，后文自有交代。

且说赵匡胤往袭清流关，星夜前进，路上偃旗息鼓，寂无声响，但令各队衔枚疾走。及距关十里，分部兵为两队，前队兵直往关下，自引兵从间道而去。皇甫晖、姚凤两人，探得周兵到来，开关迎敌，正在山下列阵。不防山后杀出一队雄师，喊呐前来，径去抢关。晖、凤连忙回军，奔入关门，那周军已经驰到，守兵阖门不及，被周军一拥杀进，吓得晖、凤手足失措，没奈何逃往滁州。周军队里的大将，就是赵匡胤，既占住清流关，便进薄滁城。

晖、凤才入城中，后面已有鼓声传到，回头遥望，远远的旗帜飘扬，如飞而至。就中有一最大的帅旗，上面隐约露一赵字。皇甫晖叫苦不迭，忙令把城外吊桥，立即拆去，阻住来军。自与姚凤阖门拒守，登城俯眺，见周军已逼城濠，一齐下马凫水，越过濠西，那赵匡胤更来得突兀，勒马一跃，竟跳过七八丈阔的大渠，晖不禁伸舌！未几即见匡胤指麾兵士，督令攻城，当下开口传呼道：“赵统帅不必逞雄，彼此各为其主，请容我列阵出战，决一胜负，幸勿逼人太甚！”匡胤笑道：“你尽管出来交锋，我便让你一箭地，容你列阵，赌个你死我活，叫你死而无怨！”说至此，便用鞭一挥，令部众退后数步，自己亦勒马倒退，伫候守兵出战。好整以暇。

待了多时，听得城门一响，两扉骤辟，守兵滚滚出来，后面便是晖、凤二人，并辔督军。两阵对圆，匡胤持着一杆通天棍，上前突阵，且大呼道：“我止擒皇甫晖，他人非我敌手，休来送死！”唐兵见他来势甚猛，便即让开两旁，由他驰入，他即冲至皇甫晖马前，晖忙拔刀迎战。刀棍相交，才及数合，被匡胤用棍架开晖刀，右手拔剑，向晖脑袋上斫去，晖将首一偏，不由的眼花缭乱，再经匡胤用棍一敲，就从马上坠下，姚凤急来相救。那马首已着了一棍，马蹄前蹶，也将姚凤掀翻。周军乘势齐上，把晖、凤都活捉了去。唐兵失了主帅，自然溃散，滁州城唾手取来，匡胤入城安民，遣人报捷。

周主命马军副指挥使赵弘殷，东取扬州，道过滁城，已值昏夜。弘殷为匡胤父，拟入城休息，即至城下叩门。匡胤问明来意，便道：“父子虽系至亲，但城门乃是王事，深夜不便开城，请父亲权宿城外，俟诘旦出迎便了！”公而忘私。弘殷只好依言，在城外留宿一宵。越日天明，方由匡胤出谒，导父入城。嗣又连接钦使，一个是翰林学士窦仪，来籍滁州帑藏，一个是左金吾卫将军马承祚，来知滁州府事。还有一个蓟州人赵普，来做滁州军事判官。匡胤一一接见，很是欢洽，一面将皇甫晖、姚凤等，解献行在。晖已受伤，入见周主，不能起立，但委卧地上道："臣非不忠于所事，但士卒勇怯不同，所以被擒。臣前此亦屡与辽人交战，未尝见兵精如此，今贵朝兵甲坚强，又有统帅赵匡胤，智勇过人，无怪臣丧师委命，臣死也值得了！"虽是勉强解嘲，还算有些志节。周主颇加怜悯，命左右替他释缚，留在帐后养疴，晖竟病死。周主诇知扬州无备，令赵弘殷速即进兵，再派韩令坤、白延遇两将，援应弘殷。弘殷时已抱病，力疾从公，既与韩、白二人会晤，便即引兵去讫。

唐主璟屡接败报，很是惶急，特遣泗州牙将王知朗，奉书周主，情愿求和。书中自称唐皇帝奉书大周皇帝，请息兵修好，兄事周主，愿岁输货财，补助军需。周主得书不答，斥归知朗。唐主没法，再遣翰林学士钟谟，工部侍郎李德明，赍献御药，及金器千两，银器五千两，缯帛二千匹，犒军牛五百头，酒二千斛，直至寿州城下，奉表称臣。周主命大陈军备，自帐内直达帐外，两旁统站着赳赳武夫，握刃操兵，非常严肃，然后令唐臣入见。钟谟、李德明，一入御营，瞧着如许军容，已觉惊惶得很。没奈何趋近御座，见上面坐着一位威灵显赫的周天子，不由的魂悸魄丧，拜倒案前。正是：

上国耀兵张御幄，外臣投地怵天威。

欲知周主如何对付唐使？请看下回便知。

观南唐之不能敌周，说者多归咎于唐主之第知修文，不知经武。实则不然；唐主之误，误在任用非人耳。五鬼当朝，始终不悟，又加一自命元老之宋齐邱，为五鬼之首领，斥忠良，进奸佞。贪庸如刘彦贞，第以极奸之称誉，任为统帅，一战即死，坐失藩篱。皇甫晖、姚凤等，皆庸碌子。清流关未战即溃，滁州城遇敌成擒，以阘茸无能之将士，欲其保守淮南，固必无是事也。子舆氏有言：不用贤则亡，削何可得？彼淮南之丧师削地，犹得苟延至十数年，意者其犹为淮南之幸欤！

第二十五回

唐孙晟奉使效忠　李景达丧师奔命

却说唐使钟谟、李德明，入谒周主，拜倒座前，战兢兢的自述姓名，说明来意，并呈上唐主表文，由周主亲自展阅。表中略云：

> 臣唐主李璟上言：窃闻舍短从长，乃推通理；以小事大，著在格言。伏惟皇帝陛下，体上帝之姿，膺下武之运，协一千而命世，继八百以卜年。大驾天临，六师雷动，猥以遐陬之俗，亲为跋扈之行。循省伏深，兢畏无所，岂因薄质，有累蒸人！今则仰望高明，俯存亿兆，虔将上国，永附天朝，冀诏虎贲而归国，用巡雉堞以回兵。万乘千官，免驰驱于原隰，地征土贡，常奔走于岁时，质在神明，誓诸天地。别呈贡物，另具清单，伏冀赏纳，伫望宏慈。谨表！

周主览毕，掷置案上，顾语唐使道："汝主自谓唐室苗裔，应知礼义。我太祖奄有中原，及朕嗣位，已经六年有余，汝国只隔一水，从未遣一介修好。但闻泛海通辽，往来报问，舍华事夷，礼义何在？且汝两人来此，是否欲说我罢兵。我非愚主，岂汝三寸舌所得说动。今可归语汝主，亟来见朕，再拜谢过，朕或鉴汝主诚意，许令罢兵。否则朕即进抵金陵，借汝国库资，作我军犒赏。汝君臣休得后悔呢！"谟与德明，素有口才，至此俱震慑声威，一语不敢出口，惟有叩头听命，立即辞行。文武都是怕死。周主留住钟谟，遣还德明。嗣又得广陵捷报，韩令坤、白延遇等，掩入扬州，逐去唐营屯使贾崇，执住扬州副留守冯延鲁。惟赵弘殷在途遇病，已返滁州云云。周主乃复命令坤转取泰州。看官听着！广陵就是扬州，从前扬州市中，有一疯人游行，诟骂市民道："俟显德三年，当尽杀汝等。"继又改语道："若不得韩、白二人，汝等必无遗类。"市民以为疯狂，毫不理睬。哪知周显德三年春季，果然有周军掩至，周将白延遇先入城中，唐东都营屯使贾崇，不敢抵抗，即焚去官府民舍，弃城南走。继而韩令坤踵至，饬捕守吏。冯延鲁本为副留守，一时逃避不及，慌忙削发披缁，匿居僧寺。偏偏有人认识，报知周军，似僧非僧的冯侍郎，竟被周军寻着，把他牵出，当作猪奴一般，捆缚了去。韩、白两将，既得延鲁，便禁止杀掠，使民安堵，果如疯人所言。令坤奉周主命，转取泰州。泰州为杨氏遗族所居，杨溥让位李昪，病死丹阳，子孙徙居泰州，锢住永宁宫中，断绝交通，甚至男女自为匹偶，蠢若犬豕。唐主璟因江北鏖兵，恐杨氏子孙，乘势为变。特遣园苑使尹延范，迁至京口，统计杨氏遗男，尚有六十余人，妇女亦不下数十，延范承唐主密嘱，竟将杨氏男子六十余人，驱至江滨，一并杀死，仅率妇女渡江，杨氏遂绝。唐主璟反归咎延范，下令腰斩。延范有口难言，也冤冤枉枉的受了死刑。不得谓之冤枉，恐难偿六十余人性命！后来唐主泣语左右道："延范亦成济流亚。魏成济助司马昭刺死曹髦，旋为司马昭所杀。我非不知他效忠，因恐国人不服，没奈何处他死刑呢！"遂命抚恤延范家属，毋令失所。国将危亡，尚如此残忍，莫谓李璟优柔。嗣闻泰州被韩令坤取去，刺史方讷遁归。接连是鄂州长山寨守将陈泽，为朗州节度使王逵所擒，解献周营。天长制置使耿谦，举城降周。常州、宣州，又有吴越兵入侵，静海军制置使姚彦洪，投奔吴越。急得李璟心慌意乱，日夕召入宋齐邱、冯延己等，会议军情。齐邱、延己等也是无法，只劝唐主向辽乞援。唐主不得已遣使北往，行至淮北，被周将截住，搜出蜡书，拘送寿州御营。

唐廷待援不至，再由冯延己奏请，特派司空孙晟，及礼部尚书王崇质，赍表如周，愿比两浙、湖南，奉周正朔。晟语延己道："此行本当属公，惟晟受国厚恩，始终当不负先帝，愿代公一行，可和即和，不可和即死。公等为国大臣，当思主辱臣死的大义，毋再误国。"一士谔谔，但与冯延己相谈，未免对牛弹琴。延己惭不能答。惟更令工部侍郎李德明，与晟等偕行。晟退语王崇质道："君家百口，宜自为谋，我志已定，终不负永陵一抔土，他非所计了！"永陵即李昪陵。遂草草整了行装，与崇质、德明二人，并及从吏百名，出都西去。

途次又迭闻败耗，光州兵马都监张延翰降周，刺史张绍弃城遁走，舒州亦被周军陷没，刺史周宏祚投水自尽，蕲州将李福，为周所诱，杀死知州王承儁，亦举州降周。唐失各州，叙笔随处不同，可谓化板为活。晟不禁长叹道："国事可知，我此行恐不复返了！"仿佛易水荆卿。便兼程前进，直抵寿州城下，进谒周主。当将表文呈入，大略说是：

> 朝阳委照，爝火收光，春雷发声，蛰户知令。伏念天祐之后，率土分摧，或跨据江山，或革迁朝代，皆为司牧，各拯黎元。臣由是克嗣先基，获安江表，诚以瞻乌未定，附凤何从？今则青云之候，明悬白水之符，斯应仰祈声教，俯被遐方，岂可远动和銮，上劳薄伐！倘或俯悯下国，许作功臣，则柔远之风，其谁不服！无战之胜，自古独高。别进金千两，银十

万两，罗绮二千匹，宣给军士，伏祈赐纳！

周主且阅且语道："一纸虚文，又来搪塞，朕岂被汝所欺么？"晟从容答道："称臣纳币，并非虚文。况陛下南征不庭，已由敝国谢罪归命。叛即讨，服即舍，古来圣帝明王，大都如是。望陛下俯纳臣言！"周主又道："朕率军南来，岂为这区区金帛？如果欲朕罢兵，速将江北各州县，悉数献朕。休得迟疑！"晟亦正色道："江北土地，传自先朝，并非得自大周，且江南亦奉表称臣，已不啻大周藩服，陛下何勿网开一面，稍假隆恩呢！"周主怒道："不必多言，汝国若不割江北，朕决不退师！"随又顾语李德明道："汝前来见朕，朕叫汝归语汝主，自来谢罪，今果何如？"德明慌忙叩首，且忆及延己密嘱，愿献濠、寿、泗、楚、光、海六州，更岁输金帛百万，乞请罢兵，当下便尽情吐出。周主道："光州已为朕所得，何劳汝献！此外各州，朕亦不难即取，惟寿州久抗王师，汝国节度使刘仁赡，颇有能耐，朕却很加怜惜，汝等可替朕招来！"德明尚未及答，晟已目视德明，似含着一腔怒意。周主已经瞧透，索性逼晟前去，招降仁赡。晟却慨然请行。

周主遣中使监晟，同至城下，招呼仁赡答话。仁赡在城上拜手，问晟来意。晟仰语道："我来周营议和，尚无头绪。君受国恩，切不可开门纳寇，主上已发兵来援，不日就到了！"也是一个晋解扬。语毕自回，中使入报周主，周主召晟叱责道："朕令汝招降仁赡，如何反教他坚守？"晟朗声道："臣为唐宰相，好教节度使外叛么？若使大周有此叛臣，未知陛下肯容忍否？"周主见他理直气壮，倒也不能驳斥，便道："汝算是淮南忠臣，奈天意欲亡淮南，汝虽尽忠，亦无益了。"随命晟留居帐后，优礼相待，惟与李德明、王崇质商议和款，定要南唐献江北地，方准修好。

德明、崇质，不敢力争，但说须归报唐主，当遵谕旨。周主乃遣二人东还，并付给诏书。略云：

> 朕擅一百州之富庶，握三十万之甲兵，农战交修，士卒乐用。苟不能恢复内地，申画边疆，便议班旋，直同戏剧。至于削去尊称，愿输臣节。孙权事魏，萧詧奉周，古也固然，今则不取。但存帝号，何爽岁寒。倘坚事大之心，必不迫人于险，事资真悫，辞匪枝游。俟诸郡之悉来，即大军之立罢，言尽于此，更不烦云。苟曰未然，请从兹绝。特谕！

李德明、王崇质两人，得了诏书，便还诣金陵，把周主诏书，呈与唐主过目。唐主沉吟未决，宋齐邱从旁进言道："江北是江南藩篱，江北一失，江南亦不能保守了。德明等往周议和，并不是去献地。如何反替周主传诏，叫我国割献江北呢？"德明忍耐不住，竟抗声答道："周主英武过人，周军气焰甚盛，若不割江北，恐江南也遭蹂躏呢。"齐邱厉声道："汝两人也想学张松么？张松献西川地图，古今唾骂，汝等奈何不闻！”王崇质被他一吓，慌忙推诿，专归咎德明一人。于是枢密使陈觉，及副使李征古，同时入奏道：“德明奉命出使，不能伸国威，修邻好，反且输情强敌，自示国弱，情愿割弃屏藩，坐捐要害，这与卖国贼何异！请陛下速正明刑，再图退敌！”德明闻言，越加暴躁，竟攘袂诟詈陈觉等人。惹得唐主大怒，立命绑出德明，责他卖国求荣的罪状，枭首市曹。德明若早知要死，不如死在周营，好与孙晟齐名。乃更简选精锐，得六万人，命太弟齐王景达为诸道兵马元帅，统兵拒周。授陈觉为监军使，起前武安节度使边镐为应援都军使，次第出发。

中书舍人韩熙载上书，略谓皇弟最亲，元帅最重，不必另用监军。唐主不听，又遣鸿胪卿潘承祐速赴泉州，招募勇士。承祐荐举前永安节度使许文缜，静江指挥使陈德诚，及建州人郑彦华、林仁肇，俱说是可为将帅。唐主因命文缜为西面行营应援使，彦华、仁肇，各授副将，再与周军决战。还有右卫将军陆孟俊，也自常州率兵万人，往攻泰州。

周将韩令坤，已回屯维扬，只留千人守泰州城，兵单力寡，哪里敌得过孟俊，当然遁走，泰州复被孟俊占去。孟俊又乘胜攻扬州，兵至蜀冈，令坤闻孟俊兵众，却也心惊，又且新纳爱妾杨氏，正在朝欢暮乐的时候，更不免英雄气短，儿女情长。当下令部兵护出杨氏，先行避敌，自己也弃城出走。忽有诏旨颁到，已遣滑州节度使张永德来援，那时只好勒马回城，入城以后，复闻赵匡胤调守六合，下令军中，不准放过扬州兵，如有扬州兵过境，一概刖足。自思归路已断，不如决一死战，与孟俊见个高下。计画已定，索性将爱妾杨氏，亦追了回来，整兵备械，专待孟俊攻城，好与他鏖斗一场。

孟俊不管死活，领着兵到了扬州，方就城东下寨。令坤先发制人，骤马杀出，领着敢死士千人，大刀阔斧，搅入孟俊寨内。孟俊不及预防，顿时骇退，主将一逃，全军四溃。独令坤不肯舍去，只管认着孟俊，紧紧追上，大约相距百余步，即拈弓搭箭，把孟俊射落马下，麾兵擒住，收军还城。

正拟将孟俊解送行在，偏是冤冤相凑，由爱妾杨氏出厅哭诉，要将孟俊剖心复仇。原来杨氏是潭州人，孟俊前时，曾随边镐往攻潭州，杀死杨氏家眷二百余口，惟杨氏有色，为楚王马希崇所得，充作妾媵。希崇降唐，出镇舒州，留家属居扬州。及韩令坤得扬州城，保全希崇家属，惟见杨氏华色未衰，勒令为妾。杨氏系一介女流，如何抵拒，只好随遇而安。到底是杨花水性。此时见了仇人孟俊，便请令坤借公报私，令坤当然依从，便将孟俊洗刷干净，活祭杨氏父母，挖心取肝，脔割了事。

那边唐元帅李景达，闻孟俊败死，急自瓜步渡江。行至六合县附近，探知赵匡胤据守六合，料不是好惹的人物，便在六合东南二十余里，安营设栅，逗留不进。赵匡胤早已侦悉，也按兵勿动。请将请进击景达，匡胤道：“景达率众前来，半道下寨，设栅自固，是明明怕我呢。今我兵只有二千，若前去击他，他见我兵寥寥，反足壮胆，不若待他来攻，我得以逸待劳，不患不胜。”

果然过了数日，城外鼓声大震，有唐兵万余人杀来，匡胤已养足锐气，立即杀出，自己仗剑督军，与唐兵奋斗多时，不分胜负。两军都有饥色，各鸣金收军。翌晨匡胤升帐，令军士各呈皮笠，笠上留有剑痕，约数十人，便指示军士道：“汝等出战，如何不肯尽力！我督战时，曾斫汝皮笠，留为记号，如此不忠，要汝等何用？”遂命将数十人绑出军辕，一一斩讫。军法不得不严。部兵自是畏服，不敢少懈。

匡胤即令牙将张琼潜引千人出城，绕出唐军背后，截住去路，自率千人径捣唐营。唐营中方在早餐，蓦闻周军驰至，急忙开营迎敌。景达亦出来观战。不防周军勇猛得很，个个似生龙活虎，不可捉摸，突然间冲入中军，竟将景达马前的帅旗，用矛钩翻。景达吃一大惊，忙勒马返奔。帅旗是全军耳目，帅旗一倒，全军大乱。况且景达奔去，军中已没人主持，你也逃，我也走，反被周军前截后追，杀毙了无数人马。景达奔至江口，巧值周将张琼，列阵待着，要想活擒景达，还亏景达部将岑楼景，抵住张琼，大战数十回合，景达得带着残军，拼命冲出，觅舟径渡。岑楼景尚与张琼力战，后面又值匡胤追到，也只可舍了张琼，夺路逃生。张琼与匡胤合兵，追至江口，杀获约五千人，余众多泅水遁去，又溺毙了数千。周军始奏凯还城。

这次大战，景达挑选精卒二万人，自为前驱，留陈觉、边镐为后应。觉与镐正要渡江，偏景达已经败归，精卒伤亡了一大半。惟赵匡胤兵只二千，能把唐兵二万人，驱杀过江，自然威名大震，骇倒淮南！为后来得国的预兆。

周主闻六合大捷，尚拟从扬州进兵，宰相范质等，叩马力谏，大致谓兵疲食少，乞请回銮。周主尚未肯从，经质再三泣谏，才有归意。可巧唐主又遣使上表，力请罢兵。大略说是：

> 圣人有作，曾无先见之明，王祭弗供，果致后时之责。六龙电迈，万骑云屯，举国震惊，群臣惴悚。遂驰下使，径诣行宫，乞停薄伐之师，请预外臣之籍。天听悬邈，圣问未回，由是继飞密表，再遣行人，致江河羡海之心，指葵藿向阳之意。伏赐亮鉴，不尽所云！

周主得表，乃整备回銮。留李重进围寿州，更派向训权淮南节度使，兼充沿江招讨使，韩令坤为副招讨使，自往濠州巡阅各军，再至涡口亲视浮梁。适值唐舒州节度使马希崇，率兄弟十七人奔周，独不记杨氏么？周主命为右羽林统军，随驾北归。并将唐使臣孙晟、钟谟，及所获冯延鲁等，也一并带回，且召赵匡胤父子还都。

匡胤留兵捍守六合，自领亲兵入滁州，省父弘殷。弘殷病已少痊，乃奉父启行。判官赵普，相偕随归。道过寿州，正值南砦指挥使李继勋，被刘仁赡出兵袭破，所储攻具，多遭焚掠，将士伤毙数百人。继勋走入东砦，李重进在东砦中，仅能自保。军士经此一挫，相率灰心，意欲请旨班师，幸赵匡胤驰入行营，助他一臂，代为搜乘补阙，修垒济师，部署了十余日，周军复振。乃辞别重进，驰还大梁。

周主加封赵弘殷为检校司徒，兼天水县男，匡胤为定国军节度使，兼殿前都指挥使。匡胤复荐普可大用，乃即令为定国军节度推官。

忽由吴越王表奏常州军情，说为唐燕王弘冀所败，丧师万计，周主不胜惊叹，嗣又接到荆南奏表，代报朗州节度使王逵，为下所杀，军士推立潭州节度周行逢为帅。周主又叹息道："吴越丧师，湖南又失去一支人马，恐唐兵乘隙猖狂，仍须劳朕再出呢。"小子有诗咏周主荣道：

南征北讨不辞劳，战血何妨洒御袍！
五代史中争一席，郭家养子本英豪。

究竟王逵何故被戕？下回再行补叙。

南唐非无忠臣，如司空孙晟，刚直不阿，颇胜大任，而乃为冯延己所排挤，令充国使。是明明欲借刀杀人，聊泄私愤而已。晟仗节至周，理直气壮，而往谕刘仁赡数语，可质天地，宁死不辱君命，足为淮南生色。淮南有此忠臣而不能用，无怪其日削月危以底于亡也。李景达以唐主介弟，不堪一战，尤为可鄙。亲贵无一足恃，仅恃此妃黄俪白之文词，欲乞周主罢兵，何其瞢欤！古谓有文事必有武备，武备不足，文言奚益！本编选录唐表，正以见虚文之无补云。

五代

第二十六回

督租课严夫人归里　尽臣节唐司空就刑

却说王逵据有湖南，始由潭州夺朗州，令周行逢知朗州事，自返长沙。继复由潭州徙朗州，调行逢知潭州事。用潘叔嗣为岳州团练使。周既授逵节钺，因谕令攻唐，逵乃发兵出境。道出岳州，潘叔嗣特具供张，待逵甚谨。逵左右皆是贪夫，屡向叔嗣索赂，叔嗣不肯多与，致遭谗构。逵不免误信，遂将叔嗣诘责一番。两下里争论起来，惹得王逵性起，当面呵斥道："待我夺得鄂州，再来问汝。"说毕自去。自取其死。

既入鄂州境内，忽有蜜蜂数万，攒麾盖上，驱不胜驱，或且飞集逵身，逵不禁人惊。左右统是谀媚，向逵称贺，谓即封王预兆，逵始转惊为喜。果然进攻长山寨，一战得胜，突入寨中，擒住唐将陈泽。正拟乘势再进，忽接朗州警报，乃是潘叔嗣挟恨怀仇，潜引兵掩袭朗州。逵骇愕道："朗州是我根本地，怎可令叔嗣夺去！"遂仓猝还援，自乘轻舟急返。行至朗州附近，先遣哨卒往探，返报全城无恙，城外亦没有乱兵。逵似信非信，命舟子急驶数里，已达朗州。遥见城上甲兵整列，城下却也平静，那时也不遑细问，立即登岸。

时当仲春，百卉齐生，岸上草木迷离，瞧不出甚么埋伏。谁知走了数步，树丛中一声暗号，跑出许多步卒，来捉王逵。逵随兵不过数十人，如何抵敌，当即窜去。逵亦抢步欲逃。偏被步卒追上，似老鹰拖小鸡一般，把他攫去。牵至树下，有一大将跨马立着，不是别人，正是岳州团练使潘叔嗣。仇人相见，还有何幸，立被叔嗣叱骂数语，拔刀砍死。原来叔嗣欲报逵怨，竟攻朗州，料知逵必还援，特探明行踪。伏兵江岸，得将逵获住处死。

当下引军欲还，部将俱请入朗州。叔嗣道："我不杀逵，恐他战胜回来，我等将无噍类，所以不得已设此一策。今仇人已诛，朗州非我所利，我不如仍还岳州罢！"部将道："朗州无主，将归何人镇守？"叔嗣道："最好是往迎周公，他近来深得民心，若迎镇朗州，人情自然悦服了。"说着，即留部将李简，入谕朗州吏民，自率众回岳州。

李简入朗州城，令吏民往迎周行逢。大众相率踊跃，即与简驰往潭州，请行逢为朗州主帅。行逢乃趋往朗州，自称武平留后。或为叔嗣作说客，请把潭州一缺，令叔嗣升任。行逢摇首道："叔嗣擅杀主帅，罪不容诛，我若反畀潭州，是我使他杀主帅了。这事岂可使得！"因召叔嗣为行军司马，叔嗣托疾不至。可见前时退还岳州，实是畏惧周行逢。行逢道："我召他为行军司马，他不肯来，是又欲杀我了。"乃再召叔嗣，佯言将授付潭州，令他至府受命。叔嗣欣然应召，即至朗州。行逢传令入见，自坐堂上，使叔嗣立庭下，厉声斥责道："汝前为小校，未得大功，王逵用汝为团练使，待汝不为不厚，今反杀死主帅，汝可知罪否？我未忍斩汝，乃尚敢拒我命么？"说至此，即喝令左右，拿下叔嗣，推出斩首。部众各无异言，行逢即奉表周廷，陈述详状。周主授行逢为武平军节度使，制置武安、静江等军事。

行逢本朗州农家子，出身田间，颇知民间疾苦，平时励精图治，守法无私。女夫唐德，求补吏职，行逢道："汝实无才，怎堪作吏！我今日畀汝一官，他日奉职无状，反不能为法贷汝，汝不如回里为农，还可保全身家呢。"看似行逢无情，实是顾全之计。乃给与农具，遣令还乡。府署僚属，悉用廉士，约束简要，吏民称便。

先是湖南大饥，民食野草，行逢尚在潭州，开仓赈贷，活民甚众，因此民皆爱戴，独自奉不丰，终身俭约。有人说他俭不中礼，行逢叹道："我见马氏父子，穷奢极欲，不恤百姓，今子孙且向人乞食，我难道好效尤吗？"能惩前辙，不失为智。行逢少年喜事，尝犯法戍静江军，面上黥有字迹。及得掌旌节，左右统劝他用药灭字。行逢慨然道："我闻汉有黥布，不失为英雄。况我因犯法知戒，始有今日，何必灭去？"左右闻言，方才佩服。惟秉性勇敢，不轻恕人，遇有骄惰将士，立惩无贷。一日闻有将吏十余人，密谋作乱，便即暗伏壮士，佯召将吏入宴。酒至半酣，呼壮士出厅，竟将十数人一并拖出，声罪处斩。部下因相戒勿犯，民有过失，无论大小，多加死刑。

妻严氏得封勋国夫人，见行逢用刑太峻，未免自危，尝从旁规谏道："人情有善有恶，怎好不分皂白，一概滥杀呢！"行逢怒道："这是外事，妇人不得预闻！"

严氏知不可谏，过了数日，乃伪语行逢道："家田佃户，多半狡黠，他闻公贵，不亲琐务，往往惰农自安，倚势侵民，妾愿自往省视。"行逢允诺，严氏即归还故里，修葺故居，一住不返。居常布衣菜饭，绝无骄贵气象。行逢屡遣仆媪往迓，严氏却辞以志在清闲，不愿城居。惟每岁春秋两届，自著青裙，押佃户送租入城。行逢谕止不从，且传语道："税系官物，若主帅自免家税，如何率下？"行逢也不能辩驳。

一日闲着，带领侍妾等人，驰回故里，见严氏在田亩间，督视农人，催耕促种，不禁下马慰劳道："我已贵显，不比前时，夫人何为自苦？"严氏答道："君不忆为户长时么？民租失时，常苦鞭挞，今虽已贵，如何把陇亩间事，竟不记忆呢！"行逢笑道："夫人可谓富贵不移了！"遂指令侍妾，强拥严氏上舆，抬入朗州。严氏住了一二日，仍向行逢辞行。行逢不欲令归，再三诘问，严氏道："妾实告君，君用法太严，将来必失人心。妾非不愿留，恐一日祸起，仓猝难逃，所以预先归里，情愿辞荣就贱，局居田野，免致碍人耳目，或得容易逃生哩。"一再讽谏，用意良苦。行逢默然。俟严氏归去后，刑威为之少减。

严氏秦人，父名广远，曾仕马氏为评事，因将女嫁与行逢。行逢得此内助，终得自免，严氏亦获考终。史家采入烈女传，备述严氏言行，这真不愧为巾帼丈夫呢！极力褒扬，风示女界。

且说周主还入大梁，闻寿州久攻不下，更兼吴越、湖南，无力相助，又要启跸亲征。宰相范质等仍加谏阻，因此尚在踌躇。

唐驾部员外郎朱元，颇有武略，上书白事，历言用兵得失事宜，唐主因命他规复江北，统兵渡江。更派别将李平，作为援应。朱元往攻舒州。周刺史郭令图，弃城奔还。唐主即授元为舒州团练使，李平亦收复蕲州，也得任蕲州刺史。从前唐人苛榷茶盐，重征粟帛，名目叫作薄征，又在淮南营田，劳役人民，所以民多怨讟。周师入境，沿途百姓，很表欢迎，往往牵羊担酒，迎犒周军。周军不加抚恤，反行俘掠。于是民皆失望。周主前攻北汉，亦蹈此弊，可见用兵之难。自立堡砦，依险为固，襞纸作甲，操耒为兵，时人号为白甲军。这白甲军同心御侮，守望相助，却是有些利害。每与周军相值，奋力角斗，不避艰险，周军屡为所败，相戒不敢近前。朱元因势利导，驱策民兵，得连复光、和诸州，兵锋直至扬、滁。周淮南节度使向训，拟并力攻扑寿州，反将扬、滁二州将士，调至寿州城下，扬、滁空虚，遂被唐兵夺去。

刘仁赡守寿州城，见周兵日增，屡乞唐廷济师，唐主只令齐王景达赴援。景达惩着前败，但驻军濠州境内，未敢前进。还有监军使陈觉，胆子比景达要小，权柄却比景达要大。凡军书往来，统由觉一人主持，景达但署名纸尾，便算了事。所以拥兵五万，并无斗志。部众亦乐得逍遥，过一日，算一日。惟唐将林仁肇等，有心赴急，特率水陆各军，进援寿州。偏周将张永德屯兵下蔡，截住唐援。仁肇想得一法，用战船载着干柴，因风纵火，来烧下蔡浮梁。永德出兵抵御，为火所熠，险些儿不能支撑。幸喜风回火转，烟焰反扑入唐舰，仁肇只好遁还。永德乃制铁绠千余尺，横绝淮流，外系巨木，遏绝敌船，大约距浮梁十余步外，东西缆住，免得唐军再来攻扑。惟仁肇等心终未死，一次失败，二次复来。永德特悬重赏，募得水中善泅的壮士，潜游至敌船下面，系以铁锁，然后派兵四蹙，绕击敌船。敌船不能行动，被永德夺了十余艘，舰内唐兵，无处逃生，只好扑通扑通的跳下水去，投奔河伯处当差。仁肇单舸走免。

永德大捷，自解所佩金带，赐给泅水的总头目。惟见李重进持久无功，暗加疑忌。当上表奏捷时，附入密书，略谓重进屯兵城下，恐有贰心。周主以重进至威，当不至此，特示意重进，令他自白。重进单骑诣永德营，永德不能不见，且设席相待。重进从容宴饮，笑语永德道："我与公同受重任，各拥重兵，彼此当为主效力，不敢生贰，我非不知旷日持久，有过无功，无如仁赡善守，寿州又坚，一时实攻他不入，公应为我曲谅，为什么反加疑忌呢？天日在上，重进誓不负君，亦不负友！"后来为周死节，已在言中。永德见他词意诚恳，不由的心平气和，当面谢过，彼此尽欢而散。军帅乘和，必有大功。一日重进在帐内阅视文书，忽由巡卒捉到间谍一名，送至帐下。那人不慌不忙，说有密事相报，请屏左右。重进道："我帐前俱系亲信，尽管说来！"那人方从怀中取出蜡丸，呈与重进。重进剖开一瞧，内有唐主手书。书云：

语曰：知彼知己，百战百胜，知己知彼，百战不殆。今闻足下受周主之命，围攻寿州，顿兵经年，此危道也。吾守将刘仁赡，有匹夫不可夺之志，城中府库，足应二年之用，撄城自固，捍守有余。吾弟景达等近在濠州，秣马厉兵，养精蓄锐，将与足下相见。足下自思，能战胜否？况周主已起猜疑，别派张永德监守下蔡，以分足下之势，永德密承上旨，闻已腾谤于朝，言足下逗留不进，阴生贰心。以雄猜之主，得媒糵之言，似漆投胶，如酒下麹，恐寿州未毁一堞，而足下之身家，已先自毁矣。若使一朝削去兵柄，死生难卜，亦何若拥兵敛甲，退图自保之为愈乎？不然，择地而处，惠然南来，孤当虚左以待，与共富贵。铁券丹书，可以昭信。惟足下察之。

重进览毕，大怒道："狂竖无知，敢来下反间书么？"一口喝破。即令左右拿住来人，特差急足驰奏蜡书。

周主亦阅书生愤，传入唐使孙晟，厉色问道："汝屡向朕言，谓汝主决计求成，并无他意，为何行反间计，招诱我朝军将？我君臣同心一德，岂听汝主诳言？但汝主刁滑得很，汝亦明明欺朕，该当何罪？"说着，即将原书掷下，令晟自阅。晟取阅毕，神色自若，且正襟答道："上国以我主为欺，亦思上国果真心相待否？我主一再求和，如果慨然俯允，理应班师示诚，乃围我寿州，经年不撤，这是何理？臣奉使北来，原奉我主谕意，订约修好，迄今已住数月，未奉德音，怪不得我主变计，易和为战了！"言之有理。周主越怒道："朕前日还都，原为休兵起见，偏汝唐兵不戢，夺我扬、滁各州，这岂是真心求和么？"晟又道："扬、滁各州，原是敝国土地，不得为夺。"周主拍案道："汝真不怕死吗？敢来与朕斗嘴！"晟愤然道："外臣来此，生死早置度外，要杀就杀，虽死无怨！"

周主起身入内，令都承旨曹翰，送晟诣右军巡院，且密嘱数语，并付敕书。翰应命而出，呼晟下殿，偕至右军巡院中，饬院吏备了酒肴，与晟对饮。谈了许多时候，无非盘问唐廷底细，偏晟讳莫如深，一句儿不肯出口。翰不禁焦躁，起座与语道："有敕赐相公死！"晟怡然道："我得死所了！"便索取靴笏，整肃衣冠，向南再拜道："臣孙晟以死报国了！"言已就刑，从吏百余人，一并遭戮。惟赦免钟谟，贬为耀州司马。

既而周主自悔道:"有臣如晟,不愧为忠!朕前时待遇加厚,每届朝会,必令与俱,且常赐饮醇醴,哪知他始终恋旧,不愿受恩,如此忠节,朕未免误杀了。"恐仍是笼络人心。乃复召谟为卫尉少卿。谟首鼠两端,怎能及得孙晟?晟死信传至南唐,唐主流涕甚哀,赠官太傅,追封鲁国公,予谥文忠。擢晟子为祠部郎中,厚恤家属,这且不必细表。已经表扬得够了。

且说周主既杀死孙晟,更决意征服南唐。自思水军不足,特命就城西汴水中,造战舰数百艘,即令唐降将日夕督练,预备出发。但连年征讨,需用浩繁,国库未免支绌,遂致筹饷为艰。闻得华山隐士陈抟,具有道骨,能知飞升黄白各术,乃遣吏驰召,征抟诣阙。抟因主命难违,没奈何随吏入都。由周主宣令入见,温颜咨询道:"先生通飞升黄白诸术,可否指教一二。"抟答道:"陛下贵为天子,当究心治道,何用这种异术呢?"是高人吐属。周主道:"先生期朕致治,用意可嘉,朕愿与先生共治天下,还请先生留侍朕躬!"抟又道:"臣山野鄙人,未识治道,且上有尧、舜,下有巢、由,盛世未尝无畸士。今臣得寄迹华山,长享承平,未始非出自圣恩呢!"周主尚欲挽留,命为左拾遗,抟再三固辞,乃许令还山。临行时,口占一诗道:

十年踪迹走红尘,回首青山入梦频。
紫阁峥嵘怎及睡?朱门虽贵不如贫。
愁闻剑戟扶危主,闷听笙歌聒醉人。
携取旧书归旧隐,野花啼鸟一般春。

抟既还山,周主又令州县长吏,随时存问,且特赐诏书道:

朕以卿高谢人寰,栖心物外,养太浩自然之气,应少微处士之星。既不屈于王侯,遂甘隐于岩壑,乐我中和之化,庆乎下武之期。而能远涉山涂,暂来城阙,浃旬延遇,宏益居多,白云暂驻于帝乡,好爵难縻于达士。昔唐、尧之至圣,有巢、许为外臣,朕虽寡德,庶遵前鉴。恐山中所阙,已令华州刺史,每事供须。乍返故山,履兹春序,缅怀高尚,当适所宜。故兹抚问,想宜知悉。

抟奉诏后,又尝作诗一章道:

华泽吾皇诏,图南抟姓陈。
三峰十年客,四海一闲人。
世态从来薄,诗情自得真。
超然居物外,何必使为臣?

这两首诗,俱传诵一时,时人称他为答诏诗。小子也有一诗赞陈抟道:

不贪荣利不求名，甘隐林泉老一生，
世俗浮尘都洗净，西山留得好风清。

陈抟事至后再表，下回又要叙南北战争了。看官幸勿性急，试看下回表明。

里谚曰：家有贤妻，不遭横祸。如周行逢妻严氏，可谓贤矣。行逢持己以俭，待民以恩，未始非湖南杰士，独用法太峻，不留余地，肘腋之间，危机存焉。严氏能居安思危，归里课耕，以命妇而操贱役，处豪家而忆微时，既足规夫，复足风世，一举而两善备。故本回特揭载不遗，所以示妇道也。唐司空孙晟，奉使求成，始终不屈，置死生于度外，卒未肯输情敌国，委曲求全。观其临死怡然，南向再拜，从容就义，有足多者，本回亦特从详叙，所以示臣道也。至如陈抟之入阙辞官，还山高隐，亦足矫末俗而愧鄙夫。连类并书，有以夫！有以夫！

第二十七回

破山寨君臣耀武　失州城夫妇尽忠

却说周兵围攻寿州，经年不下，转眼间已是显德四年，城中渐渐食尽，有些支持不住。刘仁赡连日求救，齐王景达，尚在濠州，闻报寿州危急万分，乃遣应援使许文缜，都军使边镐，及团练使朱元等，统兵数万，溯淮而上，来援寿州。各军共据紫金山，列十余寨，与城中烽火相通，又南筑甬道，绵亘数十里，直达州城。当下通道输粮，得济城中兵食。

李重进亟召集诸将，当面嘱咐道："刘仁赡死守孤城，已一年有余，我军累攻不克，无非因他城坚粮足，守将得人。近闻城内粮食将罄，正好乘势急攻，偏来了许文缜、边镐等军，筑道运粮，若非用计破敌，此城是无日可下了。今夜拟潜往劫寨，分作两路，一出山前，一从山后，前后夹攻，不患不胜。诸君可为国努力！"众将齐声应令，时当孟春，天气尚寒，重进令牙将刘俊为前军，自为后军，乘着夜半肃霜的时候，严装潜进，直达紫金山。

唐将朱元，也虑重进夜袭，商诸许文缜、边镐，请加意戒备。边、许自恃兵众，毫不在意。元叹息回营，惟令部下严行巡察，防备不虞。回应朱元武略。三更已过，元尚未敢安睡，但和衣就寝。目方交睫，忽有巡卒入报道："周兵来了！"元一跃起床，命军士坚守营寨，不得妄动，一面差人报知边、许二营。许文缜、边镐，已经睡熟，接得朱元军报，方从睡梦中惊醒，号召兵士，出寨迎敌。周将刘俊，已经杀到，一边是劲气直达，游刃有余，一边是睡眼朦胧，临阵先怯，更兼天昏夜黑，模糊难辨，前队的唐兵，已被周军乱斫乱剁，杀死多名。边、许两人，手忙脚乱，只好倾寨出敌。不防寨后火炬齐鸣，又有一军杀入，当先大将，正是李重进，吓得边、许心胆俱裂，急忙弃去正营，逃入旁寨。朱元保住营帐，无人入犯，惟觉得一片喊声，震动耳鼓，料知边、许失手，乃令壕寨使朱仁裕守营，自率部将时厚卿等，出营往援。巧值李重进跃马麾兵，蹂躏诸寨，元大吼一声，率众抵敌，与周军鏖战多时，杀了一个平手。边镐、许文缜见朱元来援，始稍稍出头，前来指挥。重进恐防有失，与刘俊等徐徐退回，朱元也不追赶。惟与边、许检查营盘，刚刚破了二寨，正是边、许二人的正营。士卒伤数千人，粮车失去数十车。边、许懊悔不及，只朱元寨中，不折一矢，不丧一兵。元向边、许冷笑数声，回营安睡去了。

刘仁赡闻边、许败绩，倍加愤悒，即致书齐王景达，请令边镐守城，自督各军决战。偏景达复书不从。仁赡懊闷成疾，渐渐的不能起床。少子崇谏，恐父病垂危，城必不守，不如潜出降周，还可保全家族，乃乘夜出城，拟泛舟渡往淮北，偏被小校拦住，执送城中。仁赡问明去意，崇谏直供不讳。仁赡大怒道："生为唐臣，死为唐鬼，汝怎得违弃君父，私出降敌呢！左右快与我斩讫报来！"左右不好违令，只好将崇谏绑出，监军使周廷构，止住开刀，独驰入救解。仁赡令掩住中门，不令廷构入内，且使人传语道："逆子犯法，理应腰斩，如有为逆子说情，罪当连坐。"廷构闻言，且哭且呼，号叫了好一歇，并没有人开门。慌忙另遣小吏，向仁赡夫人处求救。仁赡夫人薛氏，蹙然与语道："崇谏是我幼子，何忍置诸死地，但彼既犯令，罪实难容，军法不可私，臣节不可隳，若宥一崇谏，是我刘氏一门忠孝，至此尽丧，尚有何面目见将士呢！"夫妇同心，古今罕有。说着，更派使促令速斩，然后举丧。众皆感泣，周廷构独说他夫妇残忍，代为不平。为后文降周伏笔。

李重进闻得消息，也为感叹。部将多有归志，谓仁赡军令如山，不私己子，更有紫金山援兵，虽败未退，看来寿州是不易攻入，不如奏请班师，姑俟再举。重进不得已出奏，候旨定夺。

周主得重进奏章，犹豫未决。适李谷得病甚剧，给假还都，周主特遣范质、王溥，同诣谷宅，问及军事进止。谷答道："寿州危困，亡在旦夕，盖御驾亲征，将士必奋，先破援兵，后扑孤城。城中自知必亡，当然迎降，唾手便成功了。"

范质、王溥还白周主，周主再下诏亲征。仍命王朴留守京城，授右骁卫大将军王环，为水军统领，带领战舰数十艘，自闵河沿颍入淮，作为水军前队，自己亦坐着大舟，督率战舰百余艘，鱼贯而进，端的是舳舻横江，旌旗蔽空。

先是周与唐战，陆军精锐，非唐可敌，惟水军寥寥，远不及唐，唐人每以此自负。至是见周军战棹，顺流而下，无不惊心。朱元留心军事，探得周军入淮，便登紫金山高冈，向西遥望，果见战船如织，飞驶而来，或纵或横，指挥如意，也不禁失声道："罢了！罢了！周军鼓棹，如此锐敏，我水军反不相及，真是出人不料了！"说着，那周军已薄紫金山。周主躬擐甲胄，带着许多将士，陆续登岸，就中有一威风凛凛的大将，随着周主。龙颜虎步，与周主不相上下，不由的暗暗喝采。有将校曾经战阵，认得是赵匡胤，随即报明。元即下冈至边、许寨中，与二人语道："周军来势甚锐，未可轻战，我军只好守住山麓，相戒勿动，待他锐气少衰，方可出与交锋。"许文缜道："彼军远来，正宜与他速战，奈何怯战不前！"

言未已，即有军吏入报道："周将赵匡胤前来踹营了！"许文缜便即上马，领兵杀出，边镐亦随了同去。独朱元留住不行，且语部曲道："此行必败。"果然不到多时，边、许两军，狼狈奔回，各说赵匡胤厉害。朱元接着，使微哂道："我原说周军势盛，不便力争，只可坚壁以待，两公不听忠告，乃有此败。"边、许尚不肯认错，还埋怨朱元不救。朱元道："我若来接应两公，恐各寨统要失去了。"说罢，愤愤回营。

许文缜因此恨元，密报陈觉，请觉表求易帅。觉已因朱元恃功不逊，上书弹劾，此时又补上弹章，诬元如何骄蹇，如何观望。唐主璟信觉疑元，另派武昌节度使杨守忠代元。守忠至濠州，觉遂传齐王景达命令，召元诣濠州议事。元料有他变，喟然叹道："将帅不才，妒功忌能，恐淮南要被他断送了。我迟早总是一死，不如就此毕命罢！"说着，拔剑出鞘，意欲自刎。忽有一人突入，把剑夺住，抗声说道："大丈夫何往不富贵，怎可为妻子死！"元按剑审视，乃是门下客宋垍，便道："汝叫我降敌么？"垍答道："徒死无益，何若择主而事。"元叹息道："如此君臣，原不足与共事，但反颜事敌，亦觉自惭。罢罢！我也顾不得名节了。"朱元为南唐健将，唐不能用，原是大误。惟元甘降敌，终亏巨节。乃把剑掷去，密遣人输款周军。

周主当然收纳，乘势督攻紫金山。许文缜、边镐两人，尚恃着兵众，下山抵敌，被赵匡胤用诱敌计，引至寿州城南，三路杀出，把唐兵冲作数段。吓得边、许连声叫苦，飞马奔还。后面的周军，紧紧追来，他两人只望朱元出救，不防朱元寨内，已竖起降旗。自知立足不住，没奈何弃山逃走。朱元开营迎敌，只裨将时厚卿不肯从命，为元所杀。

周军既破紫金山大寨，又由周主督众追赶，沿淮东趋。周主自北岸进行，令赵匡胤等自南岸追击。水军统领王环，领着战船，自中流而下，沿途杀获万余人。

那边镐、许文缜，正向淮东窜去，适遇杨守忠带兵来援，且言濠州全军，都已从水路前来。边、许又放大了胆，与守忠合作一处，来敌周军，冤冤见凑，又与赵匡胤相遇。

杨守忠不知好歹，便来突阵，周军阵内，由骁将张琼突出，抵住守忠。两人战了十多合，守忠战张琼不下，渐渐的刀法散乱。许文缜拨马来助，周将中又杀出张怀忠，四马八蹄，攒住厮杀。忽听得扑拓一声，杨守忠被拨落马，由周军活捉过去。文缜见守忠受擒，不免慌忙，一个失手，也被张怀忠擒住。唐军中三个将官，擒去一双，当然大乱。边镐拨马就走，由赵匡胤驱军追上，用箭射倒边镐坐马，镐堕落地上，也由周军向前，捆缚过来，余众逃无可逃，多半跪地乞降。

这时候的齐王景达，及监军使陈觉，正坐着艨艟大舰，扬帆使顺，来战周军。周水平统领王环，适与相值，便在中流大战起来，两下里正在酣斗，但闻岸上鼓声大震，两旁统是周军站住，发出连珠箭，迭射唐兵。唐舰中多中箭倒毙，景达手足失措，顾陈觉道："莫非紫金山已经陷没么！"陈觉道："紫金山如已陷没，奈何杨守忠一军，亦杳无踪迹哩！"两人仿佛做梦。景达道："岸上统是周军，看来凶多吉少，我军将如何抵挡呢？"陈觉道："不如赶紧回军，再或不退，要全军覆没了。"景达忙传令退回。战舰一动，顿时散乱。王环乘势杀上，把唐舰夺了无数；所得粮械，更不胜计。唐兵或溺死，或请降，差不多有二三万名。景达、陈觉，统逃还濠州去了。

周主追至镇淮军，方才停住，天色已暮，就在镇淮军留宿。越日又发近县丁夫数千人，至镇淮军筑城，夹淮为垒，左右相应。且将下蔡浮梁，移徙至此，扼住濠州来路，省得他再援寿州。会淮水盛涨，唐濠州都监郭廷谓，率水军溯淮来毁浮梁，偏被周右龙武统军赵匡赞探悉，伏兵邀击，把他杀败。廷谓慌忙逃回，陈觉闻廷谓又败，连濠州都不敢留住，竟怂恿景达，同返金陵。只静江指挥使陈德诚一军，未曾对敌，还是完全无恙，他见景达等都已奔归，也恐孤军难保，渡江退还。

唐主闻诸军败退，拟自督诸将拒周。中书舍人乔匡舜，上书极谏，唐主说他阻挠众志，流戍抚州。嗣又将守御方略，问及神卫统军朱匡业、刘存忠。匡业不好直言，但诵罗隐诗道："时来天地皆同力，运去英雄不自由。"存忠亦从旁进言，谓臣意与匡业相同。唐主怒道："汝等坐视国危，不知为朕画策，反欲吟诗调侃，朕岂由汝等嘲弄么？"两人叩首谢罪，唐主怒终未释，竟贬匡业为抚州副使，流存忠至饶州。一面部署兵马，即欲亲行。偏经陈觉奔还，运动宋齐邱等，代为解免。且言周军精锐异常，说得唐主一腔锐气，化作虚无。竟把督军自出的问题，搁过一边，不再提起。于是濠、寿一带，孤危益甚。

周主命向训为淮南道行营都监，统兵戍镇淮军，自率亲军回下蔡，贻书寿州，令刘仁赡自择祸福。过了三日，未见复音，乃亲至寿州城下，再行督攻。刘仁赡闻援兵大败，扼吭叹息，遂致病上加病，卧不能起，至周主贻书，他亦未曾寓目，但昏昏沉沉的睡在床中，满口呓语，不省人事。周廷构见周主复来，攻城益急，料知城不可保，乃与营田副使孙羽，及左骑都指挥使张全约，商议出降。当下草就降表，擅书仁赡姓名，派人赍入周营，面谒周主。周主览表甚喜，即遣阁门使张保续入城，传谕宣慰。刘仁赡全未预闻，统由周廷构、孙羽等款待来使，且迫令仁赡子崇让，偕张保续同往周营，泥首谢罪。周主乃就寿州城北，大陈兵甲，行受降礼。廷构令仁赡左右，舁仁赡出城，仁赡气息仅属，口不能言，只好由他播弄。好汉只怕病来魔。周主温言劝慰，但见仁赡瞟了几眼，也未知他曾否听见，乃夏令舁回城中，服药养疴。一面赦州民死罪，凡曾受南唐文书，聚迹山林，抗拒王师的壮丁，悉令复业，不问前过，平日挟仇互殴，致有杀伤，亦不得再讼。旧时政令，如与民不便，概令地方官奏闻。加授刘仁赡为天平节度使，兼中书令，且下制道：

刘仁赡尽忠所事，抗节无亏，前代名臣，几人可比？朕之南伐，得尔为多，其受职勿辞！

看官试想！这为国效死的刘仁赡，连爱子尚且不顾，岂肯骤然变志，背唐降周？只因抱病甚剧，奄奄一息，任他舁出舁入，始终不肯渝节，过了一宿，便即归天。说也奇怪，仁赡身死，天亦怜忠，晨光似晦，雨沙如雾，州民相率巷哭，偏裨以下，感德自刭，共计数十人，就是仁赡妻薛夫人，抚棺大恸，晕过几次，好容易才得救活，她却水米不沾，泣尽继血，悲饿了四五天，一道贞魂，也到黄泉碧落，往寻藁砧去了。夫忠妇节，并耀江南。

周主遣人吊祭，追封彭城郡王，授仁赡长于崇赞为怀州刺史，赐庄宅各一区。寿州故治寿春，周主因他城坚难下，徙往下蔡，改称清淮军为忠正军，慨然太息道："我所以旌仁赡的忠节呢！"唐主闻仁赡死节，亦恸哭尽哀，追赠太师中书令，予谥忠肃，且焚敕告灵，中有三语云：

魂兮有知，鉴周惠耶？歆吾命耶？

是夜唐主梦见仁赡，拜谒墀下，仿佛似生前受命情状。及唐主醒来，越加惊叹，进封仁赡为卫王，妻薛氏为卫国夫人，立祠致祭。后来宋朝亦列入祀典，赐祠额曰忠显，累世庙食不绝。人心未泯，公道犹存，忠臣义妇，俎豆千秋，一死也算值得了。小子有诗赞道：

孤臣拚死与城亡，忠节堪争日月光。
试看淮南隆食报，千秋庙貌尚留芳。

周主复命朱元为蔡州防御使，周廷构为卫尉卿，孙羽为太仆卿，开仓发粟，赈给寿州饥民。另派右羽林统军杨信，为忠正军节度使，管辖寿州，自率亲军还都，留李重进等进攻濠州。欲知濠州能否攻入？且待下回分解。

南唐健将，首为刘仁赡，次为朱元。朱元智能拒敌，而为陈觉、许文缜等所忌，迫令降周，元虽不免负主，然非激之使叛，亦何至铤而走险耶？许文缜、边镐，庸奴耳！景达骙坚，陈觉鄙夫，讵足与周主相敌，独刘仁赡誓守孤城，忠而且勇。妻薛氏亦知守大节，甘斩亲儿，国而忘家，公而忘私，诚为古今所罕有，南唐有此忠臣，并有此义妇，乃忍使五鬼为蔽，双忠毕命，岂不足令人太息乎！阐扬名节，责在后人，大书特书，正以维纲常而砭末俗尔。

第二十八回

楚北鏖兵阖城殉节　淮南纳土奉表投诚

却说唐将郭廷谓守住濠州，因闻周主北还，潜率水军至涡口，折断浮梁，又袭破定远军营，周武宁节度使武行德，猝不及防，竟将全营弃去，孑身逃免。廷谓报捷金陵，唐主擢廷谓为滁州团练使，兼充淮上水陆应援使。独周主接得败警，按律定罪，降武行德为左卫将军，又追究李继勋失寨罪名，见五十五回。降为右卫将军。

周主本生父柴守礼，以太子少保光禄卿致仕，常与前许州行军司马韩伦，游宴洛阳。韩伦系令坤父，也是一个大封翁，守礼更不必说。两人恃势恣横，洛人无敢忤意，竟以阿父相呼。

一日，与市民小有口角，守礼竟麾动家丁，格死数人。韩伦也在旁助恶，殴詈不休。市民不甘枉死，激起公愤，即向地方官起诉。地方官览这诉状，吓得瞠目伸舌，不敢批答，只好挽人调处，曲为和解。那柴、韩二老，怎肯认过？市民亦不愿罢休，索性叩阍讼冤。当时周廷对待守礼，虽未明言为天子父，但元舅懿亲，声势亦大，当时接得冤诉，无人敢评论曲直，只有上达宸聪。周主顾念本生，把守礼略过一边，惟查究韩伦劣迹，嗣闻韩伦干预郡政，武断乡曲，公私交怨，罪恶多端，乃命刑官定谳，法当弃市。韩令坤伏阙哀求，情愿削职赎罪，乃只夺韩伦本身官爵，流配沙门岛。令坤任官如故，守礼不复论罪。守礼为周主生父，似难坐罪，惟枉法全恩，亦属非是，此亦一瞽瞍杀人之案。误在周主未知迎养，致有此弊。

内供奉官孙延希，督修永福殿，役夫或就瓦中啖饭，用栫为箸，不意为周主所见，责延希虐待役夫，叱出处死，并黜退御厨使董延勋，副使张皓等。左库藏使符令光，历职内廷，素来清慎。至是周主又欲南征，敕令光督制军士袍襦，限期办集。令光不能如限，又有敕处斩。宰相等入廷救解，周主拂衣入内，不愿从谏，令光竟戮死都市。为这二案，都人代为呼冤。周主亦尝追悔，但素性暴躁，一或忤旨，便欲加刑。亏得皇后符氏，从中解劝，还算保全不少。

显德四年十一月，又欲出征濠、泗，符后以天气严寒，力为谏阻。周主执意不从，累得符后抑郁成疾，饮食少进。周主不遑内顾，命王朴为枢密使，仍令留守东京，自率赵匡胤等出都，倍道至镇淮军。五鼓渡淮，直抵濠州城西，濠州东北十八里，有一巨滩，唐人在滩上立栅，环水自固。周主使内殿直康保裔，乘着橐驼，率军先济，赵匡胤为后应。保裔尚未毕渡，匡胤已跃马入水，截流而进。骑兵追随恐后，霎时间尽登滩上，攻入敌栅。栅内守兵，措手不及，纷纷溃散，遂得拔栅通道，径至濠州城下。

李重进早攻濠州南关，连日不下，忽闻御驾复来督师，大众奋勇百倍，或缘梯，或攀堞，不到半日，已攻入南关城。城东复有水寨，与城中作为犄角，王审琦奉周主命，领兵捣入，也将水寨据住。城北尚屯敌船数百艘，船外植木，防遏周军，周主命水师拔术进攻，纵火焚船，敌船不能扑灭，被毁去七十余艘，余船遁去。

濠州诸防，种种失败，只剩得斗大孤城，如何保守？郭廷谓想出一法，遣人至周营上表，但说臣家属留居江南，今若遽降，必至夷族，愿先着人至金陵禀命，然后出降。周主微笑道："他无非是缓兵计，想往金陵乞援。朕亦不妨允他，等他援兵到来，一鼓歼灭，管教他死心塌地，举城出降了！"料事如神。遂留兵濠州城下，自移军往攻泗州。行至涣水东，遇着敌船，大约又有数百艘。当下水陆夹击，斩首五千余级，降卒两千余人，因即鼓行而东，所至皆下。赵匡胤为前锋。直薄泗州，焚南关，破水寨，拔月城。泗州守将范再遇，惊慌的了不得，即开城乞降。匡胤入城，禁止掳掠。秋毫无犯，州民大悦，争献刍粟犒军。周主自至城下，再遇迎谒马前，受命为宿州团练使，拜谢而去。匡胤出奏周主，报称全城安堵，周主乃不复入城，分三道进兵。匡胤率步骑自淮南进。自督亲军从淮北进，诸将率水军由中流进。

淮滨因战争日久，人不敢行，两岸葭苇如织，且多泥淖沟堑。周军乘胜长驱，踊跃争趋，几忘劳苦。沿途与唐兵相值，且战且进，金鼓声达数十里。行至楚州西北，地名清口，有唐营驻扎，保障楚州，由唐应援使陈承昭扼守。赵匡胤溯淮而上，夤夜袭击，捣入唐营，陈承昭不及预备，慌忙逃生。匡胤入帐，不见承昭，料他从帐后遁去，急急追赶，马到擒来，所有清口唐船，除焚荡外，尚得三百余艘，将士除杀溺外，收降七千人，淮上唐舰，扫得精光，周水军出没纵横，毫无阻碍。

濠州守将郭廷谓，曾遣使至金陵乞援，及使人返报，谓当促陈承昭援泗，所以闭城待着。不料承昭被擒，全军覆没，廷谓无法可施，只得依着周主命令，送呈降表。当令录事参军李延邹起草。延邹勃然道："城存与存，城亡与亡，这是人臣大义，奈何觍颜降敌！"廷谓道："我非不能效死，但满城生灵，无辜遭戮，我实未忍，况泗州已降，清口覆军，区区一城，如何保全，不如通变达权，屈节保民，愿君勿拘小节！"此语亦聊自解嘲。延邹掷笔道："大丈夫终不负国，为叛臣作降表！"掷地作金石声。廷谓大怒，拔剑相逼道："汝敢不从我命么？"延邹道："头可断，降表不可草！"言未毕，已被廷谓把剑一挥，头落地上。濠州尚有戍兵万人，粮数万斛，廷谓举城降周，全城兵粮，俱为周有。

周主因泗州已降，不必后顾，当然大喜，敕授廷谓为亳州防御使，另派将吏驻守，自往楚州攻城。廷谓驰谒行幄，周主语廷谓道："朕南征以来，江南诸将，败亡相继，独卿能断涡口浮梁，破定远寨，也可算是报国了。濠州小城，怎能持久，就使李璟自守，亦岂足恃！卿可谓知机。现命卿往略天长，卿可愿否？"廷谓便称愿往，周主即令自率所部，往攻天长。再遣铁骑右厢都指挥使武守琦，率数百骑趋扬州。甫至高邮，扬州守将，已毁去官府民庐，驱人民渡江南行，及守琦入扬州城，已是空空洞洞，成了一片瓦砾场。此外只剩十余人。不是老病，就是残疾，死多活少，未便远行，因此还是留着。守琦付诸一叹，据实奏闻。

周主仍命韩令坤往抚扬州，招辑流亡，权知军府事宜，又派兵将拔泰州，陷海州。惟楚州防御使张彦卿，与都监郑昭业，硬铁心肠，仿佛寿州的刘仁赡。周主亲御旗鼓，连日攻扑，城外庐舍。扫尽无遗，更发州民凿通老鹳河，引战舰入江，水陆夹击楚州城，炮声震地，鼓角喧天，彦卿绝不为动，惟与郑昭业同心堵御，视死如归。彦卿子光祚，随父登城，望见周军势盛，城中危在旦暮，乃泣谏彦卿道："敌强我弱，万难支持，城外又无一人来援，看来徒死无益，不如出降。"彦卿不答一词，旁顾诸将道："那里有敌军来攻，汝等可望见否。"诸将侧身他顾，光祚亦掉头瞧着，不防彦卿拔出腰剑，竟向光祚顶后劈去，砉然一声，首随刀落。诸将闻有剑声，慌忙转视，但见一颗血淋淋的头颅，已在城上摆着，禁不住大家咋舌！彦卿却泣语诸将道："这是彦卿爱子，劝彦卿降敌，彦卿受李氏厚恩，义不苟免。这城就是我死所哩！诸君畏死欲降，尽可从便，但不得劝我，若劝我出降，请视我子首级！"仁赡杀子，彦卿亦杀子，可谓无独有偶。诸将皆感泣思奋，莫敢言降。

苦守至四十日，猛听城外一声怪响，好似天崩地塌一般。城上守卒，腾入天空，城墙坍陷至数十丈，那时堵不胜堵，周军从城缺杀入，一拥进来。原来周主督攻月余，焦躁异常，乃命军士凿城为窟，内纳火药，引以为线，线燃药发，把城轰坍，城遂被陷。彦卿尚结阵城内，誓死巷斗，战到日暮，杀得枪折刀缺，尚未肯休。既而退至州廨，矢刃俱尽，彦卿举绳床搏斗，犹格毙周军数十人，自身亦受了重伤，便大呼道："臣力竭了！"遂自刎而死。

郑昭业为周将所杀，余众千数百人，个个战死，无一生降。周军亦伤亡不少。周主大怒，下令屠城，自州署以及民舍，俱付一炬，吏民死了万余人。周主身死国亡，未始非由此所致。赵匡胤搜诛彦卿家属，男女多死，惟留一彦卿少子光祐，谓是忠臣遗裔，不当尽歼。俟屠城已毕，方入奏周主，请留彦卿一脉，为臣教忠。周主怒气已平，乃准如所请。复令修筑城垣，募民实城。仍须百姓，何必尽屠。

嗣接郭廷谓奏报，唐天长军使易赟，已举城归顺，周主仍令赟为刺史。自发楚州，转趋扬州。韩令坤迎入城内，城乏居民，满目萧条。周主见城内空虚，特命在故城东南隅，另筑小城，俾便驻守。未几又接黄州刺史司超捷报，谓与控鹤指挥使王审琦，败舒州军，擒唐刺史施仁望，于是淮右粗平。

周主出巡泰州，复至迎銮镇，进攻江南，临江遥望。见有敌舰数十艘，停泊江心，即命赵匡胤带着战船，前往攻击。敌舰不敢迎战，望风退去。匡胤直抵南岸，毁唐营栅，乃收军驶回。越日，周主又遣都虞侯慕容延钊，右神武统军宋延渥，水陆并进，沿江直下。延钊至东沛州，大破唐兵，江南大震。

先是江南小儿，遍唱檀来。人不知为何因，颇以为怪。至周师入境，先锋骑兵，皆唱蕃歌，首句即为"檀来也"三字，才识童谣有验，益加恟惧。

是时已为周显德五年三月，即唐主璟中兴元年。唐元嗣位，年号保大，是年已为保大十六年，改称中兴元年。唐主闻周军临江，恐即南渡，又耻降号称藩，意欲传位皇弟景遂，令他出面求和。景遂本为皇太弟，至是上表辞位，略言不能扶危，自愿出就外藩。齐王景达，因出师败还，辞元帅职。唐主乃改封景遂为晋王，兼江南西道兵马元帅，景达为浙西道元帅，兼润州大都督。立皇子燕王弘冀为太子，参治朝政，派枢密使陈觉，奉表至迎銮镇，谒见周主，贡献方物，且请传位太子，听命中朝。

周主谕觉道："汝主果诚心归顺，何必传位？且江北郡县，尚有庐、舒、蕲、黄四州，及鄂州汉阳、汉川二县，未曾归我，如欲乞和，即须献纳，方可开议！"觉叩伏案前，不敢违命。但言当遣还随员，再取表章。周主道："朕欲取江南，亦非难事，不特我军鼓勇争先，战胜攻取，就是荆南、吴越，也助顺讨逆，来请师期。"说至此，即检出二表，取示陈觉。觉一一接阅，一表是荆南高保融，奏称本道舟师，已至鄂州，一表是吴越王钱弘俶，奏称已发战棹四百艘，水军一万七千人，停泊江岸，候命进止。两表阅罢，觉愈加惊惶，且见迎銮镇一带，战舶如林，兵戈如蚁，大有气吞江南的形状，不由的形神觳觫，磕了无数响头，再四乞哀。鬼头鬼脑，不愧为五鬼之一。周主方道："汝速遣人取表，割献江北，朕得休便休，也不定要汝江南了。"觉拜谢而退，立遣随员还金陵，盛说周主声威，宜速割江北，还可保全江南。

唐主不得已，乃再遣阁门承旨刘承遇，至迎銮镇，愿将庐、舒、蕲、黄四州，及鄂州汉阳、汉川二县，尽行奉献。惟乞海陵盐监，仍属江南，周主不许。经承遇苦苦哀求，请岁结赡军盐三十万石，方邀允准。此外如奉周正朔，岁输土贡等款，亦由陈觉、刘承遇等承认，周主乃许令罢兵，且颁诏江南道：

皇帝恭问江南国主无恙，使人至此，奏请分割舒、庐、蕲、黄等州，画江为界，朕已尽悉。顷逢多事，莫通玉帛之欢，适自近年，遂构干戈之役，两地之交兵未息，蒸民之受弊斯多。日昨再辱使人，重寻前意，将敦久要，须尽缕陈。今者承遇爰来，封函复至，请割州郡，仍定封疆，猥形信誓之辞，备认始终之意，既能如是，又复何求！边陲顿静于烟尘，师旅便还于京阙，永言欣慰，深切诚怀。其常、润一带，及沿江兵棹，今已指挥抽退；兼两浙、荆南、湖南水陆兵士，各令罢兵，以践和约。言归于好，共享承平，朕有厚望焉！

陈觉、刘承遇，既得求成，乃向周主处辞行。周主又语觉道："传位一事，尽可不必，朕有手书，烦汝转达汝主便了。"随即取书给觉，觉与承遇，复拜谢而去。还至金陵，将周主原书呈与唐主。书中写着：

别睹来章，备形缛旨，叙此日传让之意，述向来高尚之怀。仍以数岁已还，交兵不息，备论追悔之事，无非克责之辞，虽古人有引咎责躬，因灾致惧，亦无以过此也。况君血气方刚，春秋甚富，为一方之英主，得百姓之欢心。即今南北才通，疆场甫定，是玉帛交驰之始，乃干戈载戢之初，岂可高谢君临，轻辞世务！与其慕希夷之道，易若行康济之心。重念天灾流行，分野常事，前代贤哲，所不能逃。苟盛德之日新，则景福之弥远。勉修政务，勿倦经纶，保高义于初终，垂远图于家国。流芳贻庆，不亦美乎！特此谕意，君其鉴之！

周主既遣还陈觉等人，乃诏吴越、荆南军各归本道，赐钱弘俶犒军帛二万匹，高保融帛一万匹，命就庐州置保信军，简授右龙武统军赵匡赞为节度使，自从迎銮镇还扬州。唐主又遣同平章事冯延巳，给事中田霖，为江南进奉使，献入犒军银十万两，绢十万匹，钱十万贯，茶五十万斤，米麦二十万石，附以表文。略云：

臣闻孟津初会，仗黄钺以临戎，铜马既归，推赤心而服众。皇帝量包终古，德合上元，以其执迷未复，则薄赐徂征；以其向化知归，则俯垂信纳。仰荷含容之施，弥坚倾附之念。然以淮海遐陬，东南下国，亲劳玉趾，久驻王师，以是忧惭，不遑启处。今既六师返旆，万乘还京，合申解甲之仪，粗表充庭之实。望风陈款，不尽依依。

延巳等既至扬州，呈入表文，接连又遣汝郡公徐辽，客省使尚全，恭上买宴钱二百万缗。又有一篇四六表文，有云：

伏以柏梁高会，展极居尊，朝臣咸侍于冕旒，天乐盛张于金石，莫不竞输宝瑞，齐献寿杯。而臣僻处偏隅，回承眷顾，虽心存于魏阙，奈日远于长安，无由觐咫尺之颜，何以罄勤拳之意！遂令戚属躬拜殿廷，纳忠则厚，致礼则微，诚惭野老之芹，愿献华封之祝。

周主连得二表，特在行宫赐宴。冯延巳、田霖、徐辽、尚全，一并列座。辽代唐主李璟捧上寿觞，并进金酒器御衣犀带金银锦绮鞍马等物，周主亦各有赠赐。宴毕辞去，车驾乃启程还京。诏进侍卫诸军及诸道将士官阶，优给行营将士，追恤临阵伤亡各家属、子孙并量材录用。新得淮南十四州六十县，所欠赋税，并准蠲免。即授唐将冯延鲁为太府卿，充江南国信使，并以卫尉少卿前唐使钟谟为副，令赍国书及本年历书，还赴江南，并赐唐主御衣玉带，及锦绮罗縠共十万匹，金器千两，银器万两，御马五匹，散马百匹，羊三百匹，犒军帛千万匹。

唐主李璟得书，乃去帝号，自称国主，用周显德年号，一切仪制，皆从降损；并因周信祖庙讳为璟，即郭威高祖，见前文。特将本名除去偏旁，易名为景。再遣冯延鲁、钟谟至周都，奉表谢恩。周主命在京师置进奏院，馆待来使，更升任延鲁为刑部侍郎，谟为给事中，仍遣归江南。小子有诗咏道：

连年争战苦兵戈，割地称臣始许和；
我为淮南留一语，国衰只为佞臣多！

此外尚有俘获唐将，亦陆续放还，俟至下回开篇，再行详叙。

周师入淮，势如破竹，各城多望风乞降，其能为国捐躯者，除孙晟、刘仁赡外，尚有李延邹之不草降表，及张彦卿等之千人皆死。虽曰无补，忠足尚焉。彦卿杀子，见诸赵鼎臣《竹隐畸士集》，子可杀，君不可负，大义灭亲，臣节凛然。说者或讥其愚忠，夫时当五季，纲纪沦亡，得张彦卿等之秉节不挠，实足羽翼名教。即曰近愚，愚亦不可及矣。否则如陈觉、冯延巳等，匍匐乞哀，割地不知惜，屈节不知羞，偷生畏死，甘为奴隶，国家亦乌用此庸臣为耶！唐主璟之任用非人，以致蹙国降号，是乃所谓愚夫也已。

第二十九回

惩奸党唐主施刑　正乐悬周臣明律

却说唐使冯延鲁、钟谟，自周遣还，又释归南唐降卒，共五千七百五十人。嗣又将许文缜、边镐、周廷构等，也一并放归。先是冯延巳、陈觉等，自诩多才，睥睨一切，尝侈谈天下事，以为经略中原，可运掌上。延巳尤善长聚咏，著有乐章百余阕，统是铺张扬厉，粉饰隆平。唐主璟本好诗词，与延巳互相倡和，工力悉敌，璟因引为同调。翰林学士常梦锡，屡次进谏，极言延巳等浮夸无术，不应轻信。怎奈延巳正得君心，任你舌敝唇焦，也是无益！淮南战起，唐兵屡败，梦锡又密谏道："延巳等奸言似忠，若陛下再不觉悟，恐国家从此灭亡了！"唐主璟仍然不从。至李德明被杀，虽由宋齐邱、陈觉等从旁怂恿，见五十五回。延巳也串同一气，斥德明为卖国贼，应该伏诛。及许文缜等战败紫金山，同作俘虏，陈觉与齐王景达，自濠州遁归，国人恟惧，唐主璟召入延巳等，会商军事，甚至泣下，延巳尚谓无恐。枢密副使李征古，与延巳同党，且大言道："陛下当治兵御敌，奈何作儿女子态，徒对臣等涕泣，莫非是酒醉不成，还是由乳母未至呢！"对君敢如此放肆，可知唐主之不堪为君。唐王不禁色变，征古却举止自若。

会司天监奏天文有变，人主应避位禳灾，唐主乃复召谕群臣道："国难未纾，我欲释去万机，栖心冲寂，究竟何人可以托国？"李征古先答道："宋公齐邱，系再造国手，陛下如厌弃国机，何不举国授与宋公！"陈觉亦从旁插嘴道："陛下深居禁中，国事皆委任宋公，先行后闻，臣等可随时入侍，与陛下同谈释老了。"唐主闻言，目顾延巳，延巳亦似表同情。乃命中书舍人陈乔草诏，将委国与宋齐邱。乔俟群臣退后，独持入草诏，造膝密陈道："宗社重大，怎可假人！今陛下若署此诏，从此百官朝请，皆归齐邱，尺地一民，俱非己有。就使陛下甘心澹泊，脱屣万乘，独不念烈祖创业，如何艰难，难道可一朝委弃吗？古有齐淖齿，赵李兑。皆战国时人。近有让皇，且为陛下所亲见。抚今思昔，能不寒心！臣恐大权一去，求为田舍翁，且不可得了！"唐主愕然道："非卿言，几落贼人彀中！"于此益见李璟之愚。乃将草诏撕毁，引乔入见皇后钟氏，及太子弘冀，且指语道："这是我国忠臣！他日国家急难，汝母子可托付大事，我虽死无遗恨了。"嗣是乃疑忌宋齐邱、陈觉等人。

觉诣周议和，还至金陵，矫传周主诏命，谓江南连岁拒周，皆由严续主谋，须立杀无赦。续为故相严可求子，尚唐烈祖李昪女，性颇持正，不入宋党。唐主命为门下侍郎，兼同平章事。觉与续有嫌，因借此构陷。唐主已有三分明白，不忍杀续，但罢为少傅，且令觉退出枢密，但令为兵部侍郎。并将左相冯延巳，亦罢除相位，降为太子少傅，黜枢密副使李征古，令为晋王景遂副倅。

及钟谟南归，入见唐主，乘隙进言道："宋齐邱累受国恩，见危不能致命，反谋篡窃，陈觉、李征古等，阴为羽翼，罪实难容，请陛下申罪正法！"唐主忽忆及觉言，便问谟道："觉曾传周主命，迫诛严续，卿在周廷，果闻有此语否？"谟答道："臣未闻此言，恐是由觉捏造。就是前时李德明，与臣同往议和，他亦无非衡量强弱，因请割地求成，齐邱与觉，说他卖国，遂致殊死，试问今日觉往通款，比前时德明所请，得失何如？德明受诛，觉怎得无罪？"虽未免袒护德明，却是言之有理。唐主沉吟多时，乃语谟道："究竟周主欲诛严续否？"谟又道："臣谓周主必无此言。如若不信，臣可至周廷问明。"唐主点首，因令谟再赍表入周，略言久拒王师，皆由臣昏愚所致，严续无与，请加恩宽宥。周主览表，不禁惊诧道："朕何曾欲诛严续？就使续欲拒朕，彼时桀犬吠尧，各为其主，朕亦何必过事苛求。"谟乃述及严续刚正，及陈觉等矫诈情状，周主又道："据汝说来，严续为汝国忠臣，朕为天下主，难道教人杀忠臣么？"谟叩谢而归，报明唐主。

唐主因欲诛宋齐邱等，又遣钟谟诣周禀白。周主道："诛佞录忠，系汝国内政，但教汝主自有权衡，朕不为遥制呢。"谟即兼程还报，唐主乃命枢密使殷崇义，草诏惩奸，历数宋齐邱、陈觉、李征古罪恶，放齐邱还九华山，谪觉为国子博士，安置饶州，夺征古官，流戍洪州。觉与征古，惘惘出都，途中复接唐主敕书，赐令自尽。南唐五鬼，陈觉为首，还有魏岑、查文徽，已病死，此外只剩二冯。唐主不复问罪，寻且迁任延巳为太子太傅，延鲁为户部尚书，宠用如故。

唐主尝曲宴内殿，从容语延巳道："吹皱一池春水，何干卿事！"延巳答道："怎能如陛下所咏：'小楼吹彻玉笙寒'，更为高妙呢。"时江南丧败不支，苟延岁月，君臣不能卧薪尝胆，乃各述曲宴旧诗，作为评谑，无怪他一蹶不振，终致灭亡。评断有识。惟宋齐邱至九华山，唐主命地方有司，锁住齐邱居宅，不准自由，但穴墙给与饮食。齐邱叹道："我从前为李氏谋画，幽住让皇帝族于泰州，天道不爽，理应及此，我也不想再活了！"遂自经死。唐主谥为丑缪，追赠李德明为光禄卿，赐谥曰忠。亦未见得。

因复遣使报周，并贡冬季方物。周主特派兵部侍郎陶谷报聘，谷素有才名，周主闻江南人士，多擅文才，故令谷充使职。谷既至金陵，见了唐主，吐属风流，温文尔雅，唐主亦颇起敬，特命韩熙载陪宾，殷勤款待。熙载素称江南才子，家中藏书甚多，谷向他借观，且嘱馆伴抄录，一时不能脱身。唐宫中有歌妓秦蒻兰，知书识字，色艺皆优，唐主命她至客馆中，充作女役。不怀好意。谷见她容颜秀丽，体态娉婷，已不禁暗暗喝采，惟身为使臣，不便细询姓氏，总还道是驿吏女儿，未敢唐突。哪知娟娟此豸，故意撩人，有时眼角留情，有时眉梢传语，有时轻颦巧笑，卖弄风骚，惹得陶谷支持不定，未免与她问答数语。偏她应对如流，无论甚么诗歌，多半记忆，益令陶谷倾心钟爱，青眼垂怜，渐渐的亲近香肤，引为腻友。美人解意，才子多情，哪有不移篙近岸，图成美事？一宵好梦，备极欢娱。

越宿起床，那美人儿出外自去，镇日里没有见面。谷已是启疑，适由韩熙载奉唐主命，邀令晚宴，谷不好固辞，随着同行。既入唐廷，自有内侍趋出，导引入内殿中，唐主已经待着，降阶相迎。寒暄已罢，即请入席，且召歌妓侑觞，谷很是矜持，唐主微讽道："公南来有日，久居馆中，独不嫌岑寂么？"谷答称借阅韩书，幸免岑寂。唐主道："江南春色，闻已为公采得一枝，何必相欺！"谷极力答辩，唐主付诸一笑，仍举觥劝饮，谷饮了一二杯，忽听得歌声幽咽，从屏后出来。歌云：

好姻缘，恶姻缘，只得邮亭一夜眠。

谷听此二语，已觉惊心，复又有歌词续下道：

别神仙。琵琶拨尽相思调，知音少！再把鸾胶续断弦，是何年！

这词名为"春光好"，谷博通词曲，当然知晓，且料有别因，忙从屏间一瞧，果然走出一个歌娘，似曾相识，微皱眉山，仔细谛视，就是昨夜相偎相抱的秦蒻兰，禁不住面上生惭，汗涔涔下，中冓之言，不可道也，所可道也，言之丑也。便即起座谢宴，托言醉不能饮，经唐主嘲讽数语，也只好似痴似聋，转身退去。次日便即辞行，自回大梁去了。唐主如此弄人，成何大体。唐主自鸣得意，且不必说。

惟南汉主晟，闻唐为周败，不免加忧。他自篡位以后，猜忌骨肉，把弘昌以下十三弟，杀得一个不留。诸侄因尽加歼戮，惟选得几个美色的侄女，取入宫中，迫为婢妾。禽兽不如。且派兵入海，掠得商贾金帛，增筑离宫数千间，殿侧皆置宫人，令她候晓，名为候窗监。每值宴会，晟独坐殿廷间，侍宴百官，各结彩亭，列坐殿旁两庑，宴酣后，令有司槛兽而进，两旁翼以刀戟。晟下殿射兽，兽未死，即用戈戟戮毙，算作乐事。又尝夜饮大醉，用瓜置伶人尚玉楼项间，拔剑劈瓜，并斩尚首。翌日酒醒，再召玉楼侍宴，左右谓昨已受诛，方才叹息。后宫专宠，有两个李妃，一号李丽妃，一号李蟾妃。宫人卢琼仙、黄琼芝，色美性狡，特授为女侍中，朝服冠带，参决政事。宦官中最宠林延遇，诸王夷灭，俱由延遇主谋。延遇临死，荐同党龚澄枢自代。澄枢刁滑，与延遇相类。朝政不修，权出嬖幸。至闻周征服淮南，意欲入贡周廷，因为湖南所隔，不便通道，乃治战舰，修武备，为自固计。未几又自叹道："我身得免祸患，已是幸事，还要管甚么子孙呢？"自知颇明。会月食牛女间，出书占卜，谓为自己应该当灾，乃纵情酒色，为长夜饮，渐渐的精枯色悴，加剧而亡。年三十九岁。

长子继兴嗣立，改名为鋹。尊故主晟为中宗。时鋹年十六，委政中官，龚澄枢、陈延寿权势最重，又进卢琼仙为才人，内政皆取决琼仙，台省官仅备员数，不得与闻国政。鋹性好奢，筑万政殿，一柱费用，须白金三千锭。又建天华宫，筑黄龙洞，日费千万，毫不吝惜。宦官李托，有二养女，均有姿色，长女入为贵妃。次女亦得为才人，一时并宠。还有宫婢波斯女，黑腯而慧，光艳动人，性善淫媚，赐名媚猪。尚书右丞钟允章，欲整肃纲纪，惩治奸猾，适为宦官所忌，诬称允章谋反。迫鋹加刑，竟致族诛。遂擢李托为内太师，兼六军观军容使，国事皆禀托后行。鋹日与大小李妃，及波斯媚猪，恣为淫乐，自称萧闲大夫，不复临朝视事。中官多至七千余，或加至三公三师职衔，女官亦不下千人，也有师傅令仆的名目。陈延寿又引入女巫樊胡子，戴远游冠，衣紫霞裙。踞坐帐中，自称有玉皇附见，能预知祸福，呼鋹为太子皇。鋹极端迷信，往往向胡子就教。卢琼仙及龚澄枢等，争相依附，胡子乃伪言琼仙、澄枢、延寿，统是上天差来，辅佐太子皇，不宜轻加罪谴。鋹信用益坚，视国事如儿戏，但因僻处岭南，周天子无暇问罪，所以昏愦糊涂的刘鋹，尚得荒纵数年，等到赵宋开国，然后灭亡。这且待《宋史演义》中，再行详述，本书已将终篇，不必絮谈了。界画分明。

且说周主还都后，皇后符氏薨逝，年止二十有六，谥曰宣懿。后妹亦颇有容色，出入宫中，周主欲册为继后，因南征得手，又思北讨，所以未遑行礼。未几即为显德六年，高丽女真，均遣人入贡方物。周主御崇德殿，召见番使，命有司遍设乐悬，借示汉仪。四面钟磬陈列，有几处止属虚设，未闻击声。待番使退朝，周主召问乐工，何故不击钟磬。乐工谓向例如此，不敢妄击。周主再加细诘，乐工多不能答，乃命端明殿学士窦仪，讨论古今雅乐，考订阙失。窦仪谓通晓乐音，臣不如朴，因令朴订定乐律。朴援据古今，具疏胪陈，略云：

臣闻礼以检形，乐以治心。形顺于外，心和于内，而天下不治者，未之有也。夫乐生于人心，而声成于物，物声既成，复能感人之心，是谓之乐。昔黄帝吹九寸之管，得黄钟正声，半之为清声，倍之为缓声，三分损益之，以成十二律，旋相为宫，以生七调为一均，凡十二均，八十四调而大备。遭秦灭学，历代罕能用之。唐祖孝孙考正大乐，其法始备，安史之乱，十亡八九，至于黄巢，荡尽无遗。时有博士殷盈孙，铸镈钟十二，编钟二百四十。处士萧承训，校定石磬，今之在悬者是也。虽有钟磬之状，殊无相应之和，其镈钟不问音律，但循环而击，编钟编磬，徒悬而已。丝竹匏土，仅有七声，黄钟之宫，止存一调；盖乐之缺坏，无甚于今。陛下临视乐悬，知其亡失，以臣尝学律吕，宣示古今乐录，命臣讨论，臣虽不敏，敢不奉诏！

朴上疏后，援照古法，用秬黍定尺，一黍为分，十黍为寸，积成九寸，径三分，为黄钟律管。推演得十二律，因作律准。共分十有三弦，长九尺，依次设柱，系弦成声。第一弦为黄钟律，第二弦为大吕律，第三弦为太簇律，第四弦为夹钟律，第五弦为姑洗律，第六弦为仲吕律，第七弦为蕤宾律，第八弦为林钟律，第九弦为夷则律，第十弦为南吕律，第十一弦为无射律，第十二弦为应钟律，第十三弦为黄钟清声。声律既调，用七律为一均，错成五音：宫声为主，徵声、商声、羽声、角声，互为联属。五音相续，迭声不乱，合成八十四调，然后配以笙簧，间以钟磬，凡四面乐悬，无不协响，合成节奏。无论何种歌曲，但好谱入乐声，均能应腔合拍，不疾不徐。朴又上言此法久绝，出臣独见，乞集百官校正得失。有诏令百官再行参酌。百官多半是门外汉，晓得甚么音律奥旨，彼此同声附和，统复称王朴高才，非臣等所及。乃命乐工演试，果然五声有序，八音克谐，乐得周主心花怒开，极称盛事。

周主又究心贡举，务求得人，裁并寺院，严禁左道。平居辄留意农事，刻木为农夫、蚕妇，列置殿廷。且诏散骑常侍艾颖等三十四人，分行诸州，均定田租。又诏诸州并乡村，率以百户为团，团置耆长三人，令司民事，课耕劝稼。又从汴口疏河通淮，以达舟楫，再导汴水入蔡水，以便漕运，公私交利，上下翕然。周世宗为五代贤主，故历叙美政。周主遣王朴巡视汴口，督建斗门。工既告竣，还过故相李谷第，忽然疾作，晕仆座上。慌忙用人舁归，医治无效，竟尔谢世，年五十四岁。周主亲往吊丧，用玉钺叩地，痛哭再四，不能自止。左右从旁慰劝，周主仰天叹道："天不欲我平中原么？何为夺我王朴，有这般迅速哩！"吊毕回宫，数日不欢。朴精究术数，谈言多中，周主志在统一，常恐运祚短促，不能如愿。一日从容问朴，谓朕躬践阼，能得几年？朴答道："陛下有心致治，尝以苍生为念，天高听卑，自当蒙福。臣本固陋，一知半解，推演数理，可得三十年。三十年后，非臣所能知呢。"周主喜道："诚如卿言，朕当为主三十年，十年开拓天下，十年养百姓，十年致太平，朕志足了！"后来征辽回师，便即晏驾，计在位止及五年零六个月，似与朴言不符。或谓五六乃三十成数，朴不便直言，故用隐谜相答。究竟朴能否预知，小子也不能定断，只好援据遗闻，随笔录叙。因继咏一诗道：

怀才挟术佐明王，天不假年剧可伤！
岂是庆陵周世宗陵。将晏驾，先归地下待吾皇！

王朴既殁，周主失一股肱，但北伐雄心，仍然不改，因即下诏亲征。欲知周主北伐情形，下回再当详叙。

唐为周败，国威不振，至于割地请和，始正宋党之罪，论者已嫌其太迟。窃谓亡羊补牢，犹为未晚，越王勾践，其前师也。唐主璟诚自惩前败，黜佞任良，则十年生聚，十年教训，二十年后，与北宋角逐中原，尚未知鹿死谁手。顾犹信用二冯，吟风嘲月。迨周使远来，则密嘱歌妓以狎侮之，饵人不足，结怨有余，多见其不知量也。刘晟父子，更出璟下，故其亡也，比江南为尤速。至若周世宗之英武过人，王朴之智谋绝俗，天独未假以年，不获共谋统一，命耶数耶？是固在可解不可解之间矣。然世宗美政，王朴长材，不容过略，故类叙之以风示后世云。

第三十回

得辽关因病返跸　殉周将禅位终篇

却说周主南征时，北汉主刘钧，乘虚袭周，兵发围隰州。隰州刺史孙议，得病暴亡，后任未至，骤闻河东兵至，不免惊惶，幸亏都监李谦溥，权摄州事，浚城隍，严兵备，措置有方，不致失手。时方盛夏，河东兵冒暑围城，谦溥引二小吏登城，从容督御，身服絺谷，手挥羽扇，毫无慌张形状。河东将士，却也料他不透，未敢猛攻。谦溥又潜约建雄军节度使杨延璋，各募敢死士百人，夜劫河东兵寨。河东兵猝不及防，仓皇散走，谦溥自率守军，开城追击，逐北数十里，斩首数百级，隰州解围。

当下奏报行在。周主即令谦溥为隰州刺史，且命昭义军节度使李筠，与杨延璋联兵北讨，共伐狡谋。李筠遂进攻石会关，连破河东六寨，延璋仍命李谦溥往侵汉境，夺得一座孝义县城。北汉主刘钧，不禁生忧，小挫即忧，想甚么乘虚袭人？慌忙飞使至辽，乞请济师。辽主述律，不愿出兵，支吾对付，急得刘钧忧急万分。再三通使求援，辽主乃授南京留守萧思温为兵部都总管，助汉侵周。周主已征服南唐，返至大梁，接得辽、汉合寇的消息，决意亲征。他想北汉跳梁，全仗辽人为助，若要釜底抽薪，不如首先攻辽，辽人一败，北汉势孤，自然容易讨平。

计议已定，乃命宣徽南苑使吴延祚权东京留守，宣徽北院使昝居润为副，三司使张美为大内都部署。其余各将，各领马步诸军，及大小战船，驰赴沧州，自率禁军为后应。都虞侯韩通，由沧州治水道，节节进兵，立栅乾宁军南，修补坏防，开游口三十六，可达瀛、莫诸州。周主亦自至乾宁军，规画地势，指示军机，遂下令进攻宁州。宁州刺史王洪，自知不能守御，开城乞降。乃派韩通为陆路都部署，赵匡胤为水路都部署，水陆并举，向北长驱。车驾自御龙舟，随后继进。

朔方州县，自石晋割隶辽邦，好几年不见兵革，骤闻周师入境，统吓得魂胆飞扬。所有官吏人民，望风四窜，周军顺风顺水，直薄益津关。关中守将终廷辉，登阙南望，但见河中敌舰，一字儿排着，旌旗招飐，矛戟森严，不由的心虚胆怯，连打了好几个寒噤。正在没法摆布，可巧有一人到来，连呼开关，廷辉瞧将下去，乃是宁州刺史王洪。便问他来意，洪但说有密事相商，须入关面谈。廷辉见他一人一骑，不足生畏，乃开关纳入，两下晤谈。洪先自述降周的原因，并劝廷辉也即出降，可保关内百姓。廷辉尚在狐疑，洪又道："此地本是中国版图，你我又是中国人民，从前为时势所迫，没奈何归属北廷，今得周师到此，我辈好重还祖国，岂非甚善！何必再事迟疑？"廷辉听了这番言语，自然心动，便允出降。

周主令王洪返守宁州，留廷辉守益津关，各派兵将助守，遣赵匡胤为先锋，溯流西进。渐渐的水路促狭，不便行舟，乃舍舟登陆，入捣瓦桥关。匡胤到了关下，守将姚内斌，见来兵不多，即率数千骑士，出城截击。经匡胤大杀一阵，内斌麾下，伤亡了数百名，方才退回。越日，周主亦倍道趋至，都指挥使李重进以下，亦相继到来，还有韩通一军，收降莫州刺史刘楚信，瀛州刺史高彦晖，沿途毫无阻碍，也到瓦桥关下会师。眼见得周军云集，慑服雄关。

匡胤督军攻城，先在城下招降姚内斌，大略谓王师前来，各城披靡，单靠这偌大关隘，万难把守，若见机投顺，不失富贵，否则玉石俱焚，幸勿后悔！内斌沉吟多时，方答言明日报命。匡胤也不强迫，便按兵不攻。静守一宵，次日拟再往攻关，已有探骑报入，敌将姚内斌，开城来降。匡胤乃待他到来，导见周主。内斌拜倒座前，周主好言抚慰，面授为汝州刺史，内斌叩首谢恩，随起引周军入关。

周主置酒大会，遍宴群臣，席间议进取幽州，诸将奏对道："陛下出师，只四十二日，兵不过劳，饷不过费，便得关南各州，这都由陛下威灵，所以得此奇功。惟幽州为辽南要隘，必有重兵把守，将来旷日持久，反恐不美，还请陛下三思！"周主默然不答。散宴后，便召指挥使李重进入帐道："我军前来，势如破竹，关南各州县，不劳而下，这正是灭辽扫北的机会，奈何中道还师！且朕欲统一中原，平定南北，时不可失，决意再进！汝可率兵万人，翌日出发。朕即统兵接应，不捣辽都，定不回军！"重进料难劝阻，只好应声退出。又传谕散骑指挥使孙行友，率骑兵五千名，往攻易州，行友亦奉旨去讫。

重进于次日启行。行至固安，城门洞辟，守吏已经遁去，一任周兵拥入。重进令军士略憩，另派哨骑探视行径。返报固安县北，有一安阳水，既无桥梁，又无舟楫，想是由辽兵惧我前往，所以拆桥藏舟，阻我去路。重进闻报，颇费踌躇，忽闻周主驾到，乃即出城迎谒，禀明前途阻碍。周主锐图进取，当即与重进往阅河流，果然水势汪洋，深不见底。巡视一回，便谕重进道："此水不能徒涉，只好速筑浮梁，方便进兵。"重进当然应命。周主乃令军士采木作桥，限期告竣，自率亲军还驻瓦桥关。

天有不测风云，人有旦夕祸福。周主忽然得病，连日未痊。那孙行友却已攻下易州，擒住刺史李在钦，献入行营。周主抱病升帐，问他愿降愿死，在钦偏抗声不屈，触动周主怒意，即命推出斩首。此人却有别肠，莫非命中该死。自觉支持不住，退入寝所。又越两日，仍然未瘳，当由赵匡胤入帐劝归。周主不得已照允，乃改称瓦桥关为雄州，留陈思让居守，益津关为霸州，留韩令坤居守，然后下令回銮。

返至澶渊，却逗留不行。宰辅以下，只令在寝门外问疾，不许入见，大众都惶惑得很。澶州节度使，兼殿前都点检张永德，与周主为郎舅亲，独得入寝所问视，婉言进谏道："天下未定，根本空虚，四方藩镇，多是幸灾乐祸，但望京师有变，可从中取利。今澶、汴相去甚迩，车驾若不速归，益致人心摇动，愿陛下俯察舆情，即日还都为是！"周主怫然道："谁使汝为此言？"永德道："群臣统有此意。"周主目注永德道："我亦知汝为人所教，难道都未喻我意么？"未几又摇首道："我看汝福薄命穷，怎能当此！"永德闻言，竟莫明其妙，只管俯首沉思。实是一片疑团。猛听周主厉声道："汝且退去，朕便回京！"

永德慌忙趋出，部署各军，专待周主出来，周主也即出帐，乘辇还都。看官！你道周主何故疑忌永德？原来周主因病南还，途次稍觉痊可，偶从囊中取阅文书，忽得直木一方，约长三尺，上有字迹一行，乃是"点检作天子"五字！不由的惊异起来，他亦不便询问左右，仍然收贮囊中，默思石敬瑭为明宗婿，后来篡唐为晋，今永德亦尚长公主，难道我周家天下，也要被他篡夺么？左思右想，无从索解，及见永德劝他回京，心中忍耐不住，遂露了一些口风，永德哪里知晓，当然摸不着头脑，只好搁过一边。

及周主入京，病体略松，便册宣懿皇后胞妹符氏为继后，封长子宗训为梁王，次子宗让为燕国公。命范质、王溥两相，参知枢密院事。授魏仁浦为枢密使，兼同平章事，吴延祚亦授枢密使。都虞侯韩通得兼宋州节度使，加检校太尉，赵匡胤为殿前都点检，加检校太傅，兼忠武军节度使。此外文武诸官，亦迁转有差。独叙韩通、赵匡胤，实为下文伏案。独免都点检张永德官，但令为检校太尉，留奉朝请。朝臣统是惊疑，不知葫芦里卖甚么药，惟啧啧私议罢了。

先是周主微时，尝梦神人畀一大伞，色如郁金，上加道经一卷，周主审视道经，似解非解，及醒后追思，尚记忆数语。嗣是福至心灵，举措无不合宜，遂得身登九五，据有大宝。及征辽归国，常患不痊，有时勉强视朝，数刻即退，御医逐日诊治，终乏效验。一日卧床休养，恍惚间复见神人，来索大伞及道经。周主当即交还，又欲向神探问后事，神人不答，拂袖竟去。周主追曳神衣，突闻一声朗语，竟致惊醒。开眼一瞧，手中牵着的衣袂，乃是榻前的侍臣。就是梦中听见的声音，亦无非侍臣惊问，不觉自己也好笑起来，转思梦中情景，甚觉不祥，便起语侍臣道："朕梦不祥，想是天命已去了。"侍臣答道："陛下春秋鼎盛，福寿正长，梦兆不足为凭，请陛下安心！"周主道："汝等哪里能知？朕不妨与汝等说明。"随将前后梦象，略述一遍。侍臣仍然劝解，偏是得梦以后，病竟增剧。

显德六年六月，忽至弥留，急召范质等入受顾命，嘱立梁王宗训为太子，并命起用故人王著，委以相位。质等应诺，及退出宫门，互相窃议道："翰林学士王著，日在醉乡，怎堪为相，愿彼此勿泄此言。"众皆点头会意。是夕周主竟病崩万岁殿中，享年三十九岁，可怜这年华韶稚的新皇后，正位仅及匝旬，忽然遭此大故，叫她如何不哀，如何不哭！实属可怜，后来还要可痛。还有梁王宗训，年仅七岁，晓得甚么国事，眼见是寡妇孤儿，未易度日。

宰相范质等亲受遗命，奉着七龄帝子，即位柩前。服制月日，一依旧制，翰林学士兼判太常寺窦俨，追上先帝尊谥，为睿武孝文皇帝，庙号世宗。是年冬奉葬庆陵。总计五代十二君，要算周世宗最号英明，文武参用，赏罚不淆，并且知民疾苦，兴利除害，所以在位五年有余，武功卓著，文教诞敷，升遐以后，远近哀慕。惟纳李崇训妻为皇后，夫妇一伦，不无遗议；纵本生父柴守礼杀人，父子一伦，亦留缺憾；就是因怒杀人，往往刑不当罪，未免有伤躁急。但瑕不掩瑜，得足抵失。可惜享年不永，赍志以终，遂使这寡妇孤儿，受制人手，一朝变起，宗社沉沦。这或是天数使然，非人力所可挽回呢！特加论断。为周世宗生色。

闲话休表，且说周幼主宗训嗣位，一切政事，均由宰相范质等主持，尊符氏为皇太后，恭上册宝。朝右大臣，也有一番升迁，说不胜说。惟宋州节度使兼检校太尉韩通，调任郓州节度使，仍充侍卫亲军副都指挥使。改许州节度使赵匡胤为宋州节度使，仍充殿前都点检，兼检校太傅。封晋国长公主张氏，即张永德妻。为大长公主，令驸马都尉兼检校太尉张永德，为许州节度使，进封开国公。所有范质、王溥、魏仁浦、吴廷祚四人，均加公爵。仅叙数人升迁，均寓微意。

北面兵马都部署韩令坤，奏败辽骑五百人于霸州。周廷以国遇大丧，未暇用兵，但饬边戍各将，慎守封疆，毋轻出师。辽主述律，本来沉湎酒色，无志南侵，当关南各州失守时，他尝语左右道："燕南本中国地，今仍还中国，有甚么可惜呢？"可见后来辽兵入寇，实是故意讹传。北汉主刘钧，屡战皆败，亦不敢轻来生事。不过三国连界，彼此戍卒，未免龃龉，或至略有争哄情事，自周廷遥谕静守，边境较安。都为后文返照。

好容易过了残年，周廷仍未改元，沿称显德七年。正月朔日，幼主宗训，未曾御殿，但由文武百僚，进表称贺。蓦然间接得镇定急报，说是辽兵联合北汉，大举入寇，请速发大兵防边。宰相范质等，亟入白符太后。符太后是年轻女流，安知军事，一听范质等处置。范质等派定殿前都点检赵匡胤，会师北征，令副都点检慕容延钊为前锋，率兵先发。此外如高怀德、张令铎、张光翰、赵彦徽等，陆续会齐，即祃纛兴师，逐队出都。匡胤亦陛辞而行。

忽都下起了一种谣传，谓将册点检为天子，市民多半避匿。究竟这种传言，是由何人首倡，当时亦无从推究。廷臣中也有几个闻知，总道是口说荒唐，不足凭信。那符太后及幼主宗训，全然不闻此事。哪知正月三日出兵，正月四日晚间，即由陈桥驿递到警信，急得满廷百官，都错愕不知所为。原来赵匡胤到了陈桥，竟由都指挥使高怀德，都押衙李处耘，掌书记赵普等，与匡胤弟匡义密商，推立点检为天子。数人忙了一宵，已把将士运动妥当，便于正月四日黎明，齐至匡胤寝所，喧呼万岁。匡胤闻声惊觉，欠身徐起，当由匡义入室报闻。匡胤尚未肯承认，出谕将士，但见众校已露刃环列，由高怀德捧入黄袍，披在匡胤身上。众将校一律下拜，三呼万岁。匡胤还要推辞，总有这番做作。偏众人不由分说，竟将他扶掖上马，迫令还汴。匡胤揽辔传谕道："汝等能从我命，方可还都。否则我不能为汝主！"众皆听令。匡胤乃与约法三条，一是不得惊犯太后母子，二是不得欺凌公卿大夫，三是不得侵掠朝市府库。经大众齐声答应，然后肃队入都。

殿前都指挥石守信，都虞侯王审琦，已接匡义密报，俱知大略。他两人与匡胤兄弟，素来莫逆，有心推戴匡胤。便暗中传令禁军，放匡胤全军入城，禁军乐得攀龙附凤，不生异言。匡胤等竟安安稳稳，趋入大梁。甫抵都城，先遣属吏楚昭辅，入慰匡胤家属。时匡胤父弘殷已殁，独老母杜氏在堂，闻报惊喜道："我儿素有大志，今果然出此！”一语作为铁证。

及匡胤入城，已是正月五日上午。百官早朝，正议论陈桥消息，忽见客省使潘美，驰入朝堂，报称点检由各军推戴，奉为天子，现已入都，专待大臣问话。范质等仓皇失措，独侍卫亲军副都指挥使韩通，慌忙退朝，拟集众抵御。途次遇着匡胤部校王彦升，朗声呼道：“韩侍卫快去接驾，新天子到了！”通大怒道：“天子自在禁中，何物叛徒，敢思篡窃，汝等贪图富贵，去顺助逆，更属可恨！速即回头，免致夷族！”彦升不待说毕，已是怒不可遏，使即拔刀相向。通手无寸铁，怎能与敌，没奈何回身急奔。彦升紧紧追捕，通跑入家门，未及阖户，已被彦升闯入。彦升手下，又有数十名骑兵，一拥进去，通只有赤身空拳，无从趋避，竟被彦升手起刀落，砍翻地上，一道忠魂，奔入鬼门关，往见那周世宗，诉冤鸣枉去了。可对周世宗于地下。彦升已杀死韩通，索性闯将进去，把韩通一家老小，杀得一个不留，然后出报匡胤。

匡胤入城后，命将士一律归营，自己退居公署。不到半日，由军校罗彦瓌等，将范质、王溥等人，拥入署门。匡胤流涕与语道：“我受世宗厚恩，被六军胁迫至此，惭负天地，奈何奈何！”范质等面面相觑，仓猝不敢答言。彦瓌即厉声道：“我辈无主，今日愿奉点检为天子，如有人不肯从命，请试我剑！”说至此，即拔剑出鞘，露刃相向，吓得王溥面色如土，降阶下拜。范质不得已亦拜。有愧韩通。匡胤忙下阶扶住，导令入座，与商即位事宜。掌书记赵普在旁，便提出“法尧禅舜”四字，作为证据，范质等亦只好唯唯相从。遂请匡胤诣崇元殿，行受禅礼。一面宣召百官，待至日晡，始见百官齐集。仓猝中未得禅诏，偏翰林学士陶谷，已经预备，从袖中取出一纸，充作禅位诏书。宣徽使引匡胤就庭，北面拜受，随即登崇元殿，被服衮冕，即皇帝位，受文武百官朝贺。

草草毕礼，即命范质等入内，胁迁周主宗训，及太后符氏，移居西宫。寡妇孤儿，如何抗拒，当由符太后大哭一场，挈了幼主宗训，向西宫去讫。匡胤下诏，奉周主为郑王，符太后为周太后，命周宗正郭玘祀周陵庙，仍饬令岁时祭享。周亡，总计周得三主，共九年有余，总算作了十年。未几，又徙周郑王至房州，越十二年而殁，年止一十九岁，追谥为周恭帝。周太后符氏，也随殁房州。

赵匡胤既为天子，改国号宋，改元建隆，遣使遍告郡国藩镇。所有内外官吏，均加官晋爵有差。追赠周韩通为中书令，饬有司依礼殓葬。并拟加王彦升罪状，经百官代为乞恩，方得宥免。擅杀一家，尚堪恩宥么？说也奇怪，那辽、汉合寇情事，竟不提起，华山隐士陈抟，闻宋主受禅，欣然说道：“天下从此太平了！”后来果如抟言。

惟宋主嗣位初年，中原尚有五国，除赵宋外，就是北汉、南唐、南汉、后蜀；朔方尚有一辽，其余为南方三镇，一是吴越，一是荆南，一是湖南。嗣经宋朝遣兵派将，依次削平。惟辽主述律，后为庖人所杀。述律一作兀律，复改名璟，辽尊为穆宗。嗣子贤继立，不似乃父嗜酒渔色，反渐渐的强盛起来。一再相传，屡为宋患，这事都详叙《宋史演义》中。本编但叙五代史事，把十三主五十三年的大要，演述告终。看官欲要续阅，请再看《宋史演义》便了。小子尚有俚句二绝，作为本书的收场。诗云：

六十年来话劫灰，江山摇动令人哀；
一言括尽全书事，军阀原来是祸胎。

频年篡弑竟相寻，礼教沦亡世变深；
五代一编留史鉴，好教后世辨人禽。

周主征辽，不两月而三关即下，曩令再接再厉，即不能入捣辽都，而燕云十六州，或得重还中国，亦未可知。况辽主述律，沉湎酒色，已视燕南为不足惜，乘势攻取，犹为易事。奈何天不祚周，竟令英武过人之周主荣，得病未痊，不得已而归国。岂十六州之民族，固当长沦左衽耶！周主年未四十，即致病殂，符后入宫正位，仅及十日。梁王宗训嗣祚，不过七龄，寡妇孤儿之易欺，未有甚于此时者也。辽、汉合兵入寇，明明是匡胤部下，讹造出来。陈桥之变，黄袍加身，早已预备妥当。乌有匡胤未曾与闻，而仓猝生变者乎？即如点检作天子之谶，亦未始不由人谋，明眼人岂被瞒过。当时为周殉节者，止一韩通，疾风知劲草，板荡识忠臣，可为《五代史》上作一殿军。而宋太祖之得国不正，即于此可见矣。